KB126445

어느
해방둥이의
삶과
꿈

어느 해방둥이의 삶과 꿈

1945년생

박도 지음

눈빛

박도(朴鍍)

1945년 경북 구미에서 태어나다. 구미초등학교·구미중학교·중동고등학교·고려대
학교 국문학과를 졸업하다. 30여 년 교사생활과 작가생활을 겸하여 시민기자 생활
을 하다. 지금은 강원도 원주 치악산 밑에서 글 쓰는 일에 전념하고 있다. 지은 책으
로는 장편소설『사람은 누군가를 그리며 산다』『약속』『허형식 장군』『용서』등과
산문집『비어 있는 자리』『일본기행』『안흥 산골에서 띄우는 편지』『백범 김구, 암
살자와 추적자』『마지막 수업』, 역사 유적 답사기『항일유적답사기』『누가 이 나라
를 지켰을까』『영웅 안중근』등이 있다. 이밖에 엮은 책으로는 사진집『지울 수 없
는 이미지(1~3권)』『나를 울린 한국전쟁 100장면』『개화기와 대헌제국』『일제강점
기』『미군정 3년사』등과 어린이 도서로『대한민국의 시작은 임시정부입니다』『독
립운동가, 청년 안중근』등이 있다.

어느 해방둥이의 삶과 꿈

1945년생

박도 지음

초판 1쇄 발행일 — 2020년 8월 28일

발행인 — 이규상

편집인 — 안미숙

발행처 — 눈빛출판사

　　　　　서울시 마포구 월드컵북로 361 이안상암2단지 2206호

　　　　　전화 336-2167 팩스 324-8273

등록번호 — 제1-839호

등록일 — 1988년 11월 16일

편집·진행 — 성윤미·이슬

출력·인쇄 — 예림인쇄

제책 — 일진제책

값 15,000원

copyright ⓒ 박도, 2020

Printed in Korea

ISBN 978-89-7409-990-9 03810

머리글

나의 네 번째 꿈

나는 이따금 프랭크 시나트라의 「마이 웨이 My Way」를 즐겨 듣는다. 그의 노래는 인생에 대한 진솔한 고백으로, 마치 내 지난 삶을 얘기하는 것 같은 착각에 빠트린다.

> And now, the end is near
> 이제 내 생의 마지막이 가까워오네
> And so I face the final curtain
> 그래서 나는 이생의 마지막 장을 눈앞에 두고 있네
> ……
> The record shows I took the blows
> 지난 내 삶의 기록들이 보여주듯이 나는 온갖 시련을 겪었고
> And did it my way
> 그런 속에서도 나는 내 방식대로 살아왔네

나의 아버지는 사회주의자였다. 그런 탓으로 아버지의 삶은 기구했다. 그 아들의 삶 역시 평탄치 않았다. 이제 인생의 종착역을 앞두고, 지

난 삶의 한 단면들을 여기에 쏟아놓았다. 회고 성찰컨대 나는 아버지만큼 치열하게 살지 못했다. 아니 나는, 눈앞에 닥친 현실을 피구(避球)하듯이 슬쩍슬쩍 넘기면서 엉거주춤 살아왔다. 이제 와서 궁색한 말로 내 지난 삶을 변명하거나 덧칠하지 않으련다.

나는 소년시절에 세 가지 꿈을 꾸었다. 교사·작가·기자가 되는 꿈이었다. 그 꿈 탓인지 지난 33년을 교사로 청소년들과 살아왔고, 26년을 작가로 42권의 책을 펴냈다. 그리고 늘그막에 시민기자로 18년간 국내외 근현대사 현장을 답사하면서 1,600여 꼭지의 기사를 썼다. 그 어느 한 분야도 성공치 못했다. 하지만 소년 시절의 꿈은 모두 이뤘다. 앞으로 삶은 덤으로 생각하면서 이 세상에 빚진 바를 갚는 자세로 살아가련다.

몇 해 전, 한 편집자가 나에게 해방둥이로 살아오면서 보고 듣고 겪은 바를 글로 써달라고 부탁했다. 나는 그 청에 무척 망설였다. 자칫 자기 자랑이나 변명, 또는 과시로 비칠 수 있기 때문이었다. 하지만 예사 사람의 악전고투한 얘기가 더 값지다는 그의 말에 승복하여 겸허한 자세로 자판을 두들겼다.

영국 사람들은 역사를 매우 사랑하며 존중한다. 그들은 개인의 역사까지도 매우 사랑한다. 그들은 "체험은 최상의 스승이다(Experience is the best teacher)"라고 하여, 기성세대의 체험담을 귀중한 자산으로 여기며, 거기에서 교훈을 배운다고 한다. 내가 쏟아낸 얘기 가운데 어느 한 대목이라도 독자에게 도움이 된다면 글쓴이로 보람이겠다.

이제 인생의 막다른 길에서 내 삶을 되돌아보니 자식으로서, 아버지로서, 남편으로서 모두 과락이었다. 늦었지만 그 점을 깊이 반성하면서 살아가련다.

　나는 아직도 헤밍웨이의 『노인과 바다』에서 '사자 꿈'을 꾸는 어부처럼 살고 있다. 언젠가 그 어느 날 자판을 두들기다가 기진한 채 영원히 잠들고 싶다. 그리하여 한 줌 재로 뭇 푸나무의 거름이 되었으면 좋겠다. 그것이 나의 마지막, 네 번째 꿈이다.

　문학은 구세주요, 구원의 빛이었다. 만일 나에게 문학이 없었다면 내 인생은 '팥소 없는 찐빵'일 것이다. 나는 글을 사랑했고, 또한 글 쓰는 일에 온 정성을 다하면서 살아왔다. 글은 내 인생의 전부였다.

　독일 니체의 말이다.

　"독자는 저자가 피와 눈물로써 쓴 글만을 좋아한다."

　이번 책을 쓰면서 벌거벗는 용기와 함께 많은 눈물을 쏟았다. 나와 이 세상에서 인연을 맺었던 모든 분에게 감사의 말씀을 드린다.

　2020년 8월
　강원도 원주 치악산 밑 박도글방에서

차례

제1부
소년의 꿈

구미중학교 3학년 봄 소풍 때
금오산 다혜폭포 옆에서(1960. 5.).

해방둥이로 태어나다

나는 1945년 12월 10일(음 11. 6) 경북 선산군 구미면(현, 구미시) 원평동에서 태어났다. 1945년은 우리나라가 일본으로부터 해방이 됐던 현대사의 출발점이다. 그런데 내 주민등록상 출생연도는 1946년이다. 그렇게 된 까닭은 여러 얘기가 있다.

그 하나는 어린 시절, 나의 건강이 매우 좋지 않아 언제 죽을지 몰랐기 때문에 출생신고가 늦었다고 한다. 그 둘은 해방 직후 혼란기로 미처 출생신고를 할 겨를이 없었다고 한다. 그 셋은 6·25전쟁으로 구미 면사무소가 불에 타버려 호적을 새로 만드는 과정에서 생긴 착오 때문이라고 한다. 나는 그 정확한 사유를 잘 모른 채 이제까지 살고 있다. 아무튼 나는 해방 직후 혼란한 시기에 부실하게 태어나 자랐다.

나는 출생부터 우리나라 현대사와 맞물렸다. 나의 할아버지(朴龍海)는 해방 전 해(1944년) 여름, 일본 도쿄의 한 중학교 상급반(요즘 고교)에 재학 중인 아들(朴基弘)이 방학을 맞아 귀국할 때를 대비하여 미리 혼인 준비를 해두었다. 미리 점지해둔 며느릿감은 이웃 금릉군(현,

김천시) 어모면 다남동 벽진 이씨 이선량(李善亮)의 막내딸(李季善)로 신랑과 동갑인 19세였다. 그 무렵은 태평양전쟁의 막바지였다. 할아버지는 그 무렵 외아들이 학병으로 일본 군대에 끌려가 귀환치 못할지도 모른다는 우려 속에 지냈다. 그래서 2대 독자이며 8대 종손인 아들에게 집안의 대라도 이을 손자라도 얻을 양 결혼을 그렇게 서둘렀다. 또 외할아버지는 막내딸이 행여 일제 정신대로 끌려나갈까 노심초사하던 중으로, 사돈 간에 서로 이해가 맞아 맞선조차 보지 않은 채 혼인을 서둘러 성사시켰다.

아버지는 여름방학을 맞아 일본에서 귀국한 다음 날, 할머니가 손수 길쌈한 삼베로 지은 새 바지저고리를 입혀줘서 기분이 매우 좋았다. 할아버지는 새 옷을 입은 아들에게 논에 물 대러 가는데 같이 가자고 했다. 부자는 앞서거니 뒤서거니 하구미 광평동 논에 갔다. 할아버지는 삽으로 물꼬를 튼 다음 논에 물 들어가는 모습을 지켜보면서 아들에게 말했다.

"요새 도쿄는 어떠냐?"

"밤마다 등화관제로 미 B-29 공습이 잦습니다."

"학교에서 학병 나가라는 얘기는 없더냐?"

"전문학교까지는 전쟁터로 나가는데 아직 중학교는 괜않습니다."

"아마 상급반 중학생들도 곧 끌려갈 거다."

"저도 그런 느낌이 듭니다."

"그래서 이번 조선에 나온 김에 네 혼사를 치르자."

"네에?"

"난리 중이지만 어쨌든 집안의 대는 이어야 하지 않겠냐? 신부는 장

14

터 김천상회 이태원 씨 누이동생이다. 벽진 이씨로 집안도 괘않고 처자
인물도 좋다 카더라."

"……."

아버지는 귀국 일주일 만에 서둘러 혼례를 치렀다. 아버지는 그해 겨
울방학 때 다시 고향집에 왔다. 그때는 태평양전쟁의 전황이 더욱 나빴
다. 할아버지는 아들의 도쿄행을 만류했다. 그런 뒤 선산군 도개면 신
곡리 누님 댁으로 피신을 시켰다. 아버지가 고모 댁에서 은거생활을 하
던 중, 마침 일본인 교사가 가정방문을 왔다. 고모는 일본말을 할 줄 몰
라 조카를 불렀다.

"홍아, 네가 선생님 접대 좀 해라."

건넌방에서 지내던 아버지는 사랑방으로 건너가서 무심코 일본인
도개보통학교 교사를 접대했다. 그 교사가 돌아간 다음 날 이른 아침
선산경찰서 도개주재소 일본인 야마하라(山原) 주임이 자전거를 타고
고모 댁으로 왔다. 그는 전시에 청년이 산골에 숨어 지낸다는 얘기를
듣고 왔다면서 일단 아버지를 도개주재소로 연행했다. 야마하라 주임
은 손수 연필을 뾰족하게 깎은 뒤 갱지(시험지) 두 장과 함께 아버지에
게 주면서 말했다.

"출생 이후 지금까지 지내온 일들을 시간 순서대로 하나도 빠짐없이
쓰라."

아버지는 주재소 책상에 앉아 갱지 두 장에다 사실대로 빽빽이 지나
온 삶을 썼다. 야마하라는 그 진술서를 다 읽은 뒤 말했다.

"이 성전(聖戰, 태평양전쟁을 말함)의 중차대한 시기에 배운 청년이
산골에서 빈둥빈둥 놀고 있는 건 천황폐하께 불충이다."

야마하라 주임은 아버지를 일단 도개보통학교 임시교사로 근무케 했다. 그래서 아버지는 1945년 봄 신학기부터 도개보통학교 임시교사가 되었다.

아버지는 체조시간이면 학생들을 학교 앞 낙동강으로 데려가 머리에 쇠똥을 벗겨주는 등, 조선말로 고향 후배들을 가르쳤다. 아버지는 학생들이 일본말을 하지 않는다고 매를 들지도 않았다. 그런 가운데 그해 여름 8월 15일에 해방을 맞았다. 그러자 일본인 교사, 친일 교사 들은 모두 자취를 감췄는데 아버지만 홀로 학교에 남게 되었다.

그 무렵 해방경축 도개면민대회가 도개초등학교 운동장에서 열렸다. 그때 아버지는 친일 교사로 몰려 배척당하지 않고, 오히려 면민들의 무동을 타고 운동장을 한 바퀴 돌았다. 아버지는 그날 받은 그 감동으로 평생 민족주의자의 길을 걷게 되었다. 그래서 당신의 인생길은 파란만장했다.

아버지는 해방 직후 당신 모교인 구미보통학교로 전근했다. 그해 초겨울에 내가 태어났다. 그때는 미군정기로 교사 봉급은 현금 대신 쌀로 줬다. 득남 기념으로 쌀 한 가마니를 받았다는 얘기를 할머니(康始善)에게 귀에 익도록 들었다.

내가 첫돌도 되기도 전인 1946년 10월 1일에 대구 경북 일대에 미군정의 실정에 항거하는 '10·1 항쟁'이 소용돌이쳤다. 아버지는 그 항쟁에 청년 행동대원으로 가담했다. 하지만 진압과정에서 체포돼 선산경찰서 유치장에 갇혔다. 당시 선산경찰서는 구미면 원평동에 있었는데 우리 집과는 2백 미터 정도로 떨어져 있었다. 그때 함께 유치됐던 항쟁 지도자였던 박상희 선생(박정희 대통령의 형)은 일제강점기 조선일보 및 조선중앙일보 선산지국장을 지낸 언론인으로 신간회에도 간여한 민족주의자였다. 그는 해방 직후 선산군 민전('민주주의민족전선'의 준말로 좌파계열의 연합단체) 사무국장 겸 선산인민위원회 내정부장이었다.

10월 1일 대구에서 일어난 10월 항쟁의 불길은 경북 전 지역으로 확산됐다. 그러자 박상희는 구미지역 항쟁지도자로 10월 3일 오전 9시 무렵 2천여 군중을 이끌고 선산경찰서를 공격하여 구미에서도 항쟁의 불길이 치솟아올랐다. 10월 항쟁 중, 군중들이 경찰서장과 경찰관을 공격하려 하자 박상희는 이를 제지하여 경북의 다른 지역과는 달리 동족간 유혈사태를 막을 수 있었다. 하지만 박상희는 10월 6일 새벽 충청도에서 지원 온 진압경찰이 쏜 총을 맞고 경찰서 아래 누렇게 익은 벼논에 쓰러진 후 절명하여 가마니에 싸여 공동묘지로 갔다.

아버지는 항쟁 진압 후에도 계속 유치장에서 갇혀 있었다. 그러다 항쟁 진압 3주 뒤 구미초등학교 교사직 사표를 내는 조건으로 풀려났다. 이후 아버지는 분단된 나라에서 살기 싫다고 제3국으로 밀항코자 부산으로 내려갔다. 하지만 끝내 고국을 떠나지 못했다. 마침 부산 부두에서 만난 고향 친구 김교식 해군 장교의 주선으로 해운공사에 선원으로 취직했다. 그리하여 어머니와 함께 부산에 정착케 되었다. 그때 할아버지와 할머니는 어린 손자를 당신들이 맡는 조건으로 아들 내외의 신접살림을 나게 했다. 그래서 나는 유소년 시절을 할아버지 할머니 품에서 자랐다.

할아버지는 구한말인 1900년에 태어나서 소년시절(1910년)에 망국을 보았고, 청장년 시절은 일제 치하에 살았다. 말년에는 해방과 6·25

전쟁을 겪은 후 불의의 사고로 천수를 다하지 못한 채 56세 나이로 세상을 떠났다. 송당(松堂) 박영(朴英)의 13대손으로 태어난 할아버지는 청년기에 나라 잃은 비분으로 동학 계통의 보천교에 몰두했다. 그리하여 조상 대대로 물려받은 토지와 종가의 위토답까지 모두 보천교에 헌납하고 일본으로 건너갔다.

할아버지는 잡화상, 고물상 등 갖은 고생으로 돈을 모은 뒤 일찌감치 귀국하여 낭신 고향인 도개면에서 오십 리 떨어진 당시로는 개화지인 구미 금오산(金烏山) 자락에 정착하였다. 할아버지는 젊은 날 일제 치하 일본에서도 살았지만 민족정신이 투철한 탓으로 일본말이나 일본 냄새를 조금도 내뱉거나 풍기는 일이 없었다. 할아버지는 망국의 비운 속에 조선의 얼을 평생토록 지켰다.

할아버지는 무척 애주가로 하루에도 몇 차례씩 약주를 드셨다. 한 잔 든 후면 한시나 시조, 또는 회심곡 같은 걸 큰소리로 암송하였다. 할아버지는 양풍을 몹시 싫어했다. 나의 어머니가 그 당시 한창 유행하던 파마머리를 남보다 뒤늦게 하고도 구미에 오면 할아버지의 꾸중이 두려워 늘 머리에 수건을 썼다.

6·25전쟁 발발 후 구미 역전에 미군 부대가 주둔하자 할아버지는 그 일대에는 얼씬도 하지 않았다. 하구미 광평동 논에 갈 때도 그곳을 우회해서 다녔다. '예(禮)가 아니면 보지도 말고 듣지도 말며 말하거나 행하지도 말라'는 옛 성현의 말씀을 그대로 행한 분이다. 옛 격식을 존중했기에 시대에 뒤떨어진 분으로 동네 아낙네들과 집안 친지들은 할아버지를 되도록 피했다.

할아버지는 조상에 대한 예의, 특히 제사 의식에 엄숙했다. 추운 겨울날에도 제사에 참례하기 전에는 나에게 반드시 우물에 가서 찬물로 세수를 하게 했다. 한밤중에 일어나 캄캄한 우물에 가서 세수하던 일은 여간 고역이 아니었다. 할아버지는 한학과 천문에 조예가 깊었다. 글씨는 언제나 단정하였다. 집안의 대소사 의식, 어린애 작명을 도맡아 했는데 나의 이름 '박도(朴鍍)'도 조부님의 작품이다. 음양오행과 하늘의 별자리, 달무리로 일기예보를 했고, 우리 집 마당 한가운데서 빤히 바라보이는 금오산이 명산이라고, 너새니얼 호손의 '큰 바위 얼굴'에서처럼 이 고장의 인물을 예언하곤 했다.

"저 산기슭에서 인물이 많이 나왔고, 앞으로도 많이 나올 거다."

할아버지는 이따금 산이나 들에서 돌아올 때면 산딸기나 오디(뽕나무 열매)를 칡잎이나 호박잎에 싸와 나에게 말 없이 건네주었다. 할아버지는 옛것을 지키겠다고, 꺼져가는 조선의 혼을 이어가겠다고 안간힘을 다하며 고래고래 소리쳤다. 하지만 6·25전쟁으로 미군들과 함께 밀물처럼 밀어닥친 양풍의 도도한 물결은 도저히 막을 수 없었다. 어느 가을 추수를 끝낸 후 햅쌀 한 가마니를 열차로 부치고, 부산 아들집에 가다가 부산역 대화재 후 컴컴한 밤길에 그만 개천에서 실족, 머리를 크게 다쳐 일 년여 고생하다 운명했다.

할아버지는 돌아가시기 전 해 어느 날 학교에 온 적이 있다. 수업 중인 나를 보고선 아무 말 없이 발걸음을 옮겼다. 그 길로 집을 나가 1주일 만에 돌아왔다. 나중에 안 사실이지만 그 당시 자유당의 횡포와 이승만 대통령의 독재가 극에 달했다. 그런데도 고향 출신의 자유당 국회의원이 국회서 바른말 한마디 못하고 여당의 거수기 노릇만 한다고 분개, 상경하여 항의하고 왔다고 했다. 떠나기 직전, 왜 나를 찾으셨을까?

아마도 그날이 마지막일지도 모른다는 예감으로 당신의 장손인 나를 다시 한 번 보고싶어 왔던 것 같다.

내가 초등학교 5학년이던 해 여름, 할아버지가 돌아가셨다. 임종이 임박하여 내가 부모님을 모시고자 부산에 다녀올 동안 연명했고, 내가 도착하자 곧 나의 이름을 부르면서 눈을 감았다. 할아버지는 우리 집안의 대들보였다. 할아버지가 돌아가신 후 집안은 서서히 기울기 시작, 이태 만에 기왓장까지 내려앉고 말았다.

나의 할머니는 신천 강(康)씨로 친정은 선산군 고아면 대망동이다. 1896년 태생으로 16세 때 네 살 연하인 나의 할아버지와 혼인하였다. 나는 어린 시절 주로 안방 할머니 품에서 잤다. 할머니는 이야기를 참 잘하셨다. 그때 이불 속에서 자주 들은 얘기다.

1946년 10·1항쟁 때 박상희 선생이 경찰서 아래 벼가 누렇게 익은 논에서 충청도에서 내려온 경찰의 총에 맞아 거적때기에 둘둘 말려 형곡동 고개 공동묘지로 갔다는 얘기, 그때 유치장에 갇혔던 아버지 옥바라지한 얘기였다. 또 당신 시집 시절 도개마을 옆집 한 여인(김호남)의 기구한 팔자 얘기도 자주 했다. 그 인물도, 솜씨도 좋은 여인이 구미 상모동의 까맣고 쪼끄마한 신랑(박정희)한테 시집을 간 뒤 소박을 맞고 여러 절로 전전한다는 얘기 등이었다.

내 어린 시절 별명은 '죽고지비'였다. 성장 이후에도 동네 어른들은 나만 보면 "미꾸라지 용 됐다"는 말을 자주 했다. 나는 그 말이 가장 듣기 싫었다. 갓난아이 때 태열이 몹시 심한 데다가 어머니가 곧 둘째를 갖게 되자 젖이 잘 나오지 않았다. 그래서 나와 동년배인 사촌형제 어미인 고모들로부터 젖동냥으로 주린 배를 채우거나 암죽 같은 것을 먹고 자랐다고 한다. 한 번은 어머니가 어린 나를 업고서 친정에 갔다. 아마도 그날이 외할머니 생신이었던 모양이다. 막내딸이 시집을 간 뒤 아들을 낳아 업고 친정에 오니까 외가에서는 엄청 반가웠을 것이다. 그런데 그 아들을 마루에 내려놓자 곧 숨이 넘어갈 듯 헐떡거렸다. 외할머니가 그런 나를 보더니 딸에게 말했다.

"어서 시집으로 가거라. 남의 집 귀한 자손 친정에서 무슨 일이 나면 평생 구박을 받는다."

그 말에 어머니는 친정에서 하룻밤도 쉬지 못하고 그대로 나를 업고 발길을 돌렸다고 한다. 나의 할아버지는 점쟁이들을 싫어하는 까칠한 분이었다. 그런데도 할머니가 손자를 위해 점을 치거나 액땜을 한다면 모르는 척하거나 집을 비웠다고 한다.

내가 할머니에게 맡겨진 이후의 일이다. 어느 하루 스님이 우리 집에 탁발을 하러 왔다. 할머니는 공양미를 스님에게 건네면서 손자의 건강이 시원치 않다는 하소연을 했다. 그러자 스님이 딱 한마디하더란다.

"저 애를 살리려면 금오산에다 파시오."

할머니는 그 말을 듣고 날을 받은 뒤 나를 업고 금오산으로 갔다. 거기 저수지 둑에서 금오산에다 손자를 파는 의식을 치렀다고 한다. 그 며칠 후 할머니는 나를 데리고 구미 역전 '영수약국'에 데려가서 탕약을 지었다. 이영수 약사는 진맥을 한 뒤 탕약을 지어 건네면서 말했다.

"아주 쓴 약이라 어린아이가 먹어낼지 모르겠습니다."

(이영수는 박정희 대통령의 친구였던 이준상의 아버지로 후일 장태완 수도경비사령부 사령관의 장인이기도 하다.)

"참 얄궂어라. 네가 그 쓴 약을 한 방울도 남기지 않고 꿀떡꿀떡 다

마시더라. 아마도 살려고 그랬던 모양이제."

할머니는 그 약이 떨어지자 또 한 첩을 더 지어 먹였다. 그러자 앞산만 한 내 배도 점차 꺼지고 태열도 사라지면서 비로소 얼굴에 생기가 돌기 시작하더란다. 그 이후에도 영수약국을 자주 드나들던 기억이 어슴푸레 남아 있다.

6·25전쟁

1950년 6·25전쟁이 일어날 때 여섯 살이었다. 6·25전쟁이 발발하자마자 인민군들은 쓰나미처럼 남으로 내려왔다. 그해 7월 하순에 인민군은 경상도 진주, 김천, 상주, 함창, 영덕에 이르는 선까지 파죽지세로 남하했다. 인민군은 그해 8월 15일 내로 부산까지 밀고 내려간다고 장담했다. 대한민국 정부는 개전 초부터 전황을 사실대로 백성들에게 알려주지 않았다. 그래서 대부분 백성들의 피란은 인민군 진주 직전이거나 진주한 이후에야 떠났다.

구미에 살았던 우리 가족은 북쪽 김천 방면에서 쏟아져 내려오는 피란민 행렬을 보고, 인민군들이 '쿵쿵' 쏘아대는 대포 소리를 들으면서 허겁지겁 피란봇짐을 쌌다. 첫째, 둘째 고모네도 이웃에 살았다. 그런데 우리 집에만 소가 있었다. 그래서 세 가구의 피란 짐을 모두 우리 집 소달구지에 실었다.

그 무렵 우리 집은 선산경찰서와 가까운 곳으로 바로 앞집 건넌방에는 신혼 순경 부부가 살고 있었다. 그 순경이 전날 출근한 이후 집으로 돌아오지도 못하고 국군을 따라 허겁지겁 남으로 후퇴했다. 홀로 남은 부인 성주댁은 피란봇짐을 이고 징징 울면서 우리 집으로 와서 통사정하기에 할머니가 그를 받아주었다. 그러다 보니 우리 집 피란행렬은 네 가구로 모두 열다섯 식구였다. 이미 남쪽으로 가는 열차는 모두 끊긴 데다가, 신작로에는 피란민으로 가득 찼다. 우리 네 가족도 어쩔 수 없이 큰 짐은 소달구지에 싣고 소소한 짐은 남자들은 지게에 지고 여자들은 머리에 인 채 낙동강을 건너 남쪽으로 피란하고자 약목 쪽으로 갔다. 하지만 낙동강 일대를 지키던 인민군들에게 혼쭐났다.

"남조선 인민들, 미제 쌕쌕이(폭격기)한테 불벼락을 만나기 전에 날래 살던 곳으로 돌아가라우."

그 말에 우리 가족은 하는 수 없이 낙동강을 바로 코앞에 두고 발길을 돌렸다. 우리가 광평동 사과밭을 지날 무렵 미 공군 F-84 세이브(일명, 쌕쌕이) 공습을 정면으로 받았다. 그러자 우리 가족들은 소달구지와 가재도구를 팽개친 채 과수원으로 달려갔다. 남자 어른들은 사과나무에 올라 마치 매미처럼 나무둥치를 껴안았고, 여자들과 아이들은 사과나무 그루터기 사이의 콩밭에 납작 엎드려 공습이 끝나기를 기다렸다. 그때 나는 미군 전투기의 무서움은 전혀 몰랐다. 그 제트기를 보려고 콩밭에서 일어나다가 할머니에게 뒤통수를 쥐어박혔다. 한 삼십 분 정도 공습이 끝나자 여기저기 피란민 시신들이 즐비했다. 하지만 우리 가족은 과수원에 숨은 탓으로 무사했다.

우리 가족은 소달구지와 가재도구를 다시 챙기고는 금오산 오른편 골짜기인 선기동 윗마을인 자갈터로 갔다. 하지만 북쪽에서 워낙 많은 피란민들이 그 마을에 넘쳐 이미 빈방들을 다 차지하고 있었다. 우리 가족은 하는 수 없이 선기동 덤바우마을 냇가에다 임시 거처를 마련했다. 열다섯 식구 가운데 아이들은 절반이었고, 내 또래가 셋이었다. 어른들은 난생처음 당하는 피란생활로 무척 힘들었을 테다. 하지만 우리 조무래기들은 피란이 뭔지도 모른 채 마치 소풍을 나온 듯 낮이면 시냇가에서 피라미를 잡거나 감자를 구워먹는 등 마냥 즐거웠다. 그러다가 비행기 소리만 나면 솔개 소리에 놀란 병아리처럼 잽싸게 토굴 속으로 달려가 머리를 벽에 처박고 공습이 끝나기를 기다렸다. 그때 미 B-29 폭격기들은 폭탄을 잔뜩 싣고 와서는 마치 염소가 똥 싸는 것처럼 아무 데나 마구 쏟았다. 6·25전쟁 기간 중 미군 폭격이 가장 무서웠다.

나는 피란지에서 밤이 되면 늑대 울음소리에 무서워 벌벌 떨었다. 실제로 그 무렵은 늑대나 여우들이 산야에 득시글거려 어른들은 밤이 되면 아이들을 한가운데 몰아 자게 한 뒤 사방으로 돌아누워 잤다. 그래도 불안하여 할아버지나 고모부는 행여 아이들이 늑대에게 물려갈까 봐 모닥불을 피우며 불침번을 섰다. 아침에 일어나면 냇가에서 지내던 이웃 피란민 가운데 어린아이를 늑대에게 잃었다는 소문도 들렸다.

우리 조무래기들은 감자가 떨어지자 논에서 메뚜기나 방아깨비를 잡아 냇가에서 구워 먹기도 했다. 그래도 허기를 메울 수 없자 사촌 형이나 누나를 따라 덕뱅이마을로 갔다. 그곳에는 감나무가 많았는데 저절로 떨어진 풋감을 주워먹었다. 풋감을 많이 주워먹은 다음 날은 똥구멍에서 똥이 나오지 않아 여기저기서 비명을 질렀다. 그러면 어른들은 나무꼬챙이로 아이들 똥구멍을 후벼팠다.

할아버지나 고모부는 아이들 보호 못지않게 미혼인 고모나 사촌누나의 보호에 무척 신경을 썼다. 고모나 사촌누나는 피란생활 내도록 허름한 몸뻬(왜바지) 차림에 수건을 써서 나이 든 여자로 위장했다. 이따금 밤이면 총을 든 인민군이나 보안대들이 피란민 잠자리로 찾아와 전짓불로 사람의 얼굴을 비추면서 혹 피란민 대열 속에 군인이나 경찰이 숨어있는지 살폈다. 어느 하룻밤 그들이 우리 가족의 숙소로 접근하자 피란길에 같이 따라나선 둘째 고모네 개 복실이가 마구 짖었다.

"이 쌍놈의 개새끼!"

그들은 마구 덤비는 복실이를 향해 총의 방아쇠를 당겼다.

"깨갱!"

복실이는 비명과 함께 어둠 속으로 사라졌다. 날이 샌 뒤 언저리를 살펴보니 자갈터마을 쪽으로 핏자국이 보였다. 그 핏자국은 점차 작아지더니 더 이상 보이지 않았다. 사촌형과 누나는 "복실아!"라고 외치며 핏자국 방향의 마을인 자갈터와 수점마을 등을 한나절 찾아 헤맸지만 끝내 찾지 못하고 돌아왔다. 그런데 그날 저녁 한밤중에 복실이가 다리를 절름절름 절면서 우리 가족 잠자리로 찾아왔다. 우리 가족 일행은 끙끙거리는 복실이를 번갈아 안아주면서 반가워했다. 그의 뒷다리는 총알이 스쳐간 듯 그새 피로 엉겨 있었다. 고모는 이불 호청을 찢고는 그 헝겊으로 복실이의 뒷다리 상처를 감아주면서 말했다.

"아이고, 우리 복실이 찾아줘서 고맙다."

그러자 복실이는 꼬리를 마구 흔들며 끙끙거리면서 고모에게 안겼다.

남녘 대구 쪽에서 날아오는 비행기는 주로 미군 B-29 폭격기로 폭탄을 잔뜩 싣고 와서는 하구미 쪽이나 장터, 그리고 구미초등학교 일대에다가 마구 쏟고 갔다. 그때 폭탄 터지는 소리는 엄청 컸다. 그럴 때면 우리들은 질겁한 채 두 손으로 귀를 막고 머리는 토굴 속으로 처박았다. 미군 B-29 폭격기는 네댓 대가 한 편대로 수십 편대가 한꺼번에 하늘에 까맣게 날아와서는 폭탄을 무차별로 마구 쏟았다. 오랜 세월이 흐른 뒤에야 그 폭격이 낙동강 다부동지역 일대의 '융단폭격'이란 것도 알았다. 미군 비행기들은 때때로 하늘이 하얗도록 전단지도 뿌렸다. 어른들은 그게 인민군의 항복을 권유하는 삐라라고 했다. 우리 조무래기들은 그 삐라를 주워 딱지를 만들거나 밑씻개로 썼다.

보름 정도 우리를 따라다니던 경찰관 부인은 피란생활이 길어지자 자기 친정마을인 성주로 떠났다. 할아버지는 가족 보호 못지않게 소에게도 온 신경을 썼다. 우리 집 소가 군인들에게 발각되면 빼앗긴다고 달구지는 아예 금오산 기슭인 대진계곡에 푸나무를 덮어 깊이 감춰뒀다. 이른 새벽이면 할아버지는 소의 워낭도 뗀 채 더 깊은 수점골로 몰고 갔다.

어느 날 선기동 앞산으로 소에게 꼴을 먹이러 간 할아버지는 미군 폭격기가 떨어뜨린 폭탄에 우리 동네가 불타는 것을 봤다. 그 길로 할아버지는 고모부와 허겁지겁 양동이를 들고 달려가서 우리 집에 붙은 불을 끄고 돌아왔다. 그래서 피란에서 돌아온 뒤 우리 집 본채는 동네에서 유일하게 불타지 않고 다만 아래채만 조금 그을렸을 뿐이었다. 날마다 미군 비행기들의 폭격이 심해지고 전쟁이 장기화됐다. 게다가 장마철로 접어들자 우리 가족은 하는 수 없이 할머니 친정인 고아면 대망동으로 피란을 갔다. 그 마을은 산중이라 전란이 심하지 않았다.

그해 여름은 유난히 더웠고 가뭄도 몹시 심했다. 뙤약볕 속에다 미 공군 제트기의 기총소사 공습을 이따금 받으며 대망동으로 가는 도중, 다섯 살 난 고종아우가 그런 사정도 모른 채 목마르다고 물을 달라고 울부짖었다. 우리 가족 모두 생사의 기로에 아이의 울부짖음에 민망한

26

고모가 아우를 한 대 쥐어박자 그만 기절했다. 그러자 일행 모두가 걸음을 멈추고 가까운 웅덩이의 물을 떠다가 아우에게 떠다 먹여 겨우 살리고는 다시 길을 떠났다.

우리 가족은 대망동 깊은 산동네로 피란을 한 다음부터는 비교적 전쟁의 직접 소용돌이는 피할 수 있었다. 대가족이 한 집에 얹혀살기가 무리였기에 그곳에서는 세 가구가 세 집으로 뿔뿔이 흩어졌다. 우리 가족은 진외가 둘째 아저씨 집에서 피란했다. 그 집에는 나보다 일곱 살 위인 봉진 아저씨가 있었다. 그 마을에서도 할아버지는 군인들에게 소를 빼앗길까봐 전전긍긍했다. 그래서 날마다 봉진 아저씨와 나는 아침을 먹은 다음에는 소를 점티산으로 몰고 간 뒤 날이 어두운 뒤에야 돌아왔다. 소의 배가 불러지면 인적이 없는 깊은 산속에다 소고삐를 매어 놓고 아저씨와 나는 산골 개울에서 가재를 잡거나 풀로 물레방아를 만들어 흐르는 물에 방아를 돌리며 따분함을 잊었다. 그 산골 개울에는 가재가 매우 흔해서 돌만 뒤집으면 한두 마리씩 나왔다. 그것을 잡아 구워 먹는 것도 별미였다.

한번은 그곳 아주머니를 따라 웅덩이 빨래터로 갔다. 그런데 그곳에는 뱀들이 무척 많았다. 마치 국수 그릇의 면발처럼 뱀들이 득시글거렸다. 그런데도 아주머니는 태연히 빨래 방망이질을 하면서 뱀들이 당신 곁으로 오면 "야, 저리 가!"라고 말했다. 그러면 뱀들은 그 말을 알아들은 듯이 사라졌다. 내 평생 그렇게 많은 뱀을 본 것은 그때가 처음이요, 마지막이다.

6·25전쟁으로 피란에서 돌아온 뒤 나는 대망동에서 피란하던 그 시절이 오히려 재미있게 기억으로 남아 "피란 다시 가자"고 보챘을 정도

로 철부지였다.

그해 유엔군의 인천상륙 후인 9월 하순 무렵에야 피란을 갔던 사람들이 대부분 집으로 돌아왔다. 하지만 구미 장터마을은 성한 집이 거의 없을 정도였다. 거리마다 불구가 된 사람이 많았다. 동네 곳곳에는 철모, 탄피, 탄통 등이 지천으로 널브러져 있었다. 심지어 부서진 인민군 T-34 탱크까지도 논에 그대로 방치돼 있었다. 하지만 그게 무서워 아무도 감히 접근치 않을 정도였다. 사람들은 그것을 고철로 팔 줄도 모를 만큼 순진했다.

그해 9월 하순부터 유엔군의 인천상륙작전으로 인민군들이 북으로 쫓겨 갔다. 그러자 피란을 간 사람들은 족족 집으로 돌아왔다. 그러자 집집마다 부서진 집을 다시 짓거나 고치는가 하면, 마을 빈터에는 움집이 들어서기 시작했다. 그 움집에는 주로 북쪽에서 내려온 피란민들이 살았다. 피란에서 돌아온 우리 조무래기들은 몇 년 동안 탄피 따먹기 놀이를 했다. 그때는 M1 소총이나 카빈소총의 탄피와 탄통, 그리고 헬멧 등이 여기저기에 엄청 많았다.

그해 가을 피란에서 돌아온 집마다 한두 식구가 보이지 않았다. 하구미인 임은동, 광평동, 형곡동 일대는 1950년 8월 16일 정오 무렵 미군이 떨어트린 융단폭격에 미처 피란치 못한 집은 가족들이 거지반 폭격으로 사망해 전쟁이 끝난 뒤 해마다 온 동네 집집마다 한날에 제사를 지낸다고 했다.

우리 앞집 김 목수 집은 맏아들이 전쟁 중 행방불명됐다. 또 오거리 공씨네 술도가집 외아들도, 그 옆집 참기름집 아들도 전쟁 후 볼 수가 없었다. 어른들의 귀엣말로는 아마도 그들은 좌익으로 전쟁 중에 죽었거나 인민군을 따라 북으로 갔을 것이라고 했다. 우리 집은 내 바로 밑 여동생이 피란에서 돌아오자마자 홍역으로 죽었다. 병원에 미처 가보지도 못한 채 입은 옷 그대로 새끼줄에 꽁꽁 묶여 항아리에 담겨 도량동 싸릿재 공동묘지로 갔다. 막내고모는 그 조카가 불쌍하다고 공동묘지로 가서 실컷 울고 돌아오곤 했다. 나도 그곳에 몇 차례 따라갔다.

피란에서 돌아온 뒤 많은 동네사람들이 경찰서로 불려갔다. 인민군 점령 기간 동안 그들에게 부역한 사람을 찾아 혼을 내거나 교도소로 보낸다고 했다. 하구미 임은동 조 아무개는 전쟁 중 잠시 동인민위원장이라는 완장을 두르고 인민군에 부역했다고 된통 두들겨 맞고 장독(杖毒·매 맞아 생긴 상처의 독)으로 곧 죽었다.

어느 날 할아버지도 경찰서에 불려갔다. 아마도 멀리 피란 가지 않고 유독 우리 집만 성하게 남은 것이 인민군들에게 편의를 봐준 것으로 억측을 낳았나 보다. 게다가 할아버지는 "이승만 대통령은 전쟁을 계속 부추겨 애꿎은 조선 청년들 다 죽인다"는 말을 자주 했다. '발 없는 말이 천리를 간다'는 말처럼 그 말이 경찰의 귀에 들어갔나 보다.

할아버지는 경찰서에 가자마자 군복을 입은 전투경찰에게 몽둥이로 몹시 두들겨 맞았다. 그 소문을 듣고 할머니가 단걸음에 경찰서로 달려갔다. 지난 난리 때 앞집 순경 부인 성주댁을 우리가 피란시켜줬다는 말과 그 사실에 대한 앞집 곰배네의 보증으로 할아버지는 곧 풀려났다. 하지만 할아버지는 당신 발로 돌아오지 못하고 고모부가 업고 모셔와 사랑에 누웠다. 할머니는 북새통 피란길에 순경 부인 성주댁을 보호해 준 덕을 봤다고, 그 성주댁이 당신 영감 살렸다는 말을 했다. 피란 중 밤이면 인민군들이 노숙하는 곳으로 와서는 전짓불을 비추며 경찰이나 군인 가족이 없느냐고 다그쳤지만 할머니는 성주댁을 끝까지 당신 며느리라고 극구 변호해 위기를 모면한 일도 있었다.

할아버지 매 맞은 장독에는 민간요법으로 사람의 똥이 가장 특효라는 말을 들은 뒤부터 나는 대변을 소여물 바가지에 보았다. 그런 뒤면 할아버지는 거기다가 막걸리를 부어 코를 잡고 단숨에 들이켰다. 한 번은 내가 들에서 놀다가 급해 그곳에서 대변을 보고 돌아왔다. 그러자 할머니는 대신 고종사촌 아우의 똥을 받아왔다. 하지만 할아버지는 끝내 그 똥을 들지 않았다. 그러자 가족들은 똥에도 촌수가 있는 모양이라고 하여 할아버지가 경찰서에 다녀온 뒤 처음으로 한바탕 크게 웃었다. 할아버지가 내 똥을 드신 지 보름 만에 마침내 건강을 회복하자 할머니가 오금을 박았다.

"영감 누구 땜시로 살아난 줄 아시오?"

애초 순경 부인 성주댁이 우리 가족 피란 행렬에 동행하는 걸 할아버지는 식구가 많다고 반대했었다. 그 말에 할아버지가 겸연쩍게 동문서답처럼 대꾸했다.

"덕을 쌓은 집안에는 경사가 있느니라."

그해 가을, 맥아더의 인천상륙작전 성공으로 낙동강 전선에서 인민군들이 죄다 물러갔다. 그러자 곧이어 구미역 마루보시(통운) 옆 자리에는 철조망이 쳐졌다. 그 철조망 안에는 미군부대 퀀셋 막사가 들어서고 미군들이 개미들처럼 바글바글하게 주둔했다. 그 언저리에는 뾰족구두를 신고 입술연지를 새빨갛게 칠한 누이들이 어정거렸다. 구미역 앞에는 미장원과 세탁소, 양키 물건 가게가 새로 생겨났다.

그 얼마 뒤 우리 집에서 빤히 보였던 금오산 꼭대기에 날마다 서치라

이트가 밤하늘을 갈랐다. 그 불빛은 미 공군 비행기의 유도등이라고 했
다. 그 일로 금오산 꼭대기에도, 산 아래 남통동에도 미군들이 막사를
짓고 주둔했다.

구미 일대에 주둔한 미군들은 지프차나 GMC 군용 트럭을 타고 좁은
흙길을 마구 씽씽 달렸다. 이따금 미군 운전병 옆자리에는 입술연지를
새빨갛게 칠한 누이들이 앞가슴을 드러낸 채 타고 있었다. 그럴 때면
우리 조무래기들은 소리쳤다.

"헬로우! 기브 미 초코렛!"

그들이 검이나 초코렛을 던져주면 손을 번쩍 들고 소리쳤다

"양키, 넘버 원!"

하지만 누이를 끼고서 흙먼지만 날리며 사라질 때는 손사랫짓을 하
면서 소리쳤다.

"양키, 넘버 텐!"

"양키 갓댐!"

1953년 휴전이 되던 그해 겨울 무렵, 오줌이 마려워 한밤중에 일어
났다. 셋째 고모 친구로 이웃에 살았던 김 아무개 누이가 수건을 뒤집
어쓴 채 아랫목에서 울고 있었다. 이튿날 아침 일어나 보니 그 누이는
보이지 않았다. 나중에야 알았지만 그 누이는 그 무렵 대구 동촌 미군
비행장 앞 양공주가 됐는데 어머니가 보고싶어 몰래 집에 왔던 모양이
었다. 그런데 그만 아버지에게 들켜 집안 망신스럽다고 머리카락을 가
위로 잘리고 온몸에 피멍이 들도록 맞다가 밤중에 몰래 우리 집으로 도
망쳐왔다는 것이었다.

고모는 그 누이가 새벽 열차로 다시 대구 동촌비행장 앞 양공주촌으

로 돌아갈 수 있도록 편의를 봐줬다. 그 일로 우리 집은 그 누이의 덕을 많이 봤다. 이따금 허쉬 초콜릿이나 릿츠 비스킷, 그리고 미제 포도나 오렌지와 같은 그 시절 매우 귀한 과일들을 맛볼 수 있었다. 기울어져 가던 그 집은 그 누이가 피엑스에서 빼돌린 미제 물건으로 가난에서 벗어날 수 있었다. 그 누이가 미군과 국제결혼하여 그 집 식구들이 남보다 일찍 해외로 나돌게 된 것도 모두 그 누이 덕분이었다.

"자식 키우는 사람은 막말 못한다."

이런 일을 체험으로 겪어본 탓인지 할머니는 그런 말을 자주 들먹거리며 늘 사람을 업신여기거나 괄시하지 말라고 일렀다. 그 시절 집안의 딸이 양공주가 돼 후일 재벌가로 발돋움한 이도 있었다.

『명심보감』을 배우다

나는 호적이 늦어 취학통지서를 받지 못해 제때에 초등학교를 입학치 못했다. 어느 하루 흰 두루마기를 입은 할아버지 손에 이끌려 구미초등학교로 갔다. 또래 아이들은 운동장에서 '앞으로 나란히!' '바로!' 등 질서 교육을 받고 있었다. 검은 치마와 흰 저고리를 입은 담임선생님은 수업을 하다가 할아버지에게 인사를 한 뒤 나를 인계받았다. 그 순간부터 나도 초등학생이 되었다. 그때는 1952년 봄으로 다른 아이들보다 한 달 남짓 입학이 늦었다.

그날 운동장 수업을 마치고 교실로 가보니 초가지붕으로 맨바닥에 가마니를 깔아놨다. 아이들은 책상도 없이 가마니 위에 앉아 수업을 받고 있었다. 교실 바닥은 가마니를 깔아 쉬는 시간에 아이들이 뛰놀면 폴싹폴싹 먼지가 일어 목이 금세 괄괄했다.

겨울철에는 일주일에 한두 번 꼴로 등교 때 난로용 나무를 가지고 갔다. 너나없이 가난한 시절이라 마른 나무가 귀해 대부분 생나무였다. 그걸 난로에 넣고 불을 지피자 선생님도, 학생들도, 난로를 쬐기보다 매운 연기로 눈물을 더 많이 흘렸다. 3학년 때부터는 그제야 책걸상을 배정받아 마루로 된 교실에서 수업을 받았다. 수업이 끝난 뒤 청소시간에는 초로 교실 마루를 칠한 다음 병이나 사금파리 같은 걸로 번들번들할 때까지 밀었다.

그 무렵 학교에서는 비로소 전쟁으로 불탄 교실을 한창 새로 지었다. 나라에서 시멘트나 목재는 보조해주었지만 모래와 자갈은 자급자족케 했나 보다. 그래서 우리 학동들은 체조시간이나 방과 후에는 책보를 들고 학교에서 가까운 금오천으로 갔다. 거기 냇가에서 모래와 자갈을 책보에 담아 공사장에다 나르곤 했다.

그 시절 나는 학교에서 돌아오면 할아버지가 거처하던 사랑으로 건너갔다. 거기서 『동몽선습』 『명심보감』 등을 배웠다. 나는 '군자(君子)'가 뭔 말인지도 모르면서 그 언행을 배웠다. 그때 배웠던 『명심보감』의 한 구절은 아직도 내 입안에 맴돈다.

"군자는 식무구포요 거무구안이라(君子 食無求飽 居無求安)."

"군자는 먹는 데 배부름을 구하지 않고, 사는 데 편안함을 구하지 않는다."

나는 할아버지가 강독한 대로 앵무새처럼 따라 외웠다. 할아버지는 평소 인자했지만 글을 가르칠 때만은 무척 엄했다. 내가 글을 읽을 때 게으름을 피우거나, 한눈을 팔면 당신의 목침에 올라서게 한 뒤 종아리를 회초리로 따끔하게 쳤다. 내가 글공부를 제대로 하면 그날 강독 뒤에는 미리 사둔 엿을 상으로 주곤 했다.

할아버지는 나날이 변해가는 세태에 손자에게 『명심보감』 강독이 부질없음을 알았나 보다. 어느 날 아침, 마침내 할아버지는 나에게 한학의 전수를 단념하고 당신이 손수 만든 흑판마저도 아궁이로 던져버렸다. 그런 뒤 날마다 폭음을 했다. 술에 만취되면 술기운을 빌어 나에게 몇 말씀했다.

"너는 잘 모를 거다마는 이번 전쟁은 김일성이와 이승만 때문에 일어났다. 어쨌든동 둘이서 손잡고 쪼개진 나라를 하나로 합칠 생각은 않고, 서로 소련제 미국제 무기 마구 끌어다가 애꿎은 조선 백성들 마이(많이) 죽였다."

할아버지의 가르침으로 내 또래 아이들보다 한자를 많이 알았다. 또 할머니는 이야기꾼으로 어려서부터 우리나라 산하, 특히 내 고장에 유래된 애달픈 이야기를 많이 들려줬다. 그래서 아마도 내가 후일 국어교사로, 작가와 기자로 평생 살아가나 보다.

어린 시절 나는 부잣집 삼대독자로 태어났다면 꽤나 호강스럽게 자랄 만도 한데 그렇지 못했다. 좀 산다는 다른 집 애들은 주로 공부만 하게 했다. 하지만 할아버지와 할머니는 어린 내게 온갖 잔일을 다 시켰다. 쇠죽 끓이는 일, 꼴망태기 메고 소 꼴 뜯는 일, 산에나 강둑에서 소 치는 일, 새참 나르는 일, 모내기 때 못줄 잡는 일, 디딜방아 찧는 일, 보리나 콩 추수 때 도리깨질, 논두렁에 콩 심는 일, 산에 나무하러 가는 일 등, 당시 농촌에서 하는 일은 거의 안 해본 일이 없을 정도로 나는 가난한 농사꾼의 자식처럼 유소년 시절을 보냈다. 그때 할아버지에 대해 불만이 많았다. 우리 집보다 훨씬 못사는 집에서도 그런 일을 시키지 않았는데, 왜 나는 가난한 집 자식 이상으로 막일을 해야 하나? 부끄러웠고 창피스러웠던 기억이 한둘이 아니다. 그 무렵, 때때로 꼴망태기를 메고 가다가 내 또래 여자애를 보면 창피스러워 숨곤 했다. 역전에 사는 아이들은 검정 교복에 신발도 운동화요, 머리도 하이칼라(스포츠형)인데 나는 언제나 평상복에 고무신이요, 까까머리였다.

할아버지는 손자의 막깎기 이발료도 아끼려고 철길 건너 각산 홍씨네 무허가 이발소로 데리고갔다. 그 집 헛간은 간이 이발소로 거적문을 올리면 맨땅바닥에 딱딱한 나무 의자만 덜렁 놓였을 뿐이다. 요즘 그 흔한 거울도 없었다. 홍 영감은 이빨 빠진 바리캉으로 내 머리를 사정없이 마구 밀었다. 그 바리캉이 내 머리통을 전후좌우 마구 헤집고 누빌 때면 따끔따끔하여 눈물이 주르르 쏟아졌다. 머리 깎는 일은 잠깐이면 끝났다. 머리 감는 일은 내기 해야 한다. 머리에 남은 머리카락을 대충 털고는 그 집 우물가로 가서 두레박으로 물을 길은 다음 세숫대야에다 부었다. 그런 다음 머리를 거기다 담근 후 새까만 빨랫비누로 칠한 뒤 박박 문질렀다. 그러면 머리통이 화끈했다.

"시원하지? 쇠똥이 벗겨지니까 인물이 훤하다."

할아버지는 눈두덩이 벌겋게 된 손자가 안쓰러웠던지 점방(구멍가게, 요즘의 편의점)으로 데려가서 눈깔사탕 한 줌을 사주었다. 나는 그걸 입에 한입 물고 염소 새끼마냥 할아버지 뒤를 졸졸 따라 집으로 돌아오곤 했다.

어쩌다 내 입에서 '쌍시옷' 소리가 나오면 할아버지는 당장 날벼락이었다. 내 입에서 불평할 때 흔히 쓰는 '아이씨!'라는 말이 나올 때면 당장 회초리였다. 내가 꼭 심기가 언짢을 때는 대신에 '아이참!'이라 하라고 일러주었다. 아무튼 할아버지의 엄한 훈육으로 평생 쌍시옷이 들어간 말은 쓰지 않고 살았다. 집안 어른이 오면 꼭 큰절을 드리게 했고, 손님이 가지고 온 과자나 과일은 반드시 어른이 먹으라고 줄 때야 비로소 맛볼 수 있었다.

할아버지는 자손이 귀할수록 마구잡이로 키워야 한다고 늘 말씀했다. 그러나 그때는 그 말씀의 의미를 몰랐다. 할아버지는 구식으로 으레 그런 분, 무서운 분, 구두쇠라서 매사에 아끼고 야단치는 분으로만 여겼다. "귀한 자식일수록 속으로 사랑하라"는 그 할아버지의 말씀이 이즈음에야 진하게 감명을 준 것은 부모의 지나친 보호 아래 자란 자식들이 인생의 엇길로 가는 걸 숱하게 보아왔기 때문이다.

할아버지는 사람이 한평생을 사는 데 숱한 역경이 굽이굽이 도사리고 있음을 알았다. 그래서 귀한 손자지만, 당신이 평생을 책임질 수 없다고 나를 엄하게 키웠나보다. 물거품 같은 재산을 물려주는 것보다 그 어떤 역경이나 시련도 헤쳐나갈 수 있는 강인한 정신을 길러주는 게 올바른 교육이라고 생각했던 모양이다.

초등학교 5학년 때 할아버지가 돌아가셨다. 할아버지가 돌아가신 후, 집안은 서서히 기울기 시작하여 이태 만에 기왓장까지 왕창 내려앉고 말았다. 그 가장 큰 까닭은 아버지의 무모한 국회의원 출마 때문이었다. 그것도 경상도 감자바위라는 선산에서 애초에는 진보당으로 출마하려다가 해산되는 바람에 대신 민주당 공천으로 입후보했다가 낙선했다.

1958년 4월, 나는 구미중학교에 진학했다. 그 무렵 밥술이나 먹는 집 아이들은 대부분 대구나 김천의 중학교로 진학했다. 하지만 그때 우리 집안 살림은 갑자기 어려워져 구미중학교조차도 외가의 학비 지원으로 간신히 마칠 수 있었다. 가족마저도 사방으로 뿔뿔이 흩어졌다. 아버지는 빚쟁이를 피해 서울로, 어머니와 막냇동생은 김천 외가로, 미혼 고모들은 부산에서, 동생들은 여러 고모 댁으로 흩어졌다. 나는 고향에 남아 큰고모 댁에서 중학교를 다녔다. 그때 큰고모 댁은 점방과 함께 닭과 토끼를 길렀다. 그래서 하교 후에는 닭과 토끼 먹이로 개구리를 잡거나 망태를 메고 풀을 뜯으러 다녔다.

매 분기마다 등록금 고지서가 나오면 외가로 갔다. 내가 외가에 가면 외삼촌께서 알아차리고 돌아올 때면 등록금을 챙겨줬다. 중학교 재학 3년 동안 그렇게 외가를 다녔다. 학비를 얻고 50리 길이나 되는 먼 길을 돌아올 때는 늘 눈시울을 적시곤 했다.

나의 외삼촌의 방명은 이태원(李泰源)이다. 그분은 젊은 날에는 민족주의자로 황태성, 박상희 선생들과 교유한 분으로 4·19혁명 이후 민선 어모면장을 역임했다. 6·25전쟁 때는 부역 혐의로 남의 집 다락방에서 숨어 고비를 넘긴 분이다. 내 어릴 때 필력을 보고 장차 문장가가 되라고 격려하면서 중학교 3년 동안 학비를 대주었다.

큰고모 댁에서 중1학년까지 다니다가 중2 때부터는 할머니와 함께 철길 너머 각산마을에 남의 집 행랑채를 얻어 살았다. 그 무렵 각산은 장터마을과 달리 전기가 들어오지 않아 등잔불을 켜야 했다. 할머니는 거의 날마다 앞산이나 금오산 아홉산 골짜기에 가서 땔감을 해다가 밥을 하고 군불을 지폈다. 그러다 보니 하교하면 지게를 지고 그곳으로 가서 할머니가 해놓은 나무를 집으로 나르는 게 일이었다.

집안 형편상 고교마저도 대구나 김천 등, 도시 고등학교 진학은 꿈도

꾸지 못하고, 구미농업고등학교에 진학할 셈이었다. 그때 구미농업고등학교는 해마다 정원미달 사태를 빚었다. 그래서 도시에서 낙방한 수험생을 다 받아들였고, 그래도 학생이 모자라 학기 중이라도 자격만 갖추면 아무 때나 입학할 수 있었다. 그 무렵 학급당 정원은 대개 60명이었다. 하지만 구미농고는 한 학년이 겨우 20명 안팎으로 전교생을 합해도 도시 학교의 한 학급 정도였다. 그렇다 보니 구미농고로 진학할 학생에게는 아예 수험준비가 필요 없었다.

구미중학교 2학년 때였던 1960년 2월 28일이었다. 그해 3월 15일은 제3대 정부통령 선거일이었다. 당국은 대구 수성천변 야당 정부통령 후보자 선거유세장에 학생들을 참석치 못하게 하려고 일요일에도 등교시켰다. 이를 뒤늦게 알아차린 당시 경북고등학교 학생들은 그날 하굣길에 "학생들을 정치도구로 이용치 말라" "학원의 자유를 달라" 등의 구호를 외치면서 시위를 했다. 그 얼마 후 마산에서 3·15선거 당일 부정선거 반대시위가 일어났다. 그 불똥은 마침내 구미에까지도 튀어 '3·15 부정선거, 다시 하라'는 시위가 일어났다. 당시 중3이었던 우리들도 그 영향을 받아 시위를 벌이기도 했다.

4·19혁명으로 민주당 정권이 들어서자 아버지는 그제야 기지개를 켜고 민주당 중앙당사와 장면 총리공관에도 드나들었다. 중학교 졸업을 몇 달 앞둔 어느 날, 고향에 내려오신 아버지는 나에게 느닷없이 서울 소재 고등학교로 진학할 준비를 하라고 일렀다. 그 무렵 구미에서 서울의 고등학교로 진학하는 것은 좀처럼 드문 일이었다. 나는 서울 고교 진학이 기쁘기보다는 입시 때문에 덜컥 겁이 났다. 그래서 아버지가 준 용돈으로 먼저 전국고교 입시문제집을 산 뒤, 그때부터 본격 입시

준비를 했다.

　밤마다 호롱불 밑에서 공부를 하고 이튿날 세수를 하면 코에서 시꺼 먼 등잔불 그을림이 나왔다. 지금 돌이켜 보니 그 시절이 내 생애에서 가장 열심히 공부한 시기다. 아버지는 입학시험을 앞두고 전기 고등학 교 두 곳, 후기 고등학교 두 곳 등, 넉 장의 원서를 우편으로 보냈다. 나 는 그 원서 네 장을 한꺼번에 다 써 가지고 졸업식 다음 날 서울행 완행 열차에 올랐다. 할머니는 이불에 팥과 찹쌀 두 됫박까지 담아 봇짐을 싼 뒤 새끼로 멜빵을 만들어주었다. 나는 그 이불 봇짐을 짊어지고 구 미를 떠났다.

　아버지는 편지로 서울역에서 택시를 타고 기사에게 가회동파출소까 지 데려다달라고 한 뒤, 입초 순경에게 주소를 보이면 집을 자세히 알 려줄 거라고 했다. 나는 서울역에서 택시기사에게 가회동파출소에 내 려달라고 신신당부했다. 하지만 그가 내려준 곳은 가회동파출소가 아 니라 대로변 옆인 재동파출소였다. 택시기사는 돈암동 미아리 방면 손 님을 잔뜩 합승을 시킨 뒤, 서울에 처음 오는 시골뜨기인지라, 좁은 길 을 한참 올라가야 하는 가회동파출소로 가지 않고, 재동 네거리에다 내 려놓고 가회동파출소라고 한 뒤 냅다 달아나버렸다. 나는 시골에서 들 은 대로 "서울에서는 눈을 감으면 코 베어간다"는 고약한 인심을 첫날 부터 단단히 맛보았다. 아버지는 가회동 산1번지 한옥 문간방에 혼자 살고 있었다. 이튿날 새벽, 밥을 짓고자 수돗가에서 쌀을 일고 있는데 대청문이 열리면서 주인아주머니가 뜰로 나오며 인사를 했다.

　"어머, 학생이 밥도 다 할 줄 알아?"

　무척이나 수줍어 고개를 들지 못했다.

시골뜨기의 서울 정착은 호락호락하지 않았다. 아버지가 일러준 대로 지원 고교를 더듬거리며 네 곳 중 두 학교를 골라 전기고 한 곳, 후기고 한 곳에 입학원서를 접수시켰다. 입학원서를 접수시키면서 서울 학교의 학생들의 공부하는 모습을 보니까 모두가 다 똑똑해 보여서 몹시 주눅이 들었다. 마치 서울 학생들은 내가 시골학교에서 배우던 것과는 전혀 다른 공부를 하는 것처럼 보였다. 더욱이 시골 중학교에서는 예체능 시간은 공이나 차고 그림이나 그렸지 이론이라고는 거의 배운 적이 없었다. 그래서 시골뜨기는 모든 교과를 시험 보는 서울 명문 고등학교 진학은 무척 힘들었다.

전기로 용산고교에 응시하였으나 낙방했다. 그 무렵 서울의 명문고교에서는 동일 중학교 출신 지원자는 거의 무시험 전형으로 입학시키고, 타교 출신은 한두 반 정도만 뽑았다. 이는 대단히 불공정한 입시제도였다. 그 시절은 시골학교나 타교 출신자들의 서울 명문 고교 진학은 무척 힘들었다. 다행히 후기로 지원한 중동고교에서는 예체능 과목 없이 국어, 영어, 수학, 사회, 과학 등 다섯 과목만 시험을 봤다. 중동고교에서도 동일계 중학교 진학자들을 무시험 전형으로 합격시켰다. 하지만 그 가운데서 전기로 타교에 응시한 학생에게는 무시험 입학자격을 박탈했다. 그런 탓으로 다른 학교보다는 입학의 문이 조금 더 넓었다. 그래서 용케 중동고등학교에 합격할 수 있었다.

어렵게 입학시험에 합격하였지만 입학금을 기일 내에 내지 못했다. 그래서 입학식 날 등교는커녕 방문을 닫고 지냈다. 그렇게 며칠을 보내자 그런 낌새를 알아차린 주인집 아주머니가 고맙게도 입학금을 마련해주었다.

입학식 1주일이 지난 뒤 아버지와 함께 학교에 갔다. 아버지가 교감 선생님에게 통사정을 하여 간신히 입학 허가를 받을 수 있었다. 그날로 학교 서무실에서 등록을 마친 뒤 두터운 돋보기안경을 쓴 학적담당 선생님을 따라 교실로 갔다. 학급 정원이 60명이었는데도 80명이나 몰려 있었다. 나중에 알았지만 학교에서 반마다 20명씩은 가욋돈을 받고 보결생을 뽑았기 때문이었다. 마침 그 시간은 학적담당이며 담임인 이종우 선생님의 수학시간이었다.

"옆자리가 빈 학생 손들어봐!"

"선생님, 여기예요."

한 학생이 손을 번쩍 들었다. 바로 그가 짝인 양철웅(그는 후일 나의 장편소설 『용서』의 주인공 '장지수'의 실제 인물)이었다. 그 자리로 갔다. 담임선생님은 나에게 그 시간부터 수업을 받으라고 했다. 나는 수업 준비는커녕 그날도 구미중학교 교복에 중학생 교모를 쓰고 갔다. 짝 철웅은 연습장과 필기도구를 건네주고 교과서도 보여주었다. 쉬는 시간에 언저리 친구들이 몰려들었다.

"애, 너 어느 중학교를 나왔니?"

"구미중학교 나왔다 아이가."

"아이가? 그 말 참 재미있다. 구미중학교가 어디 있니?"

"경상북도 선산군 구미면에 있다."

"경상도 아주 깊은 두메산골인가 보다."

나는 학급 친구들이 '구미'를 이름 한 번 들어보지 못한 경상도 깊은 두메산골이라고 무시하는 것 같아서 열심히 설명했다.

"아이다. 구미는 기차정거장도 있고, 경찰서도 있다. 보통 급행열차도 서는 제법 큰 고장이다."

하지만 그 친구들은 서울이 아니면 모두 시골촌놈으로 취급했다. 게다가 뒤늦게 입학하자 보결생 취급을 했다. 그날 하굣길에 짝이 가르쳐준 학창서점에서 교과서도 사고, 신신백화점 교복점에서 교복과 교표가 새겨진 가방을 샀다. 하지만 돈이 모자라 교모는 사지 못했다. 이튿날 짝은 내가 새 교복에 낡은 모자를 쓴 것을 보고는 다음 날 자기가 중학교 때 쓰던 걸 갖다주었다. 그때 내가 썼던 모자는 빛깔이 바래져서 완전히 누렇게 탈색되어 보기에도 매우 흉했다.

어렵사리 등록을 하여 학교에 다녔지만 도시 학급에서 기를 펼 수가 없었다. 스케치북이니 백지도(실습용 지도노트)니 부기장이니 물감과 같은 수업 준비물에다가 학급비니 축구시합 관람비니 자질구레하게 돈 드는 일이 무척 많았다. 특히 중동고는 축구를 잘해서 한 달이면 한두 번 꼴로 서울운동장에 응원을 갔다. 그런데 나는 수업 준비물이나 축구시합 단체관람비조차도 낼 수가 없었다. 그런 어려운 내 사정을 모르는 교과 선생님들은 수업 준비 불량이라고 막대기로 손바닥을 때리기도 하고, 교무수첩에다 이름을 적기도 했다. 학급 반장이나 회계는 잡부금을 내지 못한 나를 짜증스럽게 따돌렸다. 짝 철웅은 그런 나를 곁에서 보다 못해 자기의 스케치북을 찢어 낱장을 주기도 했다. 때로는 다른 반 중학교 때 친구에게 백지도나 부기장을 빌려다 주기도 했다. 하지만 교과 선생님은 그런 나를 용케 찾아내고는 양심불량이라고 종아리에 자국이 나도록 때렸다.

1961년 5월이 되자 2기분 등록금 고지서가 나왔다. 납기 마감일이 다가오자 등록금 독촉이 매우 심했다. 거의 날마다 종례시간이면 담임

선생님에게 시달렸다. 학교에서는 각 학년마다 매달 한 학년에 한 학급씩 모범반을 표창했다. 모범반 선정의 기준은 출결사항, 등록금 납부상황 등인 모양이었다. 우리 학급은 새 학기 첫 달에 모범반이 되자 그걸 계속 유지하려고 담임선생님은 학생들을 몹시 닦달했다.

가난한 학생의 학교생활은 여간 힘들지 않았다. 밥을 지어먹고 다니는 일도 힘들었지만 등록금 독촉, 각종 잡부금, 교재 준비에 드는 자잘한 돈 때문이었다. 나에게 그런 돈이 없자 학급에서 도시 기를 펼 수가 없었다.

그런 가운데 친정살이에 지친 어머니가 막냇동생을 데리고 서울로 왔다. 밥하는 일은 면했지만 식구가 늘자 집안 형편은 더 어려웠다. 그때 아버지는 고정수입이 없이 민주당 당사나 국회의원 사무실에 들러 지인들에게 밥값이나 용돈을 얻어 가족의 생계비로 썼다. 그 돈은 들쑥날쑥, 그야말로 담뱃값 정도의 푼돈으로 가계비가 될 수 없었다.

5·16 쿠데타

1961년 5월 16일 새벽, 아버지가 켜놓은 라디오 소리에 잠이 깼다. 라디오에서는 예삿날과는 달리 행진곡과 함께 박종세 아나운서의 떨리면서도 다급한 목소리로 새벽 정적을 깨뜨렸다.

친애하는 애국동포 여러분! 은인자중하던 군부는 드디어 금조 미명을 기해서 일제히 행동을 개시하여 국가의 행정, 입법, 사법의 3권을 완전히 장악하고 이어 군사혁명위원회를 조직하였습니다. 군부가 궐기한 것은, 부패하고 무능한 현 정권과 기성정치인들에게 더 이상 국가와 민족의 운명을 맡겨둘 수 없다고 단정하고 백척간두에서 방황하는 조국의 위기를 극복하기 위한 것입니다.

혁명공약

1. 반공을 국시의 제일의로 삼고, 지금까지 형식적이고 구호에만 그친 반공태세를 재정비 강화한다.

2. 유엔헌장을 준수하고 국제협약을 충실히 수행할 것이며, 미국을 비롯한 자유 우방과의 유대를 더욱 공고히 할 것이다.

3. 이 나라 사회의 모든 부패와 구악을 일소하고 퇴폐한 국민 도의와 민족정기를 바로잡기 위해 정신한 기풍을 진작시킨다.

4. 절망과 기아선상에서 허덕이는 민생고를 시급히 해결하고 국가자주경제 재건에 총력을 경주한다.

5. 민족의 숙원인 국토통일을 위해 공산주의와 대결할 수 있는 실력배양에 전력을 집중한다.

6. 이와 같은 우리의 과업이 성취되면 참신하고도 양심적인 정치인들에게 언제든지 정권을 이양하고 우리들은 본연의 임무에 복귀할 준비를 갖춘다.

혁명공약 방송은 계속 반복 방송됐다. 라디오에서 귀를 떼지 않던 아버지 표정이 납덩이처럼 굳었다. 그 무렵 아버지는 민주당사를 출입하면서 재기를 노리던 중이었다. 그래서 그 누구보다도 시국에 민감했다. 아버지는 이것은 혁명이 아니라 군사반란이요, 쿠데타라고 말했다. 그때 나는 '혁명' '군사 쿠데타'란 말이 무엇인지도 몰랐다. 그날도 평소와 다름없이 책가방을 들고 등교했다. 안국동 네거리를 지나는데 총에 대검을 꽂은 군인들이 20~30미터 간격으로 대로변에 서 있었다. 어딘가 살벌한 공포 분위기였다.

그 며칠 후 아버지는 쿠데타의 주동자는 군사혁명위원회 장도영 의장이 아니고, 사실상 실권자는 부의장인 박정희 소장이라고 귀띔했다.

바로 그분은 구미역 뒤 각산에 사는 신문사네 시동생이라고 하여 깜짝 놀랐다. 신문사네라고 하면, 고향 어른들이 늘 귀엣말하던 박상희 선생의 부인을 말함이 아닌가.

군사혁명위원회 부의장 박정희 소장은 야전 점퍼 차림에 검은 선글라스를 쓰고 시청 앞에 비로소 모습을 드러냈다. 그는 쿠데타의 사실상 실권자로 시민들은 작달막한 체구에 깡마르고, 선글라스로 얼굴 표정을 가린 그 외모에서부터 오싹한 한기를 느꼈다고 한다. 군사혁명위원회는 입법·사법·행정의 전권을 장악하고, 전국에 비상계엄을 선포한 뒤 포고령을 마구 쏟아냈다. 그들은 구악을 일소한다며 구정치인을 연금시키고, 깡패들을 잡아들였다. 야간 통행금지도 저녁 8시부터 연장하는 등, 날마다 일련의 강압 조치들이 줄줄이 쏟아졌다.

그 무렵 학교에서는 학생들에게 혁명공약을 암송케 했다. 운동장 조회시간 전교생은 혁명공약을 낭독했고, 중간고사 시험에도 출제돼 빈칸을 메우게 했다. 혁명공약에서 "절망과 기아선상에서 허덕이는 민생고를 시급히 해결한다"고 말했다. 하지만 쿠데타 초기에는 시중 미곡상에 쌀이 떨어지자 값은 천정부지로 치솟았다. 미처 동회에 주민등록이 안 된 우리 식구는 배급 양곡도 받을 수 없었다. 마침내 돈도, 쌀도 떨어져서 학교에 도시락을 싸갈 수 없는 지경에 이르렀다.

나는 점심시간이면 슬그머니 교실을 벗어나 수돗가로 가서 수도꼭지를 틀고 물로 배를 채웠다. 학급 친구들이 도시락을 다 먹을 즈음 다시 교실로 돌아왔다. 그런 날이 며칠 계속되자 내 짝 철웅이가 그런 낌새를 알고서 아침이면 책상 서랍에 빵 봉지를 넣어두었다. 거기에는 단팥빵이나 소보로(곰보)빵이 두어 개 들어있었다.

"애, 아무 소리 말고 먹어."

그 빵은 나에게 '눈물 젖은 빵'이었다. 그 빵이 그렇게 맛있을 수가 없었다. 아버지는 5·16 군사쿠데타 후 처음에는 박상희 선생 동생이 쿠데타 주동이라고 잔뜩 기대를 가졌다. 하지만 곧 혁신계 정치인과 구 정치인들을 오랏줄에 묶어 연행하자 그제부터는 서리 맞은 호박잎처럼 자지러졌다. 아버지는 바깥출입도 삼간 채 하루 종일 방안에서 신문과 라디오 뉴스만 보고 들으면서 지내다가 어느 날 새벽 사복경찰들에게 연행당했다.

그날 학교에서 집으로 돌아오자 방안에는 아무도 없었다. 땅거미가 질 무렵에야 어머니가 막냇동생을 업고 돌아왔다. 하루 사이지만 어머니의 얼굴은 그새 까맣게 그을렸다. 어머니는 자동차를 타면 멀미를 했다. 그래서 온종일 아버지를 찾으러 막내를 업고 뙤약볕에 종로서로 서대문교도소로 걸어 다녔기 때문에 그랬을 거라 짐작이 갔다.

어머니는 집에 돌아오자마자 찬물 한 바가지를 들이킨 뒤 그대로 쓰러졌다. 울보 막내도 지쳤음인지 저녁밥도 먹지 않은 채 그대로 잠들었다. 두어 시간 뒤쯤 어머니가 기운을 차렸는지 눈을 떴다.

"종로경찰서에 갔더니 오늘 오후에 … 서대문형무소로 … 넘어갔다고 하더라. 물어물어 거기까지 걸어갔으나 … 오늘은 면회가 안 된다기에 그냥 왔다."

어머니는 거기까지 울먹이며 더듬거리고는 더 이상 말이 없었다. 잠든 막내를 사이에 두고 나와 어머니는 더 이상 말 없이 주룩주룩 눈물만 흘렸다. 한참을 그렇게 지내다 바깥 수돗가에 나가 세수를 하고 돌아와 다시 불도 켜지 않은 채 어머니와 마주 앉았다.

"엄마, 그만 방안에다 연탄 화덕 갖다놓자."

그리고는 울음을 터트렸다. 그제까지 소리 없이 울던 어머니도 그 말에 크게 흐느꼈다. 옆집 괘종시계가 한 번을 쳤다. 아마도 12시 반 아니면 새벽 한 시였나 보다. 어머니가 마당의 수돗가로, 화장실로 다녀온 뒤에야 입을 열었다.

"아버지를 교도소에 두고 우리만 죽을 수는 없다."

"엄마, 난 이제 더 이상 학교 못 다니겠다. 매일 담임선생님한테 등록금 졸리는 것도, 교과 선생님들한테는 수업 준비 불량이라고 손바닥 맞기도 넌덜머리 난다. 고향 친구들에게는 초라해진 꼴을 보이기 싫으니, 우리 죽지 않으려면 서울도, 고향도 아닌 어디 먼 데로 가자. 나는 꼴머슴이라도 하면서 강의록으로 공부하고 엄마는 남의 집 밥이나 해주면 입에 풀칠은 안 하겠나?"

"사내자식이 옹졸한 마음 먹으면 못쓴다. 우선 아버지 면회부터 한 다음 그때 의논하자."

이튿날 새벽 평소대로 일어난 뒤 학교 갈 준비 대신에 노트 한 장을 찢어서 거기다가 휴학계를 썼다. 가정 형편상 1년간 휴학하겠다고 쓰고는 이름 옆에 도장을 찍어 봉투에 넣었다. 마침 주인집 아들이 한 울타리에 있는 중동 중학생이기에 그 편에 담임선생님에게 보냈다. 어머니는 나의 행동을 물끄러미 바라볼 뿐 굳이 말리지 않았다.

학교를 그만두니까 막상 갈 곳이 없었다. 그렇다고 하루 종일 방 안에서만 지내기도 답답하였다. 그래서 집에서 가까운 삼청공원 산책로를 몇 바퀴 돌다가 내려오곤 했다.

낯선 서울에서 아무 희망이 없는 암울한 나날을 보내면서, 매일같이 엉뚱한 생각만 했다.

'이대로 혼자 죽어버릴까? 아니면 가출해버릴까?'

'죽는다면 어떻게 죽어야 고통도 없고 흔적도 없이 죽을까?'

그 무렵 유행이었던 방안에다 연탄 화덕을 들여 놓는 방법도 있었고, 수면제를 여러 알 먹으면 죽는다는 걸 알았다. 그래서 나는 자살용 알약을 봉투에 담아 주머니에 넣고 다니기도 했다.

학교를 그만두자 그것이 내 인생의 끝인 줄로만 알았다. 그때 막냇동생은 아직 철부지라 매 끼니 때마다 주인집 밥상을 건너다보고 우리 집 밥은 찬밥(쌀밥)이 아니라고, 반찬이 없다고 울음을 터트렸다. 그런 막내의 울음에 쩔쩔매는 어머니를 쳐다보기가 괴롭고 갑갑해서 나는 낯선 서울시내를 마구 쏘다녔다.

그때 우리 집에는 경향신문을 구독했다. 석간 배달시간이면 매일 같이 신문배달원에게 밀린 신문대금을 독촉 받았다. 그는 당시 덕수상고 이정수란 학생으로 여러 날 대하다 보니 그만 그와 친해져 버렸다. 어느 날, 그는 학교도 가지 않고 하루 종일 빈둥거리는 나의 사정을 어림한 듯 내게 신문배달을 권하며 자기 대신 가회동 구역을 맡아달라고 말했다. 나는 선뜻 대답을 못하고 며칠 생각해보겠다고 했다.

그날도 정처 없이 쏘다니다가 발길이 멈춘 곳은 종로 탑골공원이었다. 그곳에는 늘 많은 사람들이 몰려 있었다. 실업자, 지게꾼, 잡상인, 날품팔이 노동자, 약장사, 관상쟁이, 장님 점쟁이, 팔각정에서 열변을 토하는 우국지사 등 많은 사람들이 밤낮없이 들끓었다.

나는 여러 인간상을 대하면서 무료한 시간을 보내다 후문 쪽에서 한 거지를 만났다. 그의 두 다리는 무릎 위까지 완전히 끊겨 있었다. 그 부분은 고무판으로 상처 부위를 싸맸지만 뾰족이 내민 살갗에는 피고름이 엉겨 있었다. 그 상처에는 쉬파리가 붙어 피고름을 핥고 있었다. 그런데도 그는 상처에 전혀 상관도 않고 지나가는 행인에게 손을 내밀며 한두 푼을 구걸하고 있었다. 그의 몰골은 시꺼멓게 땟국이 낀 '아! 사람이 저럴 수도 있을까' 싶도록 처참했다. 그 거지를 본 순간, 심장이 멎은 충격에 온몸이 오싹했다. 그는 예순 살은 족히 넘은 늙은이였다. 이미 인생의 막다른 황혼길에서 무슨 미련이 있어서 두 손을 다리 삼아 이곳저곳을 옮겨다니면서 삶의 애착에 젖어 구걸하는가. 더 이상 살아봐야 앞으로 무슨 영화가 있다고, 구차한 목숨을 잇겠다고 손발로 엉금엉금 기어다니면서 걸식을 하는가!

그 순간 이런 생각들이 퍼뜩 내 머릿속을 스쳤다.

'나는 뭐냐?' '16세의 사지가 멀쩡한 녀석이 학교를 못 다니게 됐다고 부모를 원망하고, 세상을 한탄하며, 인생이 괴롭다고 죽음을 생각하는 게 얼마나 못나고 비겁한 일인가.' '그래 지금 내가 죽는다고 치자. 그러나 세상은 조금도 바뀌지 않을 것이고, 내일 아침 해는 그대로 동쪽에서 솟아오를 것이다.'

내가 죽는다면 부모만 가슴에 못이 박힌 채 두고두고 무능한 자신을, 비명에 간 자식을 원망할 테다. 곰곰이 생각해봐도 내가 죽는다고 해서 이 세상은 아무런 변화도 없을 것이다. 다음 날 아침 해는 동쪽에서 떠오를 것이며, 나만 몹쓸 사람이 되는 것 같아서 억울해서 도저히 죽을 수 없었다.

'그래, 저 거지, 다리도 없는 저 장애인도 살겠다고, 하늘이 준 목숨을 버릴 수 없어 저렇게 온몸으로 몸부림치며 살아가는데, 나는 그보다 낫

지 않는가?'

그날 탑골공원에서 만난 그 장애인 거지는 나에게 생명의 은인이었다. 나는 주머니 속의 알약을 탑골공원 화장실에다 던져 버렸다.

이튿날 이정수 군을 따라 경향신문 낙원동보급소를 찾았다. 그 보급소는 낙원동 천도교본부 수운회관 옆에 있었다.

"소장님, 제가 말하던 중동 학생입니다."

늙수그레한 소장은 내 몰골을 훑으면서 물었다.

"아침저녁 배달하려면 힘들 텐데 배겨내겠어?"

"힘껏 해보겠습니다."

"우리 보급소에서는 처음 배달하는 사람한테는 보증금이 있어야 하는데….."

"얼맙니까?"

"오천 환."

"저한테는 그런 큰돈은 없습니다."

"매일 신문도 맡기고 수금도 해야 하는데, 그 정도의 보증금은 받아야 돼."

시무룩이 그냥 돌아서려는데 소장이 불렀다.

"그럼 담임선생님 신원보증은 받아올 수 있나?"

"안 됩니다. 지금은 휴학 중입니다."

나보다 이정수 군이 더 다급한 듯 끼어들었다.

"소장님, 집안 형편이 매우 딱한 모양입니다. 첫 달 배달료를 보증금으로 하면 안 되겠습니까?"

소장은 난감해하더니 나에게 다짐했다.

"그렇게 하겠나?"

"예."

이튿날 아침부터 그를 따라다녔다. 그는 하루라도 빨리 인계하고자 분필을 꺼내 들고서는 독자의 대문 구석에 배달 순서대로 K1, K2 … 라는 기호를 쓰고는 석간 배달부터는 내가 그 암호를 찾아 넣게 하였다. 내가 사흘 만에 독자 집을 다 익히자 이정수 군으로부터 신문배달을 완전히 물려받았다. 그 무렵에는 신문은 하루 두 번씩 발간되었는데 일요일 오후에만 한 번 쉬었다. 조간 배달은 늦어도 4시 30분까지, 석간 배달은 오후 4시까지 보급소로 가서 기다리다가 본사 신문수송차에서 신문을 받아내린 뒤 총무가 세어준 신문을 옆구리에 끼고 배달원들은 구역으로 달음질쳤다.

교사·작가·기자의 꿈

새벽길은 조용하고 상큼했다. 통금이 갓 풀린 거리는 텅 비어 있었다. 이따금 신문배달원이나 우유배달원, 두부장수만이 바삐 지날 뿐이었다. 도시는 미처 새벽잠에서 깨어나지 않았다. 그 시간에는 차도 드물어 나는 도시의 주인이 된 기분으로, 종로의 넓은 길을 망아지처럼 마구 뛰어다녔다. 신문배달은 시내버스 노선처럼 배달 차례가 정해져 있었다.

첫 집부터 끝 집까지 정신 바짝 차리고 돌려야 한다. 배달이 끝난 뒤, 간혹 신문이 한두 부 남으면 어느 집을 빠뜨렸는지 한참 기억을 되새기며 헤매야 한다. 대문 틈으로 신문을 넣으면 바닥에 떨어지는 소리가 아주 상큼했다. 그 소리가 참 좋았다. 좁은 문틈으로 신문을 재빨리 넣는 것도 솜씨였다. 그것은 말로 터득되지 않고 세월이 말해주었다. 담 너머로 던지는 솜씨도 마찬가지였다.

배달 초기에는 선임들의 재빠른 솜씨에 탄복했다. 그런데 나도 세월이 지나자 그들 못지않게 계단을 내려가지 않고도 축대 위에서 대문 안으로 신문을 던질 수 있었고, 담 너머로 정확히 사뿐하게 대청마루까지도 날릴 수도 있었다. 신문을 가지런히 추리거나 부수를 정확히 빨리 헤아리는 솜씨도 세월에 비례했다. 기능이란 밥그릇 수에 비례한다.

내 배달 구역은 가회동과 삼청동이었다. 그 지역은 지대가 높았다. 어떤 집은 계단을 스무 남은 개 올라야 했고, 한 집 때문에 삼청공원 들머리까지 오백여 미터는 가야 했다. 그러나 그 구역은 유명 인사와 부자들이 많이 살아서 보급소에서는 에이(A)급으로 쳤다. 그것은 수금 실적으로 판가름했다. 신문배달원이면 수입이 똑같은 줄 알았는데, 막상 시작하고 보니 그게 아니었다. 월급제가 아니고 부수에 따른 수당제였다. 월말에 수금하여 먼저 일정액을 보급소에 입금하고 남은 돈이 배달원 몫이었다. 그런데 나머지 집 수금은 참 힘들었다. 매달 한 달씩 늦게 주는 집, 열흘씩 보름씩 늦게 주는 집, 신문대금을 깎아서 주는 집 등으로 그걸 시비하면 당장 신문을 보지 않겠다고 말하기 일쑤였다. 그래서 그런 독자들의 비위를 맞춰가면서 눈치껏 수금했다. 세상만사 힘들지 않는 일은 없었다.

그때 경향신문을 60여 부 배달했다. 동아나 조선 등 다른 신문에 견주면 구역은 두세 배나 넓었지만 수입은 삼분의 일도 안 되었다. 그 무렵 경향신문은 4·19혁명 덕분으로 복간되어 잠시 인기를 누리다가 5·16 쿠데타로 장면 정권이 무너지자 독자가 폴싹 줄었다. 지역 주민들도 신문의 인기에 따라 배달원을 대하는 것 같아 속이 몹시 상했다.

당시 가회동, 삼청동 등 북촌에는 유명 인사들이 많이 살았다. 가장 기억에 남는 댁은 김활란 이대총장 댁이었다. 어느 하루 김 총장이 검은색 지프차에서 내린 뒤 나에게 '부디 열심히 공부하라'고 격려했다. 그 며칠 후 수금을 하러 가자 가정부가 신문대금 외에 별도의 봉투를 건네주었다. 총장님 뜻이라고 했다. 그 안에는 신문대금 반달치의 가욋돈이 들어있었다(후일 나는 이화학당에서 28년간 교사로 근무했다).

그때 동아일보 배달원 수입이 가장 많았고, 다음이 조선일보, 한국일보 순서였다. 그때 나는 배달구역도 좁고, 부수가 가장 많은 동아일보 배달원이 몹시 부러웠다. 아침저녁으로 만나는 배달원들은 경쟁자지만 서로 알고 지냈다.

어느 날 나는 김대식이란 동아일보 계동 배달원에게 배달 자리를 부탁하자 그는 대뜸 학교 다니느냐고 물었다. 휴학 중으로 학교에 다니지 않는다고 했다. 그러자 자기네 보급소에서는 재학생만 배달원으로 쓴다고 했다. 그 말이 송곳으로 가슴에 찔리듯 아팠다. 그는 시무룩이 돌아서는 내가 측은하게 보였던지 그 무렵 자기네 보급소에 자리도 없다면서 내가 학교에 복학을 하면 꼭 알아봐주겠다고 말했다.

나의 배달 코스는 보급소인 낙원동에서 재동 창덕여고(현, 헌법재판소)를 시작으로, 가회동 한옥마을 꼭대기까지 올라갔다가, 왼편 삼청동으로 넘어가서 화동 경기고등학교를 거쳐 안국동 당시 윤보선 대통령 댁에 이르면 끝이었다. 동아일보나 조선일보 배달원보다 두세 곱은 더 넓었다. 조간 배달 때는 거의 사람들이 없지만 석간 배달 때는 학생들이 몹시 붐비는 지역이었다.

그 무렵 그 일대는 경기, 덕성, 풍문, 창덕, 중동, 숙명, 수송 등 학교가 많았다. 석간 배달 때 마름모꼴 명찰을 단 경기중고등학교 학생들을 보면 열등감에 젖었다. 덕성이나 풍문여고 학생들과 마주치면 무척 창피한 감이 들어서 고개를 푹 숙였다. 며칠 그러면서 곰곰이 생각하니까 그런 내가 잘못이란 생각이 들었다. 신문배달이 도둑질하는 것도 아니고, 단지 학비를 벌기 위한 일이 아닌가. 차츰 열등감이나 창피하다는 게 잘못이라는 생각으로 바뀌면서 그때부터는 고개를 들고 다녔다. 그래도 중동학교 친구들을 보면 지레 피하거나 얼른 지나칠 만큼 내 마음은 옹졸했다. 어느 하루 배달을 마치고 보급소로 가는 길에 안국동 로터리에서 같은 반이었던 한 친구와 정면으로 부딪쳤다. 그는 내 손목을 꽉 붙잡고는 위로의 말을 건넸다.

"왜 학교를 그만뒀니? 담임선생님도, 반 아이들도, 네 소식을 몹시 궁금해한다. 언제 한 번 학교에 들러라."

"…"

나는 푹 고개를 숙인 채 못 들은 척 자리를 피했다.

어느 새벽 신문을 돌리다가 휘문학교 앞 골목에서 조선일보 계동 배달원 왕눈이에게 멱살을 잡혔다. 그는 별명대로 눈이 크고 우락부락 험한 인상이었다.

"야! 경향, 너 이 새끼! 왜 싫다는 집에 신문을 넣어! 너 때문에 내가 신문을 못 넣잖아. 그 집에 한 번만 더 넣으면 네 꼴통 까버릴 테다."

월말에 한 독자 집에 수금 갔더니, 조선일보를 보겠다고 하면서 그만 넣으라고 했다. 하지만 신문을 남길 수 없어 계속 넣다가 벌어진 일이었다. 독자들의 그런 요구를 다 들어주면 배달 부수가 10여 부 이상 줄어들 판이라 어쩔 수 없이 계속 넣었다. 또 보급소에서도 호락호락 신문부수를 줄여주지 않을뿐더러, 배달수입도 꽉 줄어들기 때문이다. 그 며칠 뒤, 배달 중 왕눈이가 다시 불렀다.

"야, 경향. 너, 내 보조할 생각 없냐? 보조하다가 우리 보급소에 배달원 자리 나면 네가 꿰차고. 너 지금 수입보다는 내가 더 줄게."

나는 기왕에 배달원이 된 이상 수입이 더 나은 곳으로 옮기려던 참이라 그의 제의를 선뜻 받아들였다. 내 구역을 다른 아이에게 인계한 후 마침내 왕눈이의 보조 배달원이 되었다. 보조 배달원은 신문뭉치를 들고 사수를 따라다니면서 그가 시키는 대로 신문을 돌리는 일이다. 독자 집이 다 익으면 사수는 큰길에 서 있고, 보조는 골목골목을 배달하거나 두 사람이 구역을 분담하여 한 사람은 역순으로 배달하면 일찍 마칠 수 있었다.

왕눈이의 또 다른 별명은 '기관차'였다. 그는 보급소에서 신문을 받아 옆구리에 끼고 나서면 배달구역 끝 독자 집까지 쉬지 않고 뛰었다. 보통 배달원이 두 시간 정도 걸릴 곳을 그는 한 시간이면 족했다.

그때 나도 신문배달에 이력이 났지만 그의 속도를 도저히 따를 수가 없었다. 석간 배달 중, 중앙학교 앞 찐빵 가게를 지날 때면 왕눈이는 한꺼번에 찐빵을 대여섯 개나 후딱 먹어치웠다. 왕눈이는 험악한 인상과는 달리 인정이 많았다. 내가 찐빵을 몇 개나 먹든지 상관치 않고 값을 치렀다. 그는 아침 배달이 끝나면 구두닦이통을 메고 명동으로 갔다. 어느 날 배달 중, 내가 독자 집 한문 문패를 죄다 읽자 그는 큰 눈을 더욱 크게 떴다.

"너 먹물 좀 들었군. 어느 학교 다녔어?"

"중동."

"뭐! 중동? 퇴학 맞았냐?"

"아니, 돈이 없어서 그만뒀어."

"나도 시골에서 학교 다니다 돈이 없어 때려치우고 서울로 튀었어. X 팔 돈이 뭔지…."

내가 배달 구역에 완전히 익어지자 왕눈이는 조간 때만 드문드문 나왔다. 석간 때는 아예 꼴을 볼 수 없었다. 닷새 만에 나온 그는 나에게 자기 대신 구역을 아예 맡으라고 했다.

"마침 명동에서 빌딩 하나를 잡았어. 요즘 거기 일만 해도 벅차. 이 달 입금하고 남는 돈 너 다 가져. 내년 봄에 꼭 복학해라."

"고마워."

"고맙긴. 이게 뭐 대단한 자리라고."

"그래도 나한테는."

"명동에 오거든 꼭 들려. 국립극장 앞 딱새들에게 왕눈이를 물으면 가르쳐줄 거야."

하지만 나는 그를 만나러 국립극장에 간 적은 없었다.

아버지는 서대문교도소에서 한 달여 만에 출소했다. 그때 아버지는 날개를 다친 새처럼 바깥출입도 뜸한 채 더욱 방안에서만 내가 배달하고 남겨온 신문을 광고까지 죄다 읽으며 지냈다. 나는 아버지를 위하여 다른 배달원과 남은 신문을 교환해서 갖다드리기도 했다. 그때부터 가계는 어머니가 도맡았고 내가 조금씩 도왔다. 어머니는 이웃의 소개로 낙원시장 바느질집에 나갔다. 나는 새벽 배달길에는 늘 두부장수를 만

56

났다. 그러면 신문 한 부와 비지 한 덩이를 맞바꿨다. 그날 밥상에는 비지찌개가 올랐다.

동아일보와 조선일보는 오랜 세월 동안 서로 경쟁 관계였다. 두 신문사는 창간한 해도 같았고, 신문사 사옥도 광화문 네거리에서 서로 빤히 쳐다보고 있었다. 나는 계동 구역에 조선일보를 배달하면서 동아일보 배달원 김대식과 매일 만났다. 배달 구역도 코스도 거의 같았다. 신문이 나오는 시간도 비슷하기에 늘 우리 두 사람은 앞서거나 뒤서거니 서로 다퉜다. 서로 경쟁 관계였지만 둘 사이는 무척 친했다. 대식이는 광화문 소재 협성고등공민학교를 다녔다. 그는 늘 교복을 단정히 입었고, 궁한 티가 조금도 나지 않는 의연한 자세였다. 같은 구역 안에서 배달원 사이는 좋지 않은 일이 많게 마련이다. 새로 이사를 오는 경우, 독자 쟁탈전이 붙게 마련이고, 다달이 나오는 확장지와 남는 신문을 처리하자면 서로의 영역을 침범하기에 충돌하기 일쑤였다. 그런데 우리는 서로 얼굴 찌푸리는 일 한 번 없이 지냈다.

그때 배달원들은 구역에서 만나면 이름 대신 서로 '동아' '조선' '한국' '경향'으로 통했다. 나는 대식을 통해 동아일보 세종로보급소가 여러 면에서 대우가 더 좋다는 사실을 알았다. 우선 배달 부수가 많아서 수입이 많았고, 배달원에 대한 사람대접도 훨씬 좋았다. 동아일보 세종로보급소는 청진동에다 한옥 한 채를 통째로 쓰고 있었다.

그 한옥은 보급소 사무소 겸 배달원들의 숙소로 제공했다. 가난한 시골 출신 고학생들이 그곳에서 자취를 하고 있었다. 월말 수금 때는 보급소에서는 특식으로 날마다 지금의 교보문고 자리에 있었던 '복취루'라는 중국집에서 계란빵을 사다가 한 개씩 나눠줬다. 그 빵 맛이 기가 막혔다. 신문 사납금을 다음 달 8일까지 마감하면 2퍼센트의 특별수당을 더 주는 등, 다른 보급소에서는 볼 수 없는 파격 대우였다. 하지만 재학생이 아니면 배달원이 될 수 없고, 배달원 자리도 여간해서 나지 않는다고 하니, 별수 없이 부럽기만 했다.

나의 배달 구역 첫 집은 계동 어귀 계산약국이었다. 그곳에서 시작하여 휘문, 대동, 중앙학교로 거슬러 올라가서 원서동 고개를 넘어 다시 아래로 내려온 뒤 창덕궁 사무실에 넣으면 끝이었다. 조간 배달이 끝나면 곧장 창덕궁 숲으로 들어가서 맑은 개울물에 세수도 하고 가을철이면 산책길에 알밤도 주웠다. 그럴 때면 나는 왕족이 된 기분이었다. 서울시민 가운데 몇 사람이나 이른 새벽 창덕궁을 마음대로 드나들면서 궁내 맑은 개울에서 세수를 하겠는가. 문득 사람의 행과 불행도 생각하기 나름 같았다.

조간 배달을 마치고 아침을 먹은 다음, 별일 없으면 구역으로 나갔다. 수금도 하고 새 독자를 만들기 위해 구역을 맴돌았다. 찐빵 가게를 지날 때면 주인이 놀다 가라고 붙잡았다. 그 가게는 중앙학교 정문에서 일 백 미터 못 미처 오른편 우물이 있는 빈터에다가 남의 집 처마에 잇대어 포장을 친 가게였다. 주인은 경북 상주 출신 노총각 김무웅 씨였다. 그는 손수 찐빵을 만들어 팔았는데 값이 무척 쌌다. 그 집을 찾는 주된 고객은 계동 주민보다 양은장수, 채소장수나 막일꾼 등 뜨내기들이 더 많았다. 그는 곧잘 육자배기도 흥얼거렸고, 때로는 시집이나 소설책도 펼쳤다. 그는 붙임성이 좋아 이웃 주민뿐만 아니라, 가게 앞으로 지나는 장사꾼들과도 스스럼없이 지냈다.

왕눈이는 이 가게에다가 신문을 넣고 대신 값은 빵으로 셈했다. 그런데 먹는 양이 많아서 며칠에 한 번씩은 밀린 빵값을 현금으로 치렀다. 나도 어차피 남는 신문이라 신문값만큼만 빵을 먹었다. 내가 신문값이상 빵을 먹지 않자 김씨는 이따금 돈 안 받는다면서 옆구리가 터진 찐빵 몇 개씩 거저 주기도 했다. 그와 매일 얼굴이 마주치자 그만 친해져서 서로 속 깊은 얘기까지 나누는 사이가 되었다.

어느 날 석간 배달을 마치고 가게 의자에서 놀고 있는데 허리가 구십도나 꺾어지고 이빨도 하나 없는 고부랑 할머니가 가게로 찾아왔다.

"이봐, 김씨. 우리 건넌방 사글세 좀 놔줘."

"예, 찾는 사람 있으면 데리고가지요."

할머니는 복덕방 구전이라도 아낄 양 김씨에게 부탁했다. 그는 이따금 그런 일도 한다고 했다. 나는 그 순간 귀가 번쩍 뜨였다. 할머니에게 보증금과 월세를 물었더니 무척 값이 쌌다. 곧장 할머니를 뒤따라갔더니 중앙학교 오른편 주택가로 허름한 함석집이었다.

그때까지 우리 식구는 가회동에서 살았는데 형편이 말이 아니었다. 나의 입학금을 융통해준 것을 집주인에게 갚지 못해 전세금에서 그 돈을 공제한 후, 사글세로 돌렸지만 다달이 방세를 한 번도 못 드렸다. 이미 보증금까지 다 까먹었지만 사정을 빤히 아는 집 주인은 대놓고 나가 달라고는 못하고 눈치만 살폈다. 그런 형편이니 우리 식구는 늘 바늘방석에 앉아 사는 심정이었다.

그날 저녁 어머니에게 말씀드리자 내일이라도 이사 갔으면 좋겠다고 했다. 그런데 보증금이 문제였다. 이튿날 조간 배달길에 할머니를 찾아뵙고 형편을 얘기하자, 우선 이사 온 다음 보증금은 마련되는 대로 내라고 했다. 우리 가족은 그날로 이사를 했다. 이삿짐이라야 이불과

밥솥 따위뿐이라 어머니는 머리에 이고 나는 등짐으로 두 차례 만에 다 날랐다. 이삿짐을 다 나른 후 그날 밤 나는 가회동 주인집을 찾아가 그 동안 신세 진 고마움을 말씀드렸다.

"내가 학생네를 내쫓은 것 같아 온종일 맘이 좋지 않았는데 이렇게 찾아와주니 이제 맘이 풀리네요. 부디 복학해서 열심히 공부한 뒤 옛 말하고 살아요."

차와 과일까지 대접하여 너욱 봄 눌 바를 몰랐다.

계동 할머니 집은 워낙 낡아서 퀴퀴한 냄새도 나고 집 안팎에 쥐들도 들끓었지만 마음은 편했다. 계동으로 이사 온 후, 아버지는 몹시 충격을 받은 듯, 당신의 근거지였던 부산으로 내려갔다.

어느 날 김씨가 불쑥 좀 보자고 했다.

"너 엄마 요즘 뭐 하노?"

"낙원동시장 바느질집에 갑니다. 근데 요새는 일감이 별로 없나 봅니다."

"그라면 내 이 찐빵가게 너네가 맡아서 함해봐라."

"찐빵 만드는 기술도 없는데요."

"벨게 아이다. 내가 가르쳐주면 된다. 세상에 처음부터 아는 사람 어데 있노. 다 배우면 되는 기라."

"엄마한테 상의해 보고 말씀드릴게요."

"그래라. 보기에는 이래도 이 정도 가게를 꾸미려고 하면 최소한 오만 환은 들 거다. 내 권리금은 한 푼 안 받고 싸게 넘길게. 마, 이만 환만 다오."

"뭐 할라고 그랍니까?"

"난 고향 떠난 뒤 벨것 다 해 봤다. 내 천성이 역마끼가 있는지 돌아다니는 장사를 오래 했다. 그런데 그게 싫어서 붙박이로 이 가게를 차렸는데 한 이태 이 자리에서 하니까, 내는 역마끼 탓인지 좀이 쑤셔서 안 되겠는 기라. 저번에는 고물장사를 했는데 마 이번에는 양은장사를 한번 해 볼라고 한다."

그날 밤 어머니와 상의하자 솔깃해 하였다. 하지만 가게 인수비가 문제였다. 다음 날 배달을 마치고 김씨 찐빵가게로 가서 가게는 맡고 싶지만 돈이 없다고 솔직하게 말했다.

"알겠다. 내 그냥 물러주마. 내 너 엄마 인상 본께로 아주 포시라운 집 마나님 상인데, 시절을 잘못 만나 객지에서 고생하고 있다 아이가. 마, 이 김무웅이가 돈 이만 환 가지고 팔자 고칠 것도 아니고, 마 됐다. 사람 팔자 알 수 없고, 시간문제라고 했다. 박도, 니도 지금은 이 고생하지만 나중에는 옛말하고 살 끼다. 네 얼굴에 그래 쓰여 있다. 내 관상도 좀 본다 아이가. 그때 내 이 김무웅이 만나면 모른 척하지 마라."

내가 곧 어머니를 모시고 오자 김씨는 밀가루 반죽하는 법과 빵 만드는 기술을 전수하고는 가게뿐 아니라, 빵 찌는 솥과 나무의자와 모든 기구를 돈 한 푼 받지 않고 물려준 후 훌훌 떠났다. 그날부터 나는 조간신문배달이 끝나면 가게 일을 도왔다. 돈이 제법 모였다. 집세 보증금도 내고 새 학기 등록금도 마련했다.

부산에 내려간 아버지에게서 편지가 왔다. 과거는 모두 잊어버리고 새 인생을 산다는 각오로 헌 신문지로 과수원 배 봉지를 만들고, 재단소에서 자투리로 나오는 크라프트 종이로 수화물 꼬리표를 만드는 일을 시작했다고 하였다. 그러면서 나에게 어머니와 동생을 부산으로 보내라고 하였다. 어머니와 동생이 부산으로 내려가자 나만 남았다. 나도 새 학기에는 복학하기에 도저히 빵 가게를 할 수 없어서 김씨에게 다시 돌려주었다.

계동 할머니는 혼자된 딸과 함께 살았는데, 외손자들도 여럿 있었다. 어머니가 떠난 후 혼자 지내게 되자 할머니는 아침마다 연탄불 위에 늘 세숫대야에 물을 가득 담아 올려놓고 나를 기다렸다.

홍준수 선생님

1962년 1월 1일, 그날 신문은 신년호로 평소보다 세 곱 정도 분량이 많았다. 그래서 평소처럼 옆구리에는 도저히 낄 수가 없어 새끼로 신문 뭉치를 묶어 등에 진 뒤 배달구역으로 갔다. 계동 어귀 휘문학교(현, 현대사옥) 담 으슥한 곳에다 신문뭉치를 감춰두고 평소와 같은 양의 신문을 옆구리에 끼고 독자 집에 배달했다. 그때 나의 마지막 배달 장소는 창덕궁 사무실이었다.

겨울이라 배달을 마칠 때까지도 아침 해는 뜨지 않았다. 그날 집으로 돌아가는데 문득 새해 해맞이를 하고 싶었다. 그래서 그 얼마 전에 올라가 본 북악산 기슭 삼청동 산비탈로 올라갔다. 성균관대학교가 발 아래에 내려다보이는 삼청공원 언덕은 해맞이하기에 아주 좋은 곳이었다. 내가 그곳에 오르자 그 일대에는 이미 여러 사람들이 자리를 잡고는 "야호!"를 외치고 있었다. 곧 동녘 산등성이 위로 붉은 해가 솟았다. 나는 떠오르는 해를 향해 두 손을 모으면서 소원을 빌었다.

그 첫째는 내가 복학을 하여 고교를 졸업한 뒤 교사가, 그 둘째는 작가, 그 셋째는 신문기자가 되게 해달라고 빌었다.

당시 서울 북촌은 대부분 한옥으로 대문 틈으로 신문을 넣으면 집안에서 개들이 갑자기 뛰어나와 내 바짓가랑이를 물어 찢어놓곤 했다. 그때 나는 워커발로 개 주둥이를 차면서 고함쳤다.

"개새끼! 사람 차별하지 마. 난 이다음에 학교 선생님이 되고, 작가도 되고, 그리고 신문기자가 될 귀한 몸이야."

그때 우리 보급소에서는 영자신문 'Korean Republic'과 함께 '아시안 매거진'이란 잡지도 취급했다. 영자 신문은 고정독자가 있기에 수금도 잘돼 좋았다. 하지만 영어 잡지는 구독자가 없어 배달원들은 아주 골치를 썩였다.

새해 아침 삼청공원에서 해맞이를 하다가 그 바로 아래를 내려다보니 성균관대학교가 보였다. 그래서 배달이 끝난 뒤 성대 앞에다가 '아시안 매거진' 잡지를 진열해놓자 지나가던 대학생들이 호기심을 갖고 한 부씩 구매해줬다. 그래서 내 몫을 모두 팔았고, 울상이었던 다른 친구 몫도 처분해주기도 했다.

어느 새벽 배달길에 대식이는 나에게 언제 복학하느냐고 물었다. 다가오는 1962년 3월에 복학할 예정이라고 하니까, 마침 배달원 자리가 났다고 하면서 석간 배달 후에 자기와 같이 보급소에 가자고 했다. 그러면서 꼭 교복을 입고 오라고 했다. 그 말에 내가 쭈뼛 망설이자, 그럼 교모라도 꼭 쓰고 오라고 일렀다.

그날 석간 배달 후 나는 대식이를 따라 청진동에 있는 동아일보 세종로보급소로 갔다. 집에서 교모를 가슴속에 품고 갔다가 문 앞에서 썼다. 이 아무개 보급소 소장은 새 학기에 꼭 복학을 한다는 조건으로 뽑아주었다.

나는 그토록 소망하던 동아일보 배달원이 되어서 마치 큰 벼슬이라도 한 것처럼 무척 기뻤다. 그때 내 솔직한 심정이었다. 조선일보 계동 구역을 사흘 만에 인계하고 동아일보 누하동 구역으로 옮겼다. 새 학기 개학을 앞두고 복학하기 위해 학교를 찾았다. 지난해 담임 이종우 선생님은 무척 반갑게 맞아주었다.

"지난해 휴학계를 보낸 그날, 내가 박군 집을 찾아나섰지만 끝내 못 찾고 돌아왔지."

담임선생님은 내가 미처 몰랐던 지난 얘기를 했다.

"그래, 그동안 어떻게 지냈어?"

선생님은 그동안 내가 살아온 이야기를 꼬치꼬치 물었다. 사실대로 자초지종을 얘기했다.

"어때 내 집에서 함께 지낼까? 내가 숙식은 무료로 제공할 테니 배달 수입으로 학비나 하고."

나는 담임선생님의 뜻밖의 말씀에 무척 놀랐고 한편으로 무척 고마웠다. 눈물이 핑 돌았다. 지난해 등록금 독촉을 야속하게 생각하고 매사에 무섭기만 했던 담임선생님의 얼굴이 그렇게 인자할 수 없었다.

"선생님, 말씀 고맙습니다만, 저 혼자 충분히 꾸려갈 수 있습니다. 사실은 지난해 세를 살았던 가회동에서도 당신 집에서 아들과 함께 같이 지내라고 하였습니다."

"그래? 학교 다닐 때는 남의 집 신세도 질 수 있는 게야. 오늘 당장 결정 못하겠거든 내일 우리 집에 와서 결정해."

"네, 감사합니다. 선생님, 올해 몇 학년을 맡으셨습니까?"

"올해도 1학년이야."

"그럼 저를 다시 선생님 반으로…."

"그렇게 하지."

이종우 선생님은 나를 다시 당신 반으로 받아주었다. 이튿날 계란 한 꾸러미를 사 들고 홍은동에 있는 선생님 댁을 찾았다. 이 선생님은 나에게 당신 집에서 같이 지내자고 말했다. 하지만 어쩐지 부담스러워 그 고마운 제의를 사양했다.

개학식 날, 나는 묵은 교복을 꺼내 입고 윗목에 고이 모셔놓은 책가방을 들고 다시 학교에 갔다. 교복을 입고 책가방을 다시 들자 마치 꿈만 같았다. 개학식에 참석하고자 운동장으로 가다가 농구 코트에서 지난해 짝 철웅을 만났다. 먼저 그가 멀리서 알아보고 달려와 포옹을 하고는 나를 번쩍 들었다가 놓았다.

"복학, 축하한다. 박도!"

"반갑다!"

그날이 내 생애에 가장 기뻤던 날로, 지금도 그날의 일들이 또렷이 머릿속에 새겨져 있다. 그리하여 나의 고교생활은 다시 시작됐다. 나는 고교 시절 무척 어렵게 학교에 다녔지만 선생님들에게는 무척 과분한 사랑을 받았다. 국어과 박철규 선생님은 계동에 사셨기에 신문배달 중에도 이따금 만날 수 있었다. 그때마다 나에게 격려의 말씀을 잊지 않았고, 후일 나를 모교 교사로 채용할 만큼 내 앞길을 열어주셨다.

어느 하루 담임선생님이 불러 내 근황을 물었다. 계동 셋방에서 자취에 신문배달까지 하면서 지낸다고 하자 그날 내 손목을 잡고 가회동으로 데려가서 주인아주머니에게 부탁했다.

"제가 이 학생은 보증할 테니 잘 부탁드립니다."

"말씀하지 않아도 잘 알고 있습니다. 우리 집에서 같이 지내자고 해도 사양했는데…."

그 얼마 후 나는 그 댁에 입주케 되었다. 그 댁 가정교사였다. 나에게 신문배달은 계속해도 괜찮다고 했다. 하지만 도저히 무리한 일이라 여름방학 때까지 배달한 뒤 다른 학생에게 인계했다. 마침 부산으로 내려간 아버지는 꼬리표를 만드는 일을 하고 있다면서 내 학비를 보내주기로 약속했다.

내 인생에 가장 영향을 준 분은 고교 시절 홍준수 선생님이다. 나는 그분에게 2년간 사회 과목을 배웠고, 또 교지 및 신문 편집기자로 곁에서 많은 가르침을 받았다. 홍 선생님이 수업시간 중 틈틈이 들려준 말씀들은 사회에 막 눈을 뜨려는 고교생의 지적 호기심을 풀어주는 샘물이었다. 오로지 '반공'만이 국시였던 그 무서웠던 시절에 선생님은 대단히 용감하게 자본주의, 사회주의, 공산주의의 배경이나 발달사와 그 장단점을 교육자의 양심에 따라 아주 자세하게 가르쳐주었다.

홍 선생님은 경제발전 5단계로 '원시공산사회 - 고대노예제사회 - 중세봉건사회 - 자본주의사회 - 공산주의사회'로 발전하는바, 자본주의사회는 빈익빈 부익부로 다수의 사람들이 최대의 행복을 누리는 사회는 아니라고, 은연중 우리나라는 사회주의가 맞을 거라는 암시의 말씀도 했다. 그 근거로 해방 후 1946년 8월 13일자 동아일보 여론조사 결과, 약 70퍼센트의 백성들은 사회주의를 원했다는 사실도 일러줬다. 홍 선생님의 말씀들은 지적 호기심이 왕성하던 나의 고교 시절에 큰 충격이었다. 평소 아버지도 그와 비슷한 말씀을 자주 했다.

고2 1학기 중간고사가 끝나고 전교생이 단체로 단성사에서 영화를 본 다음 날 사회시간이었다. 그 영화 제목은 「싸우는 젊은이들」로 6·25 전쟁을 배경으로 한 미국 영화였다. 마지막 장면은 미군 병사가 눈이 쌓인 고지에서 몰려오는 인민군들을 기관총으로 신나게 쏘아 죄다 쓰러뜨렸다. 우리들은 그 장면에 기립박수를 치면서 영화관을 나왔다. 그 이튿날 수업시간이었다.

"애들아, 너희들은 마지막 장면에 기립박수를 쳤다. 그런데 총을 쏜 병사는 어느 나라 사람이고, 피를 흘리면서 쓰러진 사람은 어느 나라 사람이냐?"

우리들은 아무 대답도 하지 못했다.

그 무렵 나는 가회동에서 입주 가정교사로 잘 지내던 가운데 주인집 바깥 분이 실직으로 집에서 쉬고 있었다. 그런 형편에 그 댁에 있기가 몹시 불편했다. 마침 같은 반의 이건규란 친구가 자기 집에서 동생 입주 가정교사로 권하기에 그 친구 집으로 옮겼다.

친구 어머니는 홀어미로 동대문시장 노점에서 떡장수를 하고 있었다. 나는 그 댁에서 6개월 정도 신세를 졌다. 그 친구 어머니는 나에게 당신 아들과 다름없이 대해줬다. 겨울철에는 아들과 똑같은 점퍼도 사주고 아들 담임 면담으로 학교에 와서 나의 담임을 만나 밀린 잡부금도 대신 내주고 갔다. 내가 고교졸업 앨범을 여태 소지하고 있는 것도 그 어머니 덕분이다.

6개월 뒤 친구 집을 떠나 다시 신문배달을 하고자 동아일보 세종로 보급소로 찾아갔다. 보급소장은 당신 보급소 배달원으로 한 번 나간 사람은 다시 채용치 않는 것이 내규이지만 나에게는 예외로 재취업을 시켜준다면서 사직동 구역을 배정해주었다. 신문배달과 학교생활이 힘들었지만 남의 집 더부살이보다 마음은 한결 편했다. 나는 시간을 아끼려고 사직동에다 하숙을 정했다.

대학 진학을 앞둔 어느 날 홍준수 선생님 수업 시간이었다.

"요즘 문과 학생들 중, 우수한 자는 죄다 법대, 상대만 진학하려 한다. 법대에 가서 잘되면 판검사지. 판검사란 범법자들의 죄나 추궁하는 직업이다. 상대에 가서 잘되면 은행원인데, 은행이란 돈놀이하는 곳이나. 성적 우수자들이 순수학문도 하고, 교육계로 가야 돼. 그래야 우리나라도 학문적으로 선진국이 될 수 있고, 다음 세대를 위한 교육계도 더 발전하는 거야."

선생님의 말씀은 나의 장래 문제를 다시금 많이 생각하게 했다. 그때 아버지는 친구의 말을 빌려 나에게 취업이나 출세가 쉬운 법대나 상대로 진학하기를 권했다. 하지만 어머니는 나에게 가장 안정적인 교사가 되라고 말씀했다. 게다가 박철규 선생님은 만날 때마다 말씀했다.

"박군은 국문과로 가서 작가가 되라."

그 무렵 교내 백일장에서 차상을, 교내문예현상 모집에서 소설 부문에 당선되는 등 교내에서 문명을 한창 떨쳤다. 그래서 나는 교사도 되고, 작가 수업도 할 수 있고, 등록금도 싸고 졸업 후 취직이 확실히 보장되는 서울대학교 사범대학 국어교육과를 목표로 삼고 공부했다. 그때 대학입시는 본고사 시대로 대학마다 입시과목이 달랐다.

서울대를 목표로 국어, 영어, 수학, 사회, 과학 등 5개 교과를 중점적으로 공부하면서 졸업 때 지원 응시했지만 실력 부족으로 낙방했다. 도저히 집안 형편상 재수할 처지가 아니라 그해만 후기였던 고려대 국문과에 지원했더니 다행히 합격했다.

삭막했던 대학시절

1965년 3월 고려대학교 문과대학 국어국문학과에 입학하여 1969년 2월 25일 졸업했다. 입학한 그해는 한일협정이 체결된 해로, 입학 초부터 한일굴욕외교 반대시위가 계속 이어졌다. 그해 한일회담 반대의 열기는 대학가의 대규모 시위로 폭발했다. 당시 김종필 민주공화당 의장이 도쿄에서 오히라 외상을 만나 메모로 한일회담의 일정에 합의한 것이 대학생들의 시위에 불을 붙였다. 대학생들은 굴욕적인 한일회담을 반대하는 선언문을 발표하고, 한일회담의 즉각 중지, 평화선 사수, 미국의 한일회담 관여 금지 등을 요구했다. 당시 고려대학교는 대학 시위의 본산이라고 할 만큼 데모가 빈발했다. 내가 대학을 졸업할 때까지 마지막 학기만 조용했을 뿐, 나머지 학기는 한일회담 반대데모, 6·8부정선거 규탄, 삼성 밀수사건 규탄, 3선개헌 반대 등, 각종 시위가 끊이지 않고 휴업, 휴교 등이 반복됐다.

대학 재학 중에도 집안은 가난에서 좀처럼 벗어나지 못했다. 대학 4년 8학기 등록 때마다 매번 곤욕을 치렀다. 대학시절 중 한 학기조차도 한곳에 제대로 정착하지 못한 채 서울 곳곳을 떠돌아다녔다. 동생과 자취로, 입주 가정교사로, 고모 댁에, 고교시절 친구 집에 신세를 지면서 참 어렵게 학교를 다녔다. 대학 4년 동안 아마도 10번 이상은 거처를 옮겼을 듯하다.

대학을 입학하자마자 눈앞에 병역문제가 닥쳤다. 동기생 가운데는 병역을 일찍 마치는 게 좋다면서 입학 한 학기 만에 또는 1학년을 마치자 여러 명이 군에 입대했다. 그런데 나는 대학 재학 중 군 입대가 싫었다. 그 가장 큰 이유는 고교시절 집안 사정으로 남다르게 4년을 다녔기 때문에 입대로 휴학을 하면 복학하지 못할 것 같은 불안감 때문이었다. 게다가 졸병으로 군에 가면 매 맞는다는 말과 다달이 집에서 돈을 가져다 써야 한다는 게 싫었다. 그런 가운데 대학 졸업 후 학훈단(ROTC) 장교로 임관하게 되면 그 모든 게 한꺼번에 해결된다는 것을 알았다. 그래서 학훈단에 입단키로 작정했다.

학훈단에 입단하기 위해서는 대학 1, 2학년 때 줄곧 병역연기원을 내야 했다. 2학년 때인 1966학년도 1학기 초 병역연기원을 내고자 학생처에 갔다. 하지만 내가 1차 등록을 하지 않았다고 병역연기원을 받아주지 않았다. 그래서 1차 등록 마감일까지 등록금을 백방으로 구했으나 허사였다. 나는 다시 학생처에 가서 꼭 2차에 등록을 할 테니 병역연기원을 받아달라고 간청했다. 하지만 담당 직원은 구비서류에 등록금 납부확인필이 꼭 필요하기에 자기로서는 어쩔 수 없다고 딱 잘랐다.

낙담을 한 채 대학 본관 앞을 지나는데 그날은 1차 등록 마감일로, 많은 학생들이 줄지어 있었다. 본관 회계과 창구 앞에서부터 미루나무 그늘까지 100미터 이상 기다랗게 늘어져 있었다.

그 줄에 서 있는 한 고교동창이 눈에 띄었다. 그는 고교시절 밴드부원으로 호른을 불었던 윤기호란 친구였다. 그와 나는 고2학년 때 같은 반이었지만 그렇게 친하게 지낸 사이는 아니었다. 그때 무척 절박한 탓이었을까. 지금 생각해도 낯이 화끈거릴 정도로 염치도 없이 나는 그에게 다가갔다.

"기호야, 네 등록금 나한테 양보해주라. 나 학훈단 입단하려고, 병역연기원을 내고자 그래. 내 2차 등록 전까지는 꼭 갚을게."

"그래? 알았다."

그는 자기 손에 쥐고 있던 등록금을 나에게 선뜻 건네주면서 아예 자기 자리까지 나에게 양보해줬다. 솔직히 그런 온정은 서로 처지를 바꿔도 쉽지 않은 일이었다. 나는 그 친구 덕분으로 그날 등록한 뒤, 즉시 학생처에다 병역연기원을 낼 수 있었다. 그래서 나는 1967년 3학년 새 학기를 앞두고 그 전 학기에 학훈단에 입단 전형에 지원하여 합격할 수 있었다.

마침내 학훈단 후보생이 되자 고3 수험생 못지않게 하루 일과가 몹시 팍팍했다. 전공 학점이 20여 점에, 교직과목을 매 학기 4~6학점 이상 취득(총 24학점)해야 했고, 학훈단 군사학도 주당 6시간 정도였다. 그러자 주당 30시간이 훨씬 넘는 교육시간이었다. 게다가 대학시절 내내 찌든 가난으로 입주 가정교사나 시간제 가정교사로 나의 대학생활에는 낭만이라는 것은 전혀 없었다. 좀 창피한 얘기지만, 그 시절 나는 '세시봉'이니 '르네상스'니 하는 음악감상실은 물론, 대학 앞 당구장에도, 제기천 막걸릿집에도 한 번 출입치 못한, 대학시절의 낭만과는 거리가 먼 촌닭이었다.

그 무렵 고려대학교에서는 각종 데모가 끊이지 않았다. 나도 다른 학우들만큼 그런 시위에 빠지지 않고 열심히 참여했다. 일반인들이나 일부 학우들 가운데는 학훈단 후보생들은 '바보티시'라고 조롱하는 이도 있었다. 하지만 그런 말에 전혀 개의치 않고 명분이 있는 시위에는 거의 참여했다.

102학훈단 본부에서는 대학의 시위학풍을 어느 정도 눈감아준 듯했다. 만일 그때 시위 전력 학생들을 모두 찾아 죄다 제적시켰다면, 아마도 102학훈단 후보생 가운데 상당수는 임관치 못했을 것이다.

대학 3학년 여름방학 때에는 충북 증평 36사단에서 충북대생들과, 대학 4학년 때에는 경기도 소사 33사단에서 인하대생들과 각각 4주 동안 병영훈련을 받았다. 증평 36사단 훈련 때는 물 사정이 나빠 무척 고생했다. 어느 하루 구대장이 점심식사 도중, 후보생들의 식사 군기가 나쁘다고 하여 수채에 버린 잔밥을 주워먹게 하는 벌을 줬다. 그러자 102학훈단 후보생들이 주동이 돼서 '우리가 개·돼지냐'고 집단 항의를 했다. 그 빌로 연병장에서 몇 시간 동안 단체기합을 받았다. 그 집단 항의는 해당 구대장의 다른 부대 전출로 일단락되었다.

어머니

대학 3학년 2학기 어느 날이었다. 학교에서 돌아오자 쪽마루에 낯익은 필체의 아버지 편지가 놓여 있었다. 나는 무심코 뜯어 읽다가 곧 쇠망치로 뒤통수를 맞은 것 같은 충격에 휩싸였다.

"어머니가 집을 말 없이 나갔는데 너희 집에 가지 않았느냐? 만일 너희 집에 없다면 즉시 외가로 가서 어머니를 찾아본 뒤 곧장 부산으로 내려오너라."

그 대목을 읽는 순간 절벽에서 떨어지는 느낌이었다. 이튿날 첫차로 김천 외가에 갔다. 그날 오후 도착하자 외삼촌 내외는 마당에서 추수한 벼를 말리고 있었다. 주중에 내가 불쑥 나타나자 예사 때와는 달리 두 분은 반가움보다 무척 놀란 표정이었다. 외삼촌은 나의 얘기를 듣고는, 그 자리에서 대뜸 "네 엄마는 죽었을 거다"라고 단정의 말을 했다. 그러면서 "네 어머니는 성격이 아주 곧기에 구질하게 살 사람이 아니다"라는 말씀도 했다.

아무튼 외가에서는 어머니 소식을 전혀 몰랐다. 나는 그길로 부산 집으로 내려갔다. 아버지는 나 혼자 오는 걸 보고 매우 실망했다. 아버지의 말씀은 그날 사소한 문제로 다퉜다, 저물 무렵 동생과 시장에 간다기에 곧 돌아올 줄로만 알았다, 동생은 어머니가 시장을 본 뒤 장바구니를 건네주면서 먼저 집에 가라고 하더란다. 당신은 바람 좀 쐬고 뒤따라가겠다기에 별생각 없이 집으로 돌아왔다고 했다. 그날 어머니와 생이별하게 될 줄 몰랐다고 동생은 흐느꼈다.

나는 부산에서 어머니가 갈 만한 곳은 다 찾아다니며 수소문해 보았다, 하지만 가는 곳마다 허탕이었다. 부산시 경찰청에도 가서 그 무렵에 발견한 변사자를 확인했으나 거기에도 없었다. 방송국에 가서 사람 찾는 방송을 부탁하니까 한 번은 거저 해주었다. 신문사에 갔더니 사람을 찾는다는 광고를 내라고 했다. 하지만 내게 그럴 돈이 없어 돌아섰다. 그때 아버지에게도 그럴 돈이 없었다. 나는 광고비를 구하고자 다시 외가로 갔다.

그날 밤 나는 외가 사랑에서 저녁밥도 먹지 않고, 호롱불도 켜지 않은 채 외삼촌과 말 없이 혀를 깨물고 눈물만 흘렸다. 이튿날 아침 외가를 떠나오는데 외삼촌은 내가 미처 몰랐던 이야기를 들려주었다. 외할머니가 살아 계실 때 어머니가 몇 차례 돈을 얻으러 친정에 오면서 동네 들머리 덤벙에 빠져 죽고 싶다는 말을 했다는 얘기였다. 외삼촌은 그 얘기를 전한 뒤 신문에 광고 내느라 헛돈을 쓰지 말라고 딱 잘랐다. 나는 뒤돌아보지 않고 외가를 떠나 곧장 서울로 돌아왔다. 아무튼 그날 이후 50년 넘는 이제까지 어머니 행방을 모른 채 살고 있다.

어머니가 오 남매를 두고서 집을 떠날 때는 그럴 만한 사연이 있었을 테다. 추측건대 아버지로부터 받은 모멸감이 가장 컸을 것으로 짐작이 된다. 외할아버지는 완고한 분으로, 여자가 배우면 못쓴다는 고정관념에 어머니를 학교에 보내지 않았다. 어머니는 외할아버지 몰래 야학에만 조금 다녔을 뿐, 한글도 떠듬거릴 정도였다.

아버지와 어머니는 매우 달랐다. 아버지는 현실 문제에 대단히 민감했고, 어머니는 둔감한 채, 그저 조용히 살기를 원했다. 어머니는 도시 생활이나 현대문명에 적응치 못했다. 그런데 당시 해방 공간은 배운 사람이 조용히 살기가 매우 어려운 격동의 세월이었다. 해방 후 좌우익의 대립, 6·25전쟁, 4·19 민주혁명, 5·16 쿠데타 등 이런 역사적 고비마다 아버지는 늘 온몸으로 부딪쳤다.

아버지는 집안 종손에다가 독자였기에 과보호로 자랐다. 게다가 가부장제 인습으로 여성, 특히 부인을 무시하는 면이 매우 강했다. 전후 혼란기에 아버지는 부산에서 상당한 돈을 모았다. 그러자 고향 친구들과 제자들의 부추김에 당시 야당인 민주당 공천으로 국회의원 선거에 출마했다. 아버지는 국회의원 낙선과 그 뒤 연이은 사업 실패로 집안 살림을 한순간에 깨끗이 다 날렸다. 그때부터 아버지는 자책하기 전에 어머니의 무능을 원망했다.

아버지는 몇 차례 어머니를 앞세워 처가에 도움을 청했다. 하지만 매번 거절당하자 더욱 어머니를 무시했다. 어머니는 그 무렵 당신이 낳은 오 남매가 한참 먹고 자라고, 학비가 드는 때로 매우 힘겨운 데다가 남편의 무시와 구박을 감당할 수 없어 집을 나간 것으로 짐작이 간다.

어머니가 떠난 이후 그런저런 연유로 아버지가 돌아가실 때까지 우리 부자간은 편치 않았다. 자연히 대인관계도 닫혀버렸다. 마음이 찢어

74

지도록 아플 때는 사람들의 위로하는 말조차 듣기 싫었다. 나는 그때 세상에는 상상치 못할 일도 있다는 걸 체득했다. 마치 캄캄한 밤길을 가다가 갑자기 맨홀에 빠진 것처럼.

언저리 사람들은 어머니가 이 세상 사람 아니라고 해도, 나는 그 말을 믿지 않았다. 아직도 이 세상 어디엔가 어머니가 살아 있다는, 다시 만날 수 있다는 그런 환상에 사로잡혀 오늘까지 살아왔다. 나는 그동안 살아오면서 단 하루라도 어머니를 잊어 본 날이 없었다. 가난은 지나고 보니까 별게 아니었다. 내가 대학교를 졸업한 이후에는 육군 장교로, 교사로 다달이 꼬박꼬박 단 하루도 어김이 없는 봉급을 받자 극심했던 가난의 굴레에서 헤어날 수 있었다. 하지만 어머니 실종이라는 불행의 늪에서는 속수무책이었다.

'인간 세상 고해'라는 불가의 말씀을 절감했다. 나는 뒤늦게 수행의 길을 걷고자 어느 날 출가를 결심하고 산문을 찾았다. 하지만 나이가 너무 많다고 받아주지를 않았다. 내가 크게 낙담하자 스님은 출가에 두 가지가 있다고 했다. 그 하나는 마음 출가인 심출가(心出家)요, 다른 하나는 몸 출가인 신출가(身出家)라고. 스님은 나에게 마음 출가를 권하면서 이제까지 가졌던 인생관이나 생활습관을 확 뜯어고치라고 조언했다. 그래서 그날부터 삭발했다. 하지만 세속의 번뇌는 쉽사리 떠나지 않았다.

나는 그런 번뇌와 아픔 속에서 문학의 힘으로 살아왔다. 만일 그게 없었다면 여태까지 버티지 못했을 것이다. 예술가 가운데는 불행한 이가 많다는 것도 알았고, 그게 위안이 되었다. 영국의 시인 존 키츠는 8세 때 아버지를, 14세에 어머니를 잃었고, 그 자신도 26세의 나이로 요절했다. 작가 에밀리 브론테도 『폭풍의 언덕』의 단 한 편의 작품을 남기고 31세에 병사했다. 『토지』를 쓴 박경리 선생은 만일 당신이 행복한 여자였다면 결코 작가가 되지 않았을 거라고 말씀했다. 그 말이 내게는 큰 위안이 되었다.

아무튼 나는 작품을 잘 쓰면 세속적으로 성공하여 어머니를 만날 수 있다는 그런 환상으로 살았다. 마치 엘레지의 여왕이 된 어느 가수가 어느 날 무대 뒤에서 헤어진 어머니를 만난 것처럼. 나도 그러고 싶었다. 그런 소망은 나로 하여금 숱한 낙방과 절망 끝에도 굽히지 않고 계속 글을 쓰게 하는 근원적 힘이었다.

내가 처음 장편소설집을 냈을 때 무척 흥분했다. 출판사에서 신문 하단 광고란 전체에다가 내 사진을 싣고 책을 광고해줄 때는 마치 그동안의 꿈을 이룬 듯 가슴이 벅찼다. 그런 광고가 중앙 일간지에 전면광고로 두 번이나 나갔다. 하지만 이후 어머니로부터 연락은 없었다.

그 얼마 후 자녀교육에 관한 『아버지는 언제나 너희들 편이다』를 펴낼 때였다. 출판사 측에서 책 표지에다가 작가의 사진을 크게 싣겠다고 양해를 구하기에 나는 사양하다가 문득 생각을 바꿔 승낙했다. 그 까닭은 어머니 때문이었다. 그 책 반응이 괜찮으니까 출판사 측에서 서너 번 주요 중앙 일간지에 하단 전면광고를 냈다. 그때마다 나는 목을 뽑고 기다렸다. 하지만 여전히 아무 소식이 없었다. 그래서 '어머니는 이세상 사람이 아닌가 보다'는 생각이 들다가도 다시 새로운 집념이 생겨났다.

'어머니는 신문이나 책을 볼 수 없기에 그럴 거라고.' 어머니는 영화나 텔레비전 드라마를 무척 좋아했다. 그래서 내 작품을 영화나 텔레비전 드라마로 만들고 싶었다. 내 작품을 몇몇 영화감독과 텔레비전 드라마 제작자에게 보냈지만 성공치 못했다. 그런데 TV 출연은 전혀 엉뚱한 데서 이루어졌다. KBS의 'TV는 사랑을 싣고'라는 프로에 한 유명 아나운서가 모교 선생님을 찾는 장면에 잠깐 출연했다. 그러자 그 반응은 즉각적이었고, 그 전파력은 대단하여 경향 각지의 많은 사람들로부터 전화를 받았다. 하지만 정작 기다리던 어머니는 끝내 나타나지 않았다. 그 뒤로도 꾸준히, 심지어는 문화관광부 출판담당자가 박도 씨 또 책을 냈다고 할 만큼 여러 권의 책을 냈다. 그럴 때마다 신문에 신간 안내나 서평이 나가고 텔레비전에서도 신간 소개가 나갔다. 하지만 여전히 아무 소식이 없었다. 그런 가운데 뜻밖의 일이 벌어졌다.

2004년 내가 시민기자로 쓴 한 기사 때문에 미국 국립문서기록관리청에 갔다. 그러자 EBS 김봉렬 피디가 카메라를 메고 그곳으로 날아왔다. 그는 일주일간 같은 숙소에서 머물면서 밀착 취재를 하고 돌아갔다. 그런 뒤 그해 3·1절 특집 '마지막 추적자'라는 다큐 프로를 제작하여 방영했다. 그날 낮과 밤에 두 차례나 나갔다는데 시청률이 대단했다.

그때 나는 미국에 체류 중이었다. 방영 후 숱한 격려 메일을 받았고, 이미 마감한 계좌에 성금도 꽤 많이 들어왔다. 귀국할 때 기자회견을 하는 등, 그 모든 게 신문기사나 텔레비전 뉴스로 보도되었다. 하지만 어머니의 소식은 없었다. 그 뒤 아카이브에서 발굴한 사진을 모아 한국전쟁 사진첩 『지울 수 없는 이미지』를 펴냈다. 그러자 여러 매스컴에서 크게 보도해주고, 각 방송국에서 다투어 불러줬다. 그 무렵 나는 강원도 산골에 살았지만 먼 거리에도 사양치 않고, 텔레비전이나 라디오 방송 가리지 않고 달려가서 출연했다. 하지만 끝내 어머니의 행적은 오리무중이었다.

곁에서 묵묵히 지켜보던 아내는 어느 날 이제 그만 단념하라고 충고했다. "이승에서 어머니와 당신의 인연은 이미 끊어진 거"라고. 그 문제로 우리 부부는 상당한 갈등을 빚었다. 아내는 내가 아버지를 미워하면서 닮아간다고 핀잔했다. 어머니 가출 원인을 자신의 내면에서 찾으려 하지 않고, 밖에서 찾으려 한다고 내 행동을 서슴없이 비판했다.

아버지는 나이가 들수록 참회하는 빛이 역력했다. 나중에 당신은 인생을, 세상을 너무 몰랐다고, 지난 세월의 삶이 무지 무명했다고 많이 자탄했다. 하지만 아버지는 1980년 정치군인들이 쿠데타로 또 정권을 잡자 또 그들을 신랄히 비판했다. 그러다가 경찰에 불법연행돼 국가보안법 위반으로 대구 화원교도소에서 2년 6개월 복역했다. 나는 불효막심하게 아버지의 재판을 한 번도 방청하지 않았다. 굳이 변명하자면 남은 가족에 대한 책임감과 결근을 하면 학교에 그런 사실이 알려져 교단에서 쫓겨날까 하는 그런 소시민의 두려움 때문이었다.

아버지는 출소 후 이따금 내 집을 찾아왔다. 하지만 나는 진심으로 아버지를 껴안지 않았다. 당신은 그제부터는 침묵하고자 그림을 그렸다. 화제는 '대춘록보(待春鹿譜, 봄을 기다리는 사슴의 노래)'라는 통일을 기다리는 주제의 그림이거나 달마상이었다. 나는 그 작품에 대해 한 번도 찬사를 보내지 않았다.

끝내 두 분 다 떠나보낸 뒤 곰곰 생각해 보니까 그 잘못은 내게도 많았다는 걸 점차 깨달았다. 내가 정말 괜찮은 자식이었다면, 어머니가 나에게 말 한 마디 없이 떠났을까 하는, 그런 죄의식에 허우적거렸다.

그리고 나도 가부장제의 인습과 봉건적 관습에 찌들어 있다는 것도 깨달았다. 나는 늘 못 배워서 열등감에 빠진 어머니를 자식으로서 변호하는 역할을 제대로 하지 못했고, 은연중 배우지 못한 어머니를 무시했을 거라는 그런 생각도 들었다.

대학교 3학년 때 학훈단 여름방학 병영훈련을 충북 증평의 한 예비사단으로 갔다. 주말이면 대부분 동기생들은 어머니가 먹을 걸 싸들고 면회를 왔다. 나는 그때 그게 무척 부러웠다. 병영훈련이 끝난 후 부산으로 가서 어머니에게 그런 이야기를 했다. 그러자 어머니는 당신은 열차를 탈 수도 없을뿐더러, 그럴 돈이 없다고 말했다. 그러자 곁에서 듣던 아버지는 이웃에 가서 돈을 꿔서라도 아들 면회는 가야 할 것 아니냐고 어머니를 공박했다.

결국 내 얘기는 어머니에게 큰 상처를 준 셈이었다. 어머니는 여자는 배우면 못쓴다는 완고한 부모 밑에서 자랐고, 결혼 뒤에는 못 배워서 무식하다고 남편에게 무시당했던 불쌍한 분이었다. 어머니는 휘발유 냄새만 맡으면 머리가 아프다고 자동차를 타지 않았다. 어머니는 성격이 어찌나 여린지 남에게는 쌀 한 되 꿔달라는 말을 못하는, 제 것 없으면 굶는 사람이었다.

집안이 기울어진 뒤 아버지는 참 힘들었다. 재기가 쉽지 않았다. 아버지가 새로 시작한 사업은 파지를 이용하여 화물 꼬리표나 과수용 봉지를 만들어 파는 것이었다. 판매처는 전국 역 소재지 대한통운이나 배재배지였다. 수금이 제때에 되지 않아 나도 주말을 이용하여 전국으로 다녔다. 그러다 보니 실제 수익금은 얼마 되지 않았다. 그때는 오 남매들이 모두 학교에 다녀 그 수입으로 학비에 쩔쩔맸다. 나는 매 학기마다 1차 등록은 하지 못하고 마지막 등록을 해야 했다. 내가 등록금 때문에 부산에 가면 아버지는 우스개처럼 말씀했다.

"세금장이가 호랑이보다 더 무섭다고 했는데, 나는 네가 세금장이보다 더 무섭다."

아버지는 사업을 하면서도 현실 문제에 자꾸 껴들었다. 나는 이즈음 시민기자로 현대사의 전문가인 양 많은 글을 쓰고 있다. 그 대부분은 수십 년 전 아버지에게 귀에 익도록 들은 얘기들이 대부분이다.

내가 일흔이 넘는 입때까지 살아오는 동안 쉬운 일은 하나도 없었다. 그저 보통으로 살기조차도 힘든 세상이었다. 이즈음 우리 사회의 가정들은 가족 해체 일로에 있다. 그동안 우리 부부는 잘 견뎌왔지만, 앞으로 어떨지는 솔직히 장담할 수 없다. 사람의 힘만으로는 부족한, 그래서 운명의 신에게 간곡히 부탁드린다. 우리 가정을 지켜달라고.

1968년 11월 졸업을 앞두고 임관 고사를 치렀다. 마지막 신체검사에도 무난히 통과했다. 학훈단 군번은 성적순이었는데 나는 군사학 성적이 좋지 못해 69-02118번으로 전체 동기생 가운데 2/3선이었다. 병과는 보병이었다. 아무튼 나의 대학시절은 가난에다가 학훈단 교육으로 멋과 낭만도 없었던, 그저 악전고투의 연속이었다.

제2부
초록색 견장

육군 중위로 보병 제26사단 제73연대
제1대대 CAP 소대장 시절, 경기도 양
주군 광적면 비암리 주둔 부대 초소에서
(1971. 3.).

광주보병학교

1969년 2월 20일 서울 시민회관에서 학훈단 7기 육군 소위 임관식에 이어 2월 25일 대학교 졸업식도 있었다. 사흘 뒤인 2월 28일 서울용산역에서 광주행 입영열차를 탔다. 이튿날 새벽 광주 송정리역에 하차하자 호루라기 소리가 요란했다. 같은 군용열차를 타고 간 포병, 기갑병과 동기생들은 송정리역 광장에서 곧장 트럭을 탔다. 하지만 보병들은 더블백만 트럭에 싣게 한 뒤 인솔 장교가 우리들에게 명령했다.

"지금부터 구보를 실시한다. 목표 상무대! 뛰어갓!"

나는 육군 정복에 단화를 신고 있었다. 게다가 밤 열차를 탔기에 새벽 구보가 힘들었다. 인솔 장교는 군가를 부르게 했다.

"사나이로 태어나서 할 일도 많다만 / 너와 나 나라 지키는 영광에 살았다. ……"

"우리는 보병이다. 국군의 기둥 / 우리는 보병이다. 국군의 자랑 ……"

보병학교에서는 '3보 이상 구보'라는 말의 실체를 우리는 첫날부터 맛보았다. 우리들은 단김을 내뿜으면서 상무대로 헉헉거리며 뛰어가는데 포병과 기갑병과 동기생들은 "야, 보병 땅개들!" 야유를 하면서 트럭을 타고 우리 구보 대열 옆을 휙휙 지나갔다.

나는 3중대 1구대에 배속됐다. 구대장들은 중소위로 같은 위관 장교인데도 엄청 무섭고 매우 거칠게 교육생들을 다뤘다. 내무반은 난방이 제대로 안 돼 3월 초였지만 몹시 추웠다. 구대장들은 입교 첫날부터 도무지 잠을 재우지 않았다. 그들은 각 내무반을 돌면서 조는 친구들을 끌어내 몽둥이로 마구 두들겨 팼다.

첫날 아침, 식사 집합으로 식당에 가서 배식을 받자 보리밥으로 동기생들은 밥맛이 없다고 거의 남겼다. 다행히 나는 첫날부터 밥 한 톨 남기지 않고 잘 먹었다. 연일 거칠고 고된 생활이 계속되자 모두들 눈이 쑥 들어가고 손등이 터졌다. 춥고 배고픈 날이 계속되자 교육생들은 죄다 식판에 한 톨의 밥알도 남기지 않고 깨끗이 비웠다. 대부분 사람은 주어진 환경에 적응하기 마련이다.

하루 종일 교육에 보초근무, 사역 등으로 배가 쉬 꺼지자 동기생들은 한밤중에 PX로 달려가서 빵을 사 먹었다. 그때 우리 동기생들은 어떻게나 빵을 많이 사 먹었던지 ROTC 7기생들은 '빵소위'라는 말이 나돌았다. 그 빵을 사 먹다가 구대장에게 발각돼 빵을 입에 문 채 각 내무반으로 끌려다니는 수모를 겪기도 했다.

우리 중대 제3구대장은 걸핏하면 몽둥이를 휘둘러 '미친개'라는 별명이 붙었다. 그는 말로 훈계하기보다 늘 몽둥이가 앞섰다.

어느 날 나도 다른 동기생들과 그 구대장에게 걸려 알철모에 팬티 바람으로 세면장에 집합했다. 그는 알철모에 찬물을 가득 받게 한 뒤 물

한 방울도 흘리지 말고 온몸에 붓게 했다. 그러자 우리 몸은 금세 동태처럼 빳빳하게 얼었다. 구대장은 그런 우리를 엎드리게 한 다음 침대 각목으로 허벅지를 마구 두들겨 팼다. 그때의 피멍은 2주가 지난 뒤부터 풀리기 시작했다. 그 무렵 보병학교 장교교육에서도 몽둥이가 난무했다. 그러니 하사관학교나 신병훈련소의 인권침해는 불문가지였을 테다.

그렇게 춥고 배고프고 매를 맞는 가운데도 가장 반가운 날은 봉급날이었다. 보병학교에서는 1969년 3월 10일 봉급은 사회에 나와 첫 번째로 받는다고, 한국은행에서 갓 나온 신권과 집으로 송금하기 좋게 은행 쿠폰(일종의 수표)으로 지급했다. 첫 봉급을 받자 동기생들은 어머니 내의값을 보내드린다고 내무반 책상에서 각자 편지를 쓰고 있었다.

나는 어머니가 계시지 않아 편지를 쓸 수가 없었다. 그래서 주룩주룩 흐르는 눈물을 내무반 친구들에게 보일 수 없어 슬그머니 화장실로 가서 쪼그려 앉아 실컷 울었다. 학훈단 장교들의 16주 기초보수 교육 가운데 첫 4주는 병 대우, 다음 4주는 하사관 대우, 다음 8주는 장교 대우라고 했다. 그런 탓인지 전반기 8주는 무척 힘들었다. 첫 4주는 머리도 빡빡 깎았고, 외출·외박은 물론 면회도 허용되지 않았다.

내무생활은 엄청 피곤했다. 일과가 끝나도 병기 손질, 막사 및 내무반 청소, 관물대 정돈, 보초 근무 등으로 도무지 쉴 시간도 없었고, 수면시간도 절대 부족했다. 구대장들은 잠잘 시간을 주지 않았다. 그때는 어떻게나 졸렸는지 구보를 하면서도 졸다가 넘어지기도 했다. 그런 생활이 한 달 정도 지나자 내 얼굴은 완전히 구릿빛이요, 손은 농사꾼처럼 거칠게 변해 있었다.

육군보병학교에서는 육군 정량대로 급식을 했을 테지만 그때는 삼시 세끼를 꼬박꼬박 챙겨 먹어도 늘 배가 고팠다. 초기 교육기간은 깨어있는 한 뛰고 기는, 기합과 매 맞는 세월이었다. 그때 피교육생 위장은 아마 쇠라도 녹일 만큼 소화력이 왕성했던 모양이었다.

4주가 지나자 주말에 면회가 허용됐다. 여동생이 부산에서 면회를 왔는데, 그가 가져온 통닭을 반 이상 뜯은 후에야 가족의 안부를 물었을 만큼 그때 나는 식충이었다. 내가 평생 밥투정 반찬 투정하지 않고, 후딱 먹어치우는 것은 아마도 그때 식습관 때문일 것이다. 8주가 지나자 외출이 허용됐다. 조건은 군인복무규율과 국민교육헌장을 다 암송한 자에 한해서였다.

> "우리는 민족중흥의 역사적 사명을 띠고 이 땅에 태어났다. 조상의 빛난 얼을 오늘에 되살려, 안으로 자주독립의 자세를 확립하고, 밖으로 인류 공영에 이바지할 때다. …"

그런데 그게 잘 외지지 않았다. 육군 정복에 잔뜩 멋을 내고 외출 준비를 한 우리 교육생들을 연병장에 도열시킨 채 중대장이나 대대장은 암송 테스트를 했다. 국민교육헌장을 처음부터 암송시킨 게 아니라 주로 중간 부분부터 암송시키자 더듬거리기 마련이었다. 나는 탈락의 쓴 잔을 마시고 외출치 못한 채 잔류했다가 다시 달달 왼 뒤에야 간신히 테스트에 통과해 광주 시내로 나갔다. 그때의 감격은 가슴이 터질 듯했다.

우리들은 광주 시내에 가면 대체로 불고기, 만두, 탕수육 등을 잔뜩 먹었다. 그런 뒤 목욕탕에 가서 몸을 닦은 다음, 다방에 가서 커피를 거푸 두세 잔을 마시며 음악감상을 했다. 그렇게 외출 허용 시간을 보내며 소화를 시킨 뒤 다음, 다시 먹을거리를 목구멍까지 차오르도록 먹고 귀대했다. 외출이나 외박 후 귀대한 그날 저녁엔 각 중대마다 으레 전원 특성훈련이 있었다. 우리 7기 학훈단 출신 장교에게는 그해부터 '특공훈련'이라는 교과가 새로 생겨났다. 아마도 그것은 그 당시 북한군 특수부대 훈련에 자극을 받아 그에 대비한 것으로 기존의 유격훈련을 강화한 것이었다. 특공훈련 기간 동안 우리는 계급장과 군번을 모두 반납했다.

나는 '46번 독수리'였다. 교육 내용은 적진에서 도피 및 도망, 도하, 대검 투척, 암벽 타오르기, 암벽 뛰어내리기, 줄타기, 하강 등으로, 훈련 강도가 몹시 셌다. 훈련 중 정신을 바짝 차리지 않으면 안전사고가 나기 마련이었다. 나는 이 훈련을 통해 사람은 독한 마음을 먹으면 불가능은 거의 없다는 것을 깨우쳤다. 특히 도피 및 도망 훈련 때에는 한밤중에 장성 불태산을 넘는데 그날이 내 제삿날인 줄 알았다. 비가 부슬부슬 내리는 어두컴컴한 밤에 길을 잃어 넘어지고, 절벽에서 떨어지기도 했다. 그날 밤 그 산골짜기에서 그대로 죽는 줄 알았다.

그런 교육을 통한 극한 훈련은 인간도 개조시킬 수 있다는 것을 터득했다. 나는 이 훈련을 통해 대검을 던져 10여 미터 밖의 나무에 정통으로 꽂을 수도 있었고, 먹빛 어둠 속에서도 대항군을 제압하고 적진을 탈출할 수 있는 능력도 길렀다. 이 특공훈련으로 다른 중대에서 두 명의 동기생이 희생됐다. 이들의 추모 희생비는 홍익대 출신 화가 이두식 동기생의 설계로 세웠다. 그 자리에 참석한 동기생들은 스페인 민요 '친구의 이별'을 부르며 그들의 죽음을 애도했다.

흔히들 광주 인심이 짜다고 불평했지만 내 경우는 그와 반대였다. 그해 5월 하순, 우리 중대는 '중대 공격과 방어' 교육을 받으러 장성의 어느 멧부리 교장에 갔다. 우리 교육생들이 야외 교장에 막 도착하자 갑자기 장대비가 쏟아졌다. 담당 교관은 내내 하늘을 쳐다보다가 악천후로 더 이상 교육이 불가능해지자 결단을 내렸다. 그는 오전 교육을 오후에 몰아서 하겠다고 하면서 어디로 가서 비를 피하고 12시 50분까지 교장으로 집합하라고 했다. 그래서 우리 피교육생들은 오랜만에 3시간 남짓 자유시간을 얻었다. 그때의 기쁨이란…. '자유'가 그렇게 좋을 줄이야.

우리 피교육자들은 교관의 마음이 바뀌기 전에 후딱 산 아랫마을로 내려갔다. 마을에 이르자 하늘은 언제 비를 쏟았나 싶을 정도로 금세 쾌청했다. 우리들은 휘파람을 불면서 꿀맛 같은 자유시간을 누렸다.

우리 내무반 친구들은 어느 초가집 안으로 들어갔다. 마침 주인아주머니가 혼자서 집안일을 하고 있었다. 그때 우리는 아주머니에게 밥값을 드릴 테니 점심밥을 좀 지어줄 것을 부탁했다. 그러자 아주머니는 마땅한 찬거리가 없다면서 사양했다. 그래서 우리는 아무 찬이나 괜찮다고 했더니 그제야 집안으로 들게 했다.

우리는 그 집 대청과 안방 건넌방에서 젖은 옷을 말리면서 그야말로 대한민국에서 가장 편안한 자세로 쉬었다. 그 틈에 편지를 쓰는 친구, 부족한 잠을 청하는 친구…. 아주머니는 남새밭에서 아욱을 뜯어다가 국을 끓이고 한편에서는 장작불을 지펴 무쇠솥에다가 밥을 한 솥 가득 지었다. 한 시간 남짓 지나자 아주머니는 대청에다 큰 상을 펴고 밥상을 차렸다. 그리고 머슴밥처럼 밥주발에 고봉으로 하얀 쌀밥을 담아줬다. 그 밥을 먹자 입안에서 살살 녹았고, 특히 아욱국은 그 맛이 기가 막혔다. 우리들은 혁대를 풀고 한 솥밥을 다 먹었다. 우리들은 밥상을 물린 후, 내가 밥값을 추렴해서 아주머니에게 건넸다.

"관두시오. 얼매나 집밥이 그리웠으면 내 집을 찾아왔것소."

"아닙니다. 받으세요."

"아니라오. 참말이오. 아, 내 집 놈도 군에 갔는디, 어떡코롬 군인한 테 밥값을 받것소."

아주머니는 한사코 밥값 받기를 사양했다. 우리들은 장성 산골 인심에 어리둥절했다. 나는 모은 돈을 대청 구석의 쌀뒤주 안에다 슬쩍 넣었다. 그새 젖은 옷도 대충 말라서 주섬주섬 입고 하직 인사를 한 뒤 야외교장으로 후딱 올라갔다.

마침내 16주 교육이 끝났다. 보병학교 측에서는 수료식 전날 연병장에 피교육생들을 전원 집합시켜놓고 육군본부 인사명령을 전달했다. 나는 보병 제26사단으로 명령이 났다. 군사정보가 빠른 한 친구가 말했다. 그 사단은 의정부 북쪽에 있는 부대로서, 경계근무와 교육이 몹시 센 곳이라고 귀띔했다. 그 말에 아찔했지만, 한편으로 남은 24개월 뭐로도 때우지 못하겠는가 하는 오기가 치솟았다. 입교 전 나약했던 나는 그새 그렇게 변해 있었다.

동기생들과 함께 더블백을 메고 송정리역에서 용산행 군용열차에 올랐다. 그때는 모두 작업복 차림으로 풋내가 물씬 풍기는, '싱싱한' 소위들이었다. 나의 상무대 시절은 푸시킨의 시구의 일절 '삶이 그대를 속일지라도 슬퍼하거나 노하지 말라. … 모든 것은 순간적으로 지나가는 것'처럼 그렇게 훌쩍 지나갔다. 젊음은 그 자체만으로도 아름다운 것이다.

보병학교 수료 후 전방부대 전입일까지 닷새간 휴가가 있었다. 나는 부산 아버지에게로 갔다. 아버지는 휴가를 마치고 전방으로 떠나는 아들에게 신신당부했다.

"부대 쌀 팔아먹지 말라. 네 부하를 두들겨 패지 말라. 전투수당 몇 푼 더 받으려고 월남전에는 절대로 지원하지 말라. 결코 미국놈 대포밥은 되지 말라. 네 총부리를 겨누는 병사들도 동족임을 잊지 말라."

아버지의 그 말씀은 군복무 내내 내 가슴속 깊이 잠재돼 있었다.

초록색 견장

나는 임관한 이후 지급받은 더블백을 메고 계속 명령에 따라 움직였다. 1969년 6월 하순, 경기도 양주군에 있는 26사단 보충대로 갔다. 거기서 1주일간 실무교육을 받았다. 당시 26사단의 주요 임무는 교육과 수도 외곽 방위였다. 사단 예하부대 주둔지 및 관할지역은 한강 하류 파주군 교하면 산남리부터 양주군 동두천, 북한산 일대 및 비봉까지로 그 범위가 엄청 넓었다. 그때는 김신조 무리들이 청와대를 습격했던 1·21사태 직후라 서울 북부와 휴전선 사이의 이른바 '김신조 루트'에 대한 경계근무가 매우 철저할 때였다. 나는 그때 처음으로 휴전선 철책을 둘러봤다. 말로만 전해 듣던 철책을 보자 정신이 번쩍 들었다. 무엇보다 한 핏줄의 단군 자손들이 철책을 사이 두고 총부리를 겨누는 현실에 가슴이 몹시 아팠다.

1969년 7월 2일, 사단 보충대에서 실무교육을 마치자 73연대로 인사명령이 났다. 그 명령에 따라 나는 다시 더블백을 메고 송추계곡에 있는 연대본부로 갔다. 연대 직할대 야전막사에서 하룻밤 묵자 다시 인사명령이 났다. 발령지는 제1대대였다. 그새 요령 좋은 동기생들은 사단으로, 연대로 휘파람을 불면서 빠져나갔다. 나는 부탁할 만한 백(Back)도 없었거니와 굳이 부탁하고 싶지 않았다. 남은 24개월 복무기간은 뭐로 뭉개도 마칠 수 있다는 그런 오기로. 까짓것 가는 데까지 가보자는 게 그때의 솔직한 심정이었다. '국가의 간성'이라는 신임 소위까지 인사청탁이란 그 부패의 늪에 놀아난다면 우리나라의 장래가 얼마나 한심하랴.

1대대로 명령을 받은 동기생은 네 명이었다. 1대대 부대대장 이재덕 소령은 지프차를 몰고 우리를 인솔하러 연대 보충대로 왔다. 그는 계급 정년에 걸린 대대 내 최선임 소령이었다.

"난 너희들만 보면 귀엽단 말이야. 너희 시절에는 무서운 게 없지. 내 소위 시절엔 전시(6·25)라 총알이 '소위소위' 하면서 날아와 총알받이가 많이 됐지."

그는 너털웃음을 웃으면서 뒷자리에 우리 일행을 태웠다.

"야! 너희들 꽃을대 조심해. 술집 매미(작부)들이나 다방 레지들이 너희를 그냥 두지 않을 거야. 너희들에게는 싱싱한 맛이 있거든. 너희 땐 밤새 근무해도 꽃을대가 빳빳하잖아. 하룻밤 재미 보다가 바가지 쓴 녀석들이 많아. 서로 눈이 맞아 섹스를 하더라도 두 가지는 꼭 지켜라. 첫째 장화를 꼭 신고, 둘째 상대에게 화대는 반드시 지불해라. 그래야 나중에 뒷탈이 없다. 알았냐?"

"네!!!!!"

"세상에 공짜처럼 무서운 게 없다."

그는 대대본부까지 가면서 우리들에게 주로 대여성교육을 했다. 73

연대를 출발한 지 얼마 안 돼 곧 송추계곡 들머리에 있는 제1대대본부에 도착했다. 부대 막사 전체가 온통 위장망으로 덮여 전방부대임을 실감케 했다. 부대 연병장을 비롯한 곳곳에는 '공격' '경계 철저' '먼저 보고 먼저 쏘자' '적화야욕분쇄' 등의 구호가 돌과 입간판에 붉은 페인트 글씨로 쓰여 부대 안팎에 덕지덕지 깔려 있었고, PRI(사격술예비훈련) 표적이 지천으로 널려 있었다.

우리를 태운 지프차는 대대본부 막사 앞에 이르자, 철모를 쓴 인사장교 정 중위가 총알같이 튀어나왔다. 우리 일행이 지프차에서 내리자 그는 우리의 인사를 받는 둥 마는 둥, 다급하게 말했다.

"우리 대대장님 신고 때 쉽게 통과한 장교는 거의 없습니다. 우선 이발소로 갑시다."

"네에? 우리는 사단에서 이미 육군 규정에 따라 이발을 하고 왔습니다."

"안 됩니다. 우리 대대장님 기준으로는."

우리는 그가 안내한 이발소로 갔다. 대대 보급창고 한쪽 구석에 급조된 간이이발소였다. 작대기 셋(상병)의 이발병이 히죽히죽 웃으면서 우리를 맞았다. 그는 머리털이 손가락 사이로 나오면 안 된다고 이빨 빠진 바리캉으로 우리의 머리를 마구 밀었다. 우리는 눈물을 질금거리며 투덜거렸다.

"이건 육군규정에도 없는 횡포다."

"처음부터 겁주는구먼."

실무 부대로 전입한 우리는 잔뜩 기대에 부풀어 있었다. 그런데 전입신고 전에 이미 주눅이 들어버렸다. 이발을 마친 우리 동기생 네 명은 대대장실 앞에 도열, 우리 중 군번이 가장 빠른 중앙대 약학과 출신으로 진주 태생인 김 소위가 군번이 빠른 선임자로 전입신고 연습을 했다. 그새 김 소위도 잔뜩 얼었는지 무척 더듬거렸다. 두어 번 연습을 끝내자 인사장교가 대대장을 모시고 나왔다. 비로소 우리 앞에 나타난 안대수(가명) 중령으로 그는 짙은 선글라스를 낀 채 거만하게 거드름을 피웠다. 그는 우리를 한 번 쭉 훑고는 동아대 출신의 최 소위 앞으로 대뜸 다가갔다.

"너 이 새끼! 귀밑에 아직도 비누가 그대로 남아 있어!"

그 말과 동시에 그의 워커 발은 최 소위의 정강이를 걷어찼다. 그의 발길질에 최 소위가 한 걸음 물러났다가 용수철처럼 제자리로 돌아오며 큰소리로 대꾸했다.

"공격! 소위 최호정, 즉시 시정하겠습니다."

"이 새끼들 형편없어. 야, 인사장교! 다시 교육시켜!"

그런 뒤 대대장은 자기 방으로 휑하게 들어갔다. 최 소위는 냇가로 가서 다시 머리를 감고 돌아왔다. 우리는 옷매무새를 고치며 두어 번 더 신고 연습을 했다. 한참 후 다시 나타난 대대장에게 우리는 전입신고를 했다. 간신히 전입신고식이 끝나자 인사장교가 대대장 앞에서 우리의 어깨 위에다 일선 지휘자임을 상징하는 초록색 견장을 달아줬다. 그러자 안 중령은 야전 훈시대 위에서 일장 훈시를 했다.

"너희들은 오늘 이 시간부로 우리 대대 소대장이다. 우리 대대는 서울 외곽방위를 맡은 최우수 정예부대로서, 이 지역은 한시도 경계임무를 소홀히 할 수 없는 곳임을 명심하기 바란다. 오백만 서울 시민이 우리 군을 믿고 단잠을 이룬다. 알겠나!"

"네!!!!"

"특히 ROTC 출신 너희들은 어물어물 복무연한이나 적당히 채우려는 놈들이 많아. 그런 자는 대대장 안대수가 용서치 않는다. 알겠나!"

"네엣!!!!"

그 순간 그는 권총을 빼낸 뒤 총구를 하늘을 향하게 흔들었다.

"깨어 있는 한 항상 철모를 써라. 만약 작업모 쓰고 건들거리는 놈은 내 눈에 걸리면 그냥 안 둔다. 슬쩍슬쩍 무단 외출, 외박하는 놈도 그냥 안 둔다. 알았나!"

"네!!!!"

"난 6·25 때 전투 중에 도망친 내 부하를 그 자리에서 즉결처분했다. 월남서도 내 손으로 직접 베트콩을 화염방사기로 숯덩이로 만들었다. 네놈들은 대한민국의 남의 집 귀한 아들 40명의 생명을 책임지고 있다. 훈련 때 땀 한 방울은 전투 때 피 한 방울이다. 소대원들을 엄하게 교육시켜라. 강한 소대장 밑에 강한 소대원이 있다. 소대장 근무 마칠 때까지는 모두 영내 거주다. 너희들 휴가는 제대할 때까지 생각지도 말라. 우리 대대에서는 소대장 휴가란 없다."

그는 장황한 훈시를 속사포처럼 마구 쏟아냈다. 우리는 그때마다 잔뜩 겁먹은 채 중간중간 크게 복창했다. 그가 대대장실로 사라진 뒤 우리들은 '후유' 하는 안도의 숨을 내몰았다. 우리들은 서로 얼굴을 쳐다보며 낭패스러운 표정으로 쓴웃음을 지었다.

"새끼! 독종인데."

"깡패 같은 놈한테 잘못 걸려들었군."

"지금이 군국주의 시대인가, X팔."

"고생문이 훤하다."

우리들은 저마다 한마디씩 내뱉았다. 곧 부대대장 이 소령이 모든 걸 다 알고 있다는 듯 씩 웃으면서 나타났다. 그는 다시 우리들에게 지프에 타라고 했다. 그는 아예 운전병을 내리게 한 뒤 직접 운전대를 잡았다. 자기 차로 신임 소위들을 배속 중대로 데려다주겠다고 선심을 썼다.

1대대는 중대별 파견근무로 각각 떨어져 있었다. 대대에서 가장 가까운 송추역 앞 1중대에서 김 소위가 내렸다. 도봉산 들머리 2중대에서는 최 소위, 장흥 계곡 4중대에서는 외대 출신 이 소위가 내렸다. 그러자 나만 남았다.

"박 소위, 3중대는 대대에서 가장 멀지만 대신 서울은 가장 가깝다."

부대대장 이 소령은 장흥에서 구파발 쪽으로 차머리를 돌렸다.

"3중대장 강칠(가명) 대위, 꽤 까칠한 친구지. 얼마 전 사단 최우수 중대장으로 표창까지 받았고. 월남전에서는 무공훈장까지 받았다."

그 순간 부대대장이 핸들을 잘못 꺾는 바람에 지프차가 길에서 벗어나 개울에 처박혔다. 나는 차에서 내려 앞에서 밀고, 부대대장은 시동을 걸어 후진해서 간신히 개울에서 빠져 나을 수 있었다. 그새 내 옷과 얼굴에는 바퀴에서 튄 진흙이 잔뜩 묻었다.

"신관 사또 부임 길이 엉망이 돼 버렸군."

그는 내 얼굴을 보고는 한 마디 뱉고 씩 웃었다. 나는 개울로 가서 옷과 얼굴의 진흙을 닦았다. 비포장도로이기에 지프차 뒤로 흙먼지가 꼬리를 이었다. 거기서 30여 분 달린 끝에 비로소 나의 첫 근무지 진관사 들머리 중대본부에 도착했다. 위병소 초병의 "공격! 근무 중 이상 무!"라는 고함을 들으며 중대 연병장에 내렸다. 그러자 대위 강철 중대장이 그 소리를 들은 양 중대 행정반에서 지프차로 달려와 부대대장을 맞았다. 나는 곧장 중대 행정반에서 중대장한테 전입신고를 했다.

"공격! 소위 박도는 1969년 7월 3일부로 제1대대에서 제3중대로 전입 명을 받았기에 이에 신고합니다. 공격!"

"공격! 예까지 오느라고 수고했소. 박 소위는 우리 중대 2소대를 맡아주시오."

중대장 강 대위는 레인저 마크가 달린 월남 정글 전투복에 선글라스를 낀 채 아주 거만하게 손을 내밀었다. 곧 소대 선임 박영삼 중사가 연병장에 소대원을 집합시켜뒀다고 보고했다. 그러자 중대장이 말했다.

"어서 가서 소대원과 상견례를 하시오."

소대원들은 중대연병장에 전원 집결해 있었다. 나는 연병장 야전 훈시대에 올라 소대 내무반장 안중석(가명) 하사의 집합 보고를 받은 뒤 소대원들을 죽 훑어보았다. 순간 왈칵 울고 싶었다. 야간근무 준비를 위해 오침을 하다가 막 잠에서 깬, 도시 초점이 없는 얼굴들이었다. 그들은 나에 대한 반가움보다 또 하나의 귀찮은 상급자가 왔다는 그런 짜증스러운 표정이었다. 해어진 작업복에 너덜한 통일화…. 나는 순간 울컥했다. '그래, 난 너희들 위에서 군림하는, 괴롭히는 소대장이 아니라, 함께 동고동락하는 소대장이 되리라.'

소대원 한 사람 한 사람씩 살피면서 악수를 했다. 잔뜩 겁먹은 얼굴들, 일단 군대에서는 상급자라면 무조건 거부반응부터 생길 테지. 나는 너희들의 그런 선입관을 불식시켜주는 소대장이 되겠다. 나는 선배들에게 소대장의 부임 인사가 중요하다는 말 듣고 잔뜩 준비했다. 하지만 간단하게 마쳤다. 거창한 말은 그들에게 오히려 거부감을 더 줄 것만 같았기 때문이었다. 내가 부임 인사를 마치고 내무반을 한 번 둘러보고 막사를 나오는데 한 소대원이 내 뒤를 따랐다.

"소대장님!"

그는 가냘픈 작대기 하나(이병)를 달고 있었다.

"공격! 저 김학수입니다."

"김학수?"

그는 고교 동기동창이었다. 이 말단 소총소대에서 그를 만나다니.

"전입한 지 얼마나 됐나?"

"보름 됐습니다."

"말 낮춰."

"아닙니다. 군복을 입고 있는 한."

그는 건국대 국문학과 3학년 재학 중에 입대했다. 그의 눈에는 눈물이 괴었다.

"어쩌다 여기로?"

"손을 안 썼죠. 근데 소대장님은요?"

"…."

나는 소대장 부임 이후 소대원 현황 파악을 했다. 우리 소대원은 모두 40명이었는데, 소대본부에는 소대장, 선임하사, 향도, 전령, 기재계(서무병) 등이었다. 그리고 소대는 4개의 분대로, 각 분대는 하사인 분대장과 분대원 8명으로 모두 9명이었다. 소대원을 학력별로 분류하자, 초등학교 중퇴 및 졸업 15명, 중졸 13명, 고졸 8명, 대학 재학 4명이었다. 출신지별로 분류해 보니 농어촌 20명, 중소도시 15명, 서울 출신 5명이었다. 그들의 입대 전 직업도 농사꾼, 미장, 이발사, 구두수선공, 중국집 요리사, 평택 쑥고개에서 미제 물건 장사하다 온 친구 등 다양했다. 대체로 사회 밑바닥에서 일했던 이들이 많았다. 심지어 대전-천안 간 열차 전문 소매치기 출신도 있다고 선임하사 박영삼 중사는 귀띔했다. 나이도 나보다 연상인 소대원이 대여섯 명이나 됐는데, 그들 대부분은 기혼 자로 서른을 넘긴 소대원도 있었다. 그들 대부분은 호적을 고치는 등, 입영을 이리저리 미루다 어쩔 수 없이 입대한 소대원들이었다.

우리 부대는 주간교육에다가 야간에는 매복 경계근무로 최전방 초소(GP, Guard Post) 근무보다 오히려 더 고달프다고 선임하사가 말했다. 그 무렵 우리 중대 4개 소대 중 3개 소대는 파견 중으로, 우리 소대만 중대본부에 남아 5분대기조까지 겸하고 있었다. 그래서 병사들은 24시간 늘 긴장 속에 근무했다. 그들은 자조적으로 '오줌 누고 뭐 볼 새도 없다' '그래도 국방부 시계는 돌아간다' 등의 말을 버릇처럼 뱉으며 현실의 불만을 삭이고 있었다.

오후 5시, 저녁 식사를 마친 소대 병력의 절반은 야간 매복근무 준비를 한 뒤 연병장에 모였다. 그들은 야간 위장과 군장검사를 마치고 각 초소로 떠났다. 남은 절반의 병력은 위병소, 불침번 등 자대 근무자였다. 야간 근무조가 모두 떠나자 소대 내무반은 고즈넉했다.

내 숙소는 소대 막사 안에 두어 평 정도로 칸막이를 한 곳으로, 야전침대와 간이책상과 의자가 있었다. 더블백을 내려놓자 몹시 좁았다. 그래도 한 내무반을 쓰는 소대원에 견주면 그만해도 족했다. 전령 박진술 일병은 중대본부 병기계로부터 나의 카빈소총, 철모, 배낭, 모포 등 지급품을 모두 받아왔다. 첫날부터 중대 상황실에서 당직 근무를 섰는데, 3개 소대장들이 파견 중이라 그 무렵에는 말뚝 당직 근무였다. 부대 일대는 그때까지 전기가 들어오지 않아 상황실이나 막사 모두 석유램프를 켜고 있었다. 밤이 깊어지자 상황실 외 부대는 칠흑으로 적막강산이었다.

줄빠따

소대장으로 부임하자 밤낮이 뒤바뀌었다. 대부분 소대원들은 올빼미처럼 낮에는 교육과 오침이었고, 밤에는 매복근무를 했다. 매복근무는 일몰부터 다음 날 일출 시각까지 2~4명이 1개조로 꼬박 밤을 새웠다. 병사들은 석식을 마치면 곧장 야간근무 복장으로 연병장에 집결했다. 야간 위장을 하였기에 영락없는 검둥이였다. 군장도 요란하다. 모포를 판초우의로 말아 어깨에 걸고 소총, 실탄, 수류탄, 크레모아, 야간 조준경, 경보기 등을 소지했다. 나는 근무자들의 야간 위장 상태와 소지품 검사(주로 담배, 라이터, 성냥 등)를 마친 후 그날의 암구호와 경계 수칙을 복창시켰다.

"먼저 보고 먼저 쏘자."

"담배를 피우지 말자."

"졸면 죽는다."

군장검사가 끝나면 초소장 인솔로 각 초소로 떠났다. 병사들은 초소에서 밤샘 매복근무를 하고 다음 날 아침 귀대해 장비점검 및 일조점호를 했다. 그런 뒤 아침 구보, 세면, 청소를 한 후 조식을 들었다. 조식이 끝나면 주간 근무자를 제외하고는 오전 취침이었다. 오전 11시 30분에 기상, 중식을 든 후 다시 오후 취침이다. 오후 4시 무렵, 다시 기상, 석식과 야간근무 준비로. 하루하루가 다람쥐 쳇바퀴와 같은 일과의 연속이었다.

어느 하루 숙소에서 오침을 하고 있는데 잠결에 '딱딱…, 윽윽…' 하는 소리가 들렸다. '딱딱' 하는 소리는 가을날 도리깨질 소리와 비슷했다. 그런데 '윽윽' 하는 소리는 분명 사람의 비명이었다. 어디서 매를 맞는 소리였다. 야전침대에서 일어나 후딱 겉옷을 입고 나가자 내무반에는 아무도 없었다. 소리가 나는 곳으로 찾아갔다. 그곳은 한적한 취사장 뒤편이었다.

내가 그곳에 이르자 소대원들은 일렬횡대로 '엎드려뻗쳐' 자세를 취한 채, 한 녀석씩 일어나서 엎드린 녀석들을 하나하나 지나가며 매질을 하고 있었다. 소대 내무반장 겸 향도인 안 하사는 그 광경을 뱀눈으로 지켜보고 있었다. 그는 소대원 전원을 취사장 뒤로 집결시켜 '계급 군번 순으로' 엎드리게 한 후 매질을 하는 이른바 '줄빠따(배트)' 체벌을 주고 있었다.

"안 하사! 뭐 하는 거야."

나의 갑작스런 출현과 고함에 곡괭이 자루를 든 한 소대원이 흠칫 놀란 채 엉거주춤했다. 안 하사가 당황한 표정으로 급히 내 앞으로 급히 뛰어왔다.

"공격! 소대원 교육시키고 있습니다."

"누구 맘대로!"

"소대 내무반 교육은 제 소관입니다."

"야! 내무반 교육은 좋은 말로 할 것이지 왜 곡괭이 자루로 해?"

그는 내 말에 지지 않고 대꾸했다.

"소대장님! 요즘 소대원들 군기가 엉망입니다. 소대장님 부임 이후

100

더 심합니다. 일주일에 한두 번은 줄빠따를 쳐야 내무반 군기가 섭니다. 그저 엽전들은 자고로 ….."

"뭐라고?"

"좋은 말로 하면 따지고 기어오릅니다."

"안 돼! 당장 그만둬!"

"소대장님은 그냥 모른 체하십시오."

"안 돼! 즉각 중지시켜!"

"오늘만은 양해해주십시오. 다음엔 소대장님에게 사전 보고하고 교육시키겠습니다."

"너, 나한테 항명이냐?"

"이건 항명이 아니고, 어디까지나 우리 소대 내무반 군기를 바로잡기 위해섭니다."

그는 물러서지 않고 내게 끝까지 말대꾸를 했다. 나는 엎드려 있는 소대원들에게 명령했다.

"일어섯! 전원 내무반으로 뛰어가서 5분 내로 취침이다. 알겠나?"

"네엣!!!"

소대원들은 나와 안 하사의 눈치를 슬금슬금 살폈다. 그들은 하사 계급보다 소위 계급이 더 높은 줄 판단한 듯 후딱 내무반으로 돌아갔다.

"저, 오늘 이 시간 부로 소대 향도 그만둡니다."

"뭐! 그만두겠다고? 간덩이가 고래 등만큼 부었군."

안 하사는 화가 머리끝까지 치솟은 듯 계속 씩씩거렸다. 그 무렵 안 하사의 간덩이는 보통 부어오른 게 아니었다. 그 간덩이는 강철 중대장이 키웠다. 중대장은 한밤중에 때때로 안 하사를 불러 은밀한 지시를 내렸다.

그 지시란 사단장 관사 언저리의 조경을 위한 향나무를 상납코자 북한산성 어귀에 있는 민간인 00화원의 향나무를 그에게 부탁해 한밤중 특공대를 조직해 몰래 뽑아오게 하는 일이었다. 그런 다음 날 이른 새벽 5분대기조 트럭으로 그 향나무를 대대장에게 보냈다. 그러면 대대장은 즉각 그 나무를 당시 유학성 사단장 관사에 상납했다. 또 중대장은 그 무렵 비봉에 근무하는 1소대 선임하사에게 대대장 숙소를 짓는다고 서까래와 대들보용으로 북한산 소나무를 몰래 베어 오게 했다. 그 나무도 마찬가지 방법으로 운반했다. 그러자 그들 하사관들은 중대의 중요한 임무는 자기들이 도맡아 한다는 착각 속에 근무하고 있었다. 그래서 그들의 간덩이는 잔뜩 커졌다. 이는 마치 지난날 중앙정보부 요원들이 요인 납치 등 특수임무를 자기들이 수행한다는 명목으로 특권의식을 갖는 것과 조금도 다름이 없었다. 그들은 그 대가로 무소불위 권력을 휘두르며 백성들의 원성을 샀다.

"안 하사! 너 하사관학교에서 교육받을 때 많이 맞았지."

"네."

"그때 기분이 어땠나?"

"……"

"왜 대답을 못하나?"

"……"

"이담에 네 아들이 군에 입대해서 상급자한테 맞아 불구자가 돼서 돌아오면 그때 너 어쩔 거냐?"

"……"

안 하사는 계속 씩씩거렸다. 며칠 전에도 이웃 중대에서 한 상급자가 LMG(기관총) 총열로 부하의 허벅지를 친다는 게 잘못 허리를 쳐서 후송된 불상사가 일어났다. 그 총열로 맞은 병사는 척추신경이 으스러져 하반신을 못쓰는 불구자가 될 것 같다는 진단이 나왔다. 이러한 구타는 나라의 부름을 받고 온 남의 집 귀한 아들을 평생 불구로 만든 거다. 그래서 군대생활이라면 으레 '빠따'를 연상할 만큼, 군내 구타는 아주 고질화돼 있었다. 이런 점은 그동안 젊은이들이 병역을 기피하고자 하는 하나의 원인이었다.

"안 하사! 사람의 교육은 말로 하는 거다. 물론 말로 듣지 않을 때도 있을 테지. 정 그렇게 부하를 교육할 자신이 없거든 네 손으로 계급장을 떼라."

"죄송합니다. 잘못했습니다. 앞으로 시정하겠습니다."

"알았으면 가봐!"

그를 돌려보내고 내 막사로 돌아왔지만 잠이 싹 달아나 버렸다. '줄빠따'란 아주 고약한 체벌이다. 내무반장이 '줄빠따를 쳐라'는 명령을 내리면, 나머지 소대원 39명은 계급 군번 순으로 즉시 '엎드려뻗쳐' 자세를 취한다. 그러면 내무반장이 빠따를 들고 39명의 엉덩이를 한 대씩 친다. 그러면 다음 선임이 일어나 38대를 친다. 맨 졸병은 39대를 그대로 엎드린 채 맞을 뿐이다. 그러면서 그는 자기 후임이 오기를 기다린다. 그래야 자기도 빠따를 한 대 칠 수 있을 테니까. 선임들이 빠따를 치면서 후임들에게 하는 말이다.

"야! 억울하면 군대 빨리 올 것이지. 웬 말이 많아. 나는 너보다 먼저 새벽밥 먹고 왔다."

내가 부대생활을 하며 지켜보니까 말단 소총소대원보다는 중대 행정요원들이 그 세계에서는 특권층이었다. 그런데 그 내막을 알고 보니까 그들의 애로도 무척 컸다. 그 가장 큰 이유는 중대장이 중대 행정근무비를 자기 호주머니에 넣고 사적으로 쓰고 있었기 때문이다. 그러자 중대원들은 중대장에게 돈을 달라는 말을 차마 하지 못하고 자기 주머닛돈을 털어 쓰고 있었다. 심지어 중대 행정병들은 10킬로미터가 넘는 내대나 연대본부 문서수령 길에도 버스를 두고 걸어 다녔다. 그러자 중대 행정요원 가운데 약은 자는 소대원들을 편취 또는 갈취했다. 소대원들의 휴가나 진급, 월남 파병 또는 취소 등이 그들을 편취 또는 갈취하는 주 미끼였다.

어느 하루 새벽같이 중대장이 불렀다.

"박 소위, 서울 지리에 밝지?"

"예, 대충 압니다."

"그럼 됐어. 내 당번병 오 이병 말이야. 집안에 사정이 있다고 해서 내가 지휘관용 일주일짜리 증을 끊어줬더니 귀대 날짜 사흘이 지났는데도 돌아오지 않고 있어. 박 소위가 그 자식을 좀 잡아오도록 해."

오 이병은 우리 중대로 전입해 온 지 한 달밖에 되지 않은 새까만 졸병이었다. 그가 우리 중대로 전입해 온 다음 날, 그의 아버지가 중대장을 면회하고 갔고, 그날부터 중대장 당번병(전령)이 됐다. 그동안 중대장 당번병이던 정 상병은 화기소대로 밀려났다.

"지금 곧장 출발해서 그 자식 붙잡는 대로 즉시 데리고와. 검문소 헌병들한테 걸리지 않도록 조심해."

"예, 알겠습니다."

104

중대장은 예삿날과는 달리 어색한 미소를 지으면서 그날따라 말씨조차도 사근사근했다. 중대장 강 대위는 자신의 출세와 치부를 위해서는 수단 방법을 가리지 않았다. 연대장, 대대장, 보안대장, 심지어 보안대 파견 사병에게까지 비굴할 정도로 굽실거렸다. 내가 전입 전에 우리소대 충북 진천 출신의 신 아무개 하사는 중대 야간 기동훈련 중 구덩이에 발을 헛디뎌 발목을 다쳤는데도 후송시키지 않고 자대에서 치료하다가 때를 놓쳤다. 내가 전입할 때도 그는 다리를 절름거렸다. 중대장은 그런 식으로 중대 내의 안전사고를 죄다 덮어버려 마침내 무사고 중대 표창을 받았다.

매달 2만여 원 나오는 중대 행정근무비도 자신의 주머니에 넣자 행정반원들은 각자 주머닛돈으로 중대 행정비나 필요한 사무용품을 사다 썼다. 그러다 보니 행정요원들은 조그마한 언턱거리를 빌미 삼아 힘없는 소대원들에게 손을 벌리고, 소대원들은 집으로 송금을 요청하기 마련이다. 한 집단의 지도자가 부도덕하면 그 부정의 고리는 도미노 현상을 일으키게 마련이었다. 어느 하루 한밤중에 안 하사가 잔뜩 취해서 내 방문을 두드렸다.

"소대장님! 소대장님도 정치를 좀 하십시오."

"무슨 말이야?"

"세상을 너무 모르십니다. 1소대장님은 중대장님께 상납을 아주 잘합니다. 일주일에 한 번꼴로 닭죽 같은 걸 중대장 숙소로 몰래 보냅니다. 우리 중대가 여기 오기 전 도봉산 어귀에 있을 때부터 1소대는 비봉 파견 근무를 했고, 앞으로도 우리 중대가 이동을 하면, 또 1소대가 파견 나갈 겁니다."

"누가 그래?"

"1소대원들은 다 알고 있습니다. 그들은 자기들이 편하기 위해 소대장한테 협조를 아주 잘합니다. 소대장님이 묵인해주신다면 제가 알아서 상납 비용을 마련하겠습니다. 파견 나가서 한 달이면 1종(쌀)을 팔아 그 모든 비용 충당할 수 있습니다."

"난 그런 짓은 못해."

"소대장님은 홀몸이 아닙니다. 40명의 소대원들 사기도 좀 생각해주셔야지요."

"1소대장 한 소위가 그럴 리가 없다. 네가 잘못 알고 있을 게다."

선임 1소대장 한 소위는 간보(간부후보생) 출신으로 중대장 5기 후배였다. 소대장끼리 만나면 자기가 가장 앞장서서 중대장을 매도했다. 중대장이 연대나 사단으로 회의를 갈 때 지프차가 뒤집어져 후송됐으면 좋겠다는 막말도 했고, 만일 전쟁만 일어나면 자기가 오발을 가장해서 해치우겠다는 극언도 서슴지 않았다. 그가 그런 야비한 짓을 할 리가 없었다.

"두고보십시오. 제 말이 틀렸는가."

안 하사는 혀 꼬부라진 목소리로 빈정거리며 말했다.

그 며칠 후, 한밤중에 급한 보고로 중대장 숙소로 갔는데 한 소위와 중대장이 양주병을 앞에 놓고 닭다리를 뜯고 있었다.

첫 외출이었다. 얼마나 그리던 외출인가. 시외버스로 박석고개를 넘자 눈물이 쏟아질 만큼 정겨웠다. 하지만 나는 휴가 미귀대자를 잡으러 간다는 생각에 미치자 들뜬 마음이 사라졌다.

오 이병의 집 주소는 성동구 금호동이었다. 그 무렵 금호동은 동네도 넓고 번지도 뒤죽박죽으로 산비탈에는 무허가 판잣집이 촘촘했다. 골목도 헝클어진 실타래였다. 1시간 여 헤맨 끝에 간신히 오 이병 집을 찾았다. 허름한 가구공장에 딸린 단칸방이었다. 그는 그때까지도 잠을 자고 있었다. 오 이병은 나를 보자 처음엔 잔뜩 겁먹은 표정이었지만, 도망갈 생각도 않고 이내 고개를 떨어뜨렸다.

"오 이병! 널 데리러왔다. 왜 제 날짜에 귀대하지 않았나?"

"…."

"너 귀대를 못한 이유를 솔직히 말해봐."

"제가 잘못했습니다."

"뭘?"

오 이병은 그제야 입을 열었다.

"군대에 가서 학벌 낮고, 집안이 가난하면 대부분 전방 소총소대로 떨어지지요. 사실 돈 있고, 백 좋은 놈들은 카투사나 육본 등 후방으로 빠지지 않습니까?"

"다 그런 건 아닐 테지. 그래서…."

"논산훈련소에서 내버려뒀더니 101보(보충대)로 떨어지데요. 가만히 있었더니 결국은 소총중대로 떨어졌어요. 중대장 전입신고 후 면담할 때 구라를 좀 풀었습니다. 아버지가 뭘 하느냐고 묻기에 서울에서 가구공장을 한다고 말했습니다. 사실 아버지는 이 공장의 경비를 맡고 있습니다. 중대로 떨어진 다음 날 아침, 가설 나가는 통신병에게 담뱃값을 줘서 집에다 연락해 달라고 부탁을 했습니다."

"그래서."

"이튿날 점심 무렵 아버님이 득달같이 부대로 달려왔어요. 중대장님에게 담뱃값을 좀 드렸나봐요. 그게 잘못 된 겁니다. 그 담뱃값 때문에 제가 중대장 따까리(당번병)가 된 겁니다."

"네 소원대로 된 게 아니었나?"

"아니에요. 처음엔 소대로 떨어지지 않아 다행이라고 생각했는데 그게 아니었어요. 중대장님은 식성이 보통 까다로운 분이 아니에요. 부대 부식은 아예 싫대요."

"그래서…."

"보름 만에 아버지가 주고 간 비상금이 떨어지데요. 자연 부식이 나빠질 수밖에. 그러자 중대장님이 저더러 집에 한번 다녀오지 않겠느냐고 넌지시 묻더군요. 새까만 졸병놈을 집에 보내준다는 데 싫다는 놈이 어디 있겠습니까?"

"그래서…."

"중대장님은 일주일짜리 증을 끊어주데요. 제가 부대를 떠나려고 신고를 하자 중대장님은 주머니에서 돈을 2만 원을 꺼내주더군요. 그동안 수고했다고 차비로 주는 줄 알았는데, 그게 아니었어요. 귀대할 때 야외용 전축을 사다달라고 하더군요. '아차' 싶었지만 집에 오고싶은 마음에 그냥 대답을 해버렸어요.

"…."

"휴가 나온 다음 날 세운상가 전파상에 가서 값을 알아봤더니 중고품도 최하가 6만 원 하더군요. 부모님께 손 벌릴 염치가 없어 말씀을 못 드렸어요. 중대장님이 주신 돈은 일주일 동안 놀면서 다 써버렸습니다. 그래서 귀대를 못하고, … 강도짓이라도 해서 야외용 전축을 사고 싶었지만, 차마."

"…."

중대장 강 대위는 지휘관용으로 주는 매월 두 장의 휴가증을 교묘히 이용하고 있었다. 그 휴가증은 포상용이나 긴박한 처지의 중대원용이다. 중대 행정반 남 아무개 병장도 그 휴가증을 쓰고 중대장에게 방수용 손목시계를 사다줬다는 소문이 틀린 얘기가 아닌 것 같았다. 오 이병 아버지가 새파랗게 놀라서 왔다. 아버지는 곧장 사무실에 가서 급전을 구해왔다.

"중대장한테 받은 돈만 갚아라. 앞으로 이런 휴가는 오지도 말고."

나는 오 이병을 데리고 곧장 귀대했다.

"더러운 세상이에요."

"야! 너한테도 책임은 있어."

오 이병은 귀대 즉시 화기소대로 내려가고 정 상병이 다시 제자리로 복귀했다.

전방 소총소대장의 애환

추석을 일주일쯤 앞둔 날이었다. 매복초소 보수작업을 하다가 잠시 쉬고 있을 때였다. 경북 안동 출신의 임 상병이 내게 다가와 편지를 불쑥 내밀었다. 그는 고향에서 이발소를 하다가 뒤늦게 입대한 소대원으로 서른이 넘었고, 자녀를 둘이나 두고 있었다. 그는 소대 내 최고령자로 소대원들은 그를 '임 영감'으로 불렀다. 그는 입대 전 주특기를 살려 소대원의 이발을 도맡았다. 대부분 이발사가 그러하듯 그도 걸쭉한 입심으로 삭막한 내무반에 웃음꽃을 자주 선사했다.

"웬 편지야?"

"꺼내 보이소."

편지봉투 안에는 인쇄물이 들어 있었다. 뜻밖에도 부고장이었다.

"돌아가신 분이 누군가?"

"장인어른입니더."

"그래?"

"이런 경우 중대장님에게 상신하면 곧바로 청원휴가가 될 깁니더."

"나도 그건 알고 있어."

나는 중대 행정반으로 가기 전에 그 부고를 다시 펴봤다. 우선 장인 부고를 관보가 아닌 인쇄된 게 의심쩍었다. 그 무렵 시골에서는 대체로 한지에 붓으로 부고장을 썼다. 또한 추석을 일주일 정도 앞둔 것도 뭔가 꺼림칙했다. 다시 봉투를 유심히 살폈다. 나는 여기서 그 부고장이 가짜라는 결정적인 단서를 잡았다. 그날 오후 일과를 모두 다 끝내고 내무반으로 돌아온 임 상병을 내 방으로 조용히 불렀다.

"임 상병, 정말 장인어른이 돌아가셨나?"

"그런가 봅니더."

"안동은 양반 고장이지?"

"그라믄요. 양반 고장 하믄 조선팔도에서 우리 안동만 한 곳은 없을 깁니더."

"그런데 그런 양반 고장에서는 사람이 죽기도 전에 부고장을 보내나?"

"어데요. 그런 법은 없지 예."

"그런데, 임 상병 처갓집이 그랬는데."

"네에!? 그럴 리가!"

"자, 여기를 보라고. 이 부고장에 장인 돌아가신 날은 9월 20일이요, 발인은 9월 22일로 돼 있지."

"맞네 예."

"그런데, 이 봉투 우표 위에 안동 와룡우체국 소인 날짜는 9월 18일이잖아. 장인어른 돌아가시기 이틀 전에 이 부고장을 우체국에서 부친 거잖아."

"네에!?"

"군대에 오면 '마누라 빼놓고는 다 죽인다'고 하더니….”

"…."

임 상병은 그제야 고개를 푹 숙였다.

"아이가 몇 살인가?"

"둘입니다. 큰놈은 아들인데 세 살이고, 첫 휴가 가서 만든 둘째는 가시난데 아직 얼굴도 못 봤십더. 마누라 편지에 이제 막 기어 다닌다고 합디더. 아마 마누라가 추석을 앞두고 그랬나 봅니더."

"그렇게 보고싶으면 여기로 면회를 오라고 하지 그랬어. 여기로 온다면 내 특박을 시켜줄게."

"우리 와룡면은 반촌이라서 여자들이 남편 군부대로 면회 가는 일은 없습니더. 그라고 마누라가 암만 오고 잡아도 시부모에 시할매까지 있는데, 우째 신랑 면회 간다고 남사스럽게 나설 겁니껴?"

나는 그 자리에서 지포 라이터를 꺼내 편지 봉투와 부고장에 불을 붙였다.

"임 상병, 내 포상휴가 상신이 내려올 때 우선으로 고려하겠다."

"고맙습니다. 소대장님, 나중에 제대한 후 지 고향으로 꼭 한번 놀러오이소. 안동군 와룡면사무소 앞에 와서 이발하는 임영규라 카면 다 알거라 예."

"알았다. 그만 가봐."

"공격! 돌아가겠습니더."

그날 밤, 내무반에서 킬킬거리는 소리가 내 방까지 들렸다.

"임 영감님, 좋다가 말았습니다. 근데 어째 군대는 그렇게 늦게 왔습니까?"

"호적도 고쳐보고, 이리저리 피해도 안 되니까 가로 늦게 안 왔나."

"쇼를 하려면 좀 잘하지 그랬습니까?"

"소대장이 '안동 양반 동네는 초상도 나지 않았는데도 부고장 보내느냐'는 그 말에는 내 더 이상 할 말이 없더라."

임 상병의 그 말에 내무반 여기저기서 키득거리는 웃음소리가 들렸다.

세상은 참 고르지 못하다. 주말마다 여자 친구가 면회를 오는 소대원이 있는가 하면, 편지 한 장 받지도, 보내지도 못하는 소대원도 많았다. 이 전방 부대까지 여자 친구나 부모님이 면회를 오는 경우는 근무도 빼주고 외박도 허용했다. 단, 소대전용 면회소인 민간인 집을 벗어나지 않는 범위 내에서였다.

전방 군인들의 주된 화제는 여자 얘기, 그다음이 휴가나 전역 얘기다. 그들은 입으로 스트레스를 다 푼다. 서로의 과거를 잘 모르니까 입담이 셀 수밖에. 특히 파월 귀국자들은 국제적으로 놀았다. 그들 허풍을 듣노라면, 월남 가서 전투는 하지 않고 사이공 뒷골목만 누볐나 싶

을 정도였다. 군인들의 허풍은 어찌나 센지, 그래서 생겨난 말이 '집에
다 금송아지 안 매놓은 놈 어디 있나'였다. 무료한 시간의 그들의 음담
패설 허풍은 단연 압권이었다. 그들의 허풍에 배가 아프도록 웃을 때도
어김이 없이 국방부 시계는 돌아갔다.

전입 한 달 뒤 무렵 송추계곡으로 파견 나갔던 화기소대가 귀대하자
간보 출신 박한진 소위가 새로 우리 중대에 전입해 소대장을 맡았다.
그의 전입으로 나는 말뚝 일직에서 격일 일직을 맡게 됐고, 아울러 5분
대기조 역할도 격일로 나눌 수 있었다. 그는 같은 소대장으로 중대장의
횡포를 견제하는 데 도움을 준 고마운 전우였다.

어느 당직날이었다. 그날 점검사항은 위생검사로 정한 뒤, 손발 청결
상태와 내의 검사를 실시했다. 내무반장은 점호시간 소대원을 침상에
일렬로 나란히 서게 한 뒤 인원 보고를 했다. 그런 뒤 일제히 요대를 풀
게 한 다음 바지를 내리게 했다. 팬티와 내의의 청결 상태를 점검하는
데, 3분대장 장 하사가 빨간 삼각팬티를 입고 있었다. 그는 평소 입담
이 매우 좋은 경북 문경 출신이었다.

"장 하사! 이게 뭐야?"

"가시나 빤스(팬티)를 입으면 기분도 째지고, 노름할 때 끗발도 잘
오른다 아임니껴."

"어디서 구했나?"

"휴가 때 매미집(술집)에서 슬쩍 했심더."

그 말에 내무반에서는 폭소가 터졌다. 그렇게 소대원들과 동고동락
하며 격일제 당직과 5분대기조 소대장으로 무척 바빴다.

부임 석 달이 지날 무렵 어느 날 한밤중에 부대이동 명령이 떨어졌

다. 이튿날 아침 근무조가 철수하는 즉시 짐을 꾸렸다. 중대장은 개인
사물은 배낭에 담아 트럭에 싣게 했고, 우리 소대는 행군으로 이동하라
고 지시했다. 그런 뒤 자기와 중대 행정반은 트럭에 승차했다. 중대장
이 상황판 지도에 점지해준 새 부대는 원당역 부근 야산에 둘러싸인 아
늑한 분지였다. 우리 소대가 완전군장으로 막 부대를 벗어나는데 중대
본부가 트럭을 타고 우리 행군 대열을 앞질러 갔다. 소대원들은 사라지
는 트럭을 보고, 한 마디씩 불평을 쏟아냈다.

우리 소대가 헉헉대며 원당 새 부대에 도착하자, 그새 화기소대도 트
럭을 타고 이미 도착해 있었다. 더욱 나를 화나게 했던 것은 비봉으로
파견 나갔던 1소대는 또 한양컨트리골프장 경비소대로 파견 나갔고,
또 송추에 파견 나간 3소대는 거기 그대로 머문다는 것이었다.

"소대장님, 제 말이 맞았지요."

그런 정보를 미리 눈치챈 안 하사가 내게 항의하듯 말했다. 나도 화
가 나서 중대장에게 가서 따졌다. 그 자리에는 화기소대장도 함께 있었
다.

"중대장님, 이건 기회균등에 어긋납니다."

"모든 건 대대장님 지시였소."

그는 대대장 지시라고 핑계 대면서 나의 화살을 피해갔다. 그러면서
얼른 선심 쓰듯 내게 말했다.

"2소대는 영구 막사를 쓰시오."

"당연히 그래야 합니다."

화기소대장은 자기 소대가 트럭을 타고 온 게 미안했는지 흔쾌히 영
구 막사를 양보했다. 나는 중대장의 불공정한 처신에는 한편 화가 났지

114

만 화기소대장의 막사 양보는 고마웠다. 그마저도 양보를 받지 못했다면 소대원을 달랠 수 있는 명분이 없었다. 나는 소대원들에게 간곡히 일렀다.

"기다리자. 그러면 우리 소대도 언젠가 파견 나갈 날이 올 것이다."

그러자 장 하사가 대꾸했다.

"소대장님요, 부처님 같은 소리만 하지 마시고 한 번 치받아 뿌리이소. 강철 중대장님이 있는 한 우리 소대 파견은 텄심더."

그의 말에 여러 소대원들이 맞장구를 쳤다.

"기다려보자고. 호박이 넝쿨째로 굴러올지도."

나의 말에 장 하사가 다시 대꾸했다.

"오래 살면 시에미 구정물통에 빠져 죽는 날도 있다캅디더 예."

원당 부대는 교외선 원릉역과 가까운 곳으로 원당초등학교 부근이었다. 그 당시에는 그 일대에는 민가가 거의 없는 야트막한 산들이 이어진 곳이었다. 그곳에서도 매복초소를 몇 군데 운영했지만 규모는 작았다. 그에 반비례로 자대교육은 몹시 강화됐다.

어느 하루 중대장이 대대회의에 참석하고 온 뒤 두 소대장들을 집합시켰다. 그날 회의 소집 요지는 대대 내 자체교육 강화책 전달이었다. 이는 곧 각 중대별로 공용화기 집체교육을 실시키로 한바, 우리 중대는 3.5인치 로켓포 교육을 맡게 됐다는 것이다. 그러면서 어느 중대는 LMG 기관총, 또 어느 중대는 박격포, 또 어느 중대는 57밀리 무반동총을 배당받았다는 것이다. 각 중대 공용화기 사수 조수는 교육기간 중 해당 중대로 파견된다고 했다. 그날 회의의 난제인 교관 선정 문제였다. 지난번 막사 양보에 보답하는 차원에서 내가 화끈하게 교관을 자원했다. 그러자 중대장은 일주일 내로 교장을 완료하고 시강(시범 강의) 준비를 끝내라고 지시했다. 일주일 후 대대장이 각 교장을 돌며 교장 준비 상황과 교관들의 시강을 직접 듣는다고 전했다. 중대장은 지시 명령만 내렸을 뿐, 어떻게 준비하라는 세부지시 사항도, 거기에 따른 예산배정 같은 것은 일체 없었다. 그 모든 걸 내가 알아서 하라는 명령이었다.

소대로 돌아온 뒤 소대 간부들과 이를 상의했다. 그러자 그들은 나에게 교안 작성과 강의준비만 신경 쓰라고 했다. 자기들이 나머지 일을 알아서 할 테니 조금도 걱정하지 말라고 안심시켰다. 마침 그 무렵 경기공전을 졸업한 김선진 이병이 우리 소대로 전입해 온바, 그는 차트 글씨를 잘 썼다. 나는 백지 전지를 사다가 그에게 교안과 함께 건넸다. 야외 교장 작업은 향도 안 하사에게 전적으로 맡기면서 야산에서 곧은 나무 몇 그루를 잘라다가 교안대를 만들라고 지시했다. 그러자 그가 말했다.

"그렇게 엉성하게 만들었다가는 시강 때 대대장님한테 조인트 까입니다."

그 모든 것은 자기가 알아서 차질 없이 준비할 테니 시강 준비나 잘하라고 다시 안심시켰다. 그 며칠 후 내 당직날 밤이었다. 안 하사는 소대원 세 명을 데리고와서 외출을 허락해 달라고 부탁했다. 낮에 원당 쪽으로 순찰 나가다가 널빤지를 파는 곳을 알아뒀다고 말했다. 나는 그에게 두 차례나 교안대는 야전 교육장답게 원목을 잘라 만들라고 지시했으나, 그는 끝내 내 말을 듣지 않았다. 그는 이미 세 명과 함께 외출 준비를 다한 뒤 부득부득 내게 외출 승낙을 강요했다. 그의 비위를 건

드리면 나머지 교장 작업도 차질을 빚을 수 있을 것 같아 그만 외출을 허락하고 말았다. 그로부터 한 시간쯤 지날 무렵으로 야음이 깊어 언저리는 먹빛이었다. 그때 위병소에서 큰소리가 들렸다.

"근무 중, 이상 무!"

그 소리가 끝나기도 전에 비상등을 켠 지프차가 중대 연병장으로 돌진해 왔다. 나는 중대 상황실에서 후다닥 연병장으로 뛰어나갔다. 지프차에서 대대장이 내렸다.

"야, 일직사관!"

"네!"

나는 크게 대답하고 대대장 앞으로 달려갔다.

"공격! 근무 중 이상 무!"

"뭐? 근무 중 이상 없다고?"

"네! 이상 없습니다."

"잔류 병력, 이상 있나 없나?"

"이상 없습니다."

"다시 묻겠다. 잔류 병력, 이상 있나 없나?"

"이상 없습니다."

"이 새끼가 정말?"

곧 대대장 군홧발이 내 정강이를 걷어찰 기세였다. 나는 그 순간 뭔가 일이 벌어졌음을 직감했다. 일이 터질 때는 솔직하게 얘기하는 게 상책이라는 생각이 퍼뜩 들었다.

"이상 있습니다. 소대원 네 명의 외출을 허락했습니다."

그새 중대장도 숙소에서 달려왔다. 곧 안 하사를 비롯한 네 명의 소대원은 헐레벌떡 구보로 귀대했다. 모두 중대 상황실 램프 등 아래로 갔다. 대대장이 말했다.

"이 자식들이 마치 꿩 잡는 포수처럼 총을 비스듬히 멘 채 국도를 활보하기에 내가 차를 세우고 어디 가느냐고 묻자 순찰 간다고 하잖아. 순찰 가는 복장이나 태도가 아니었어. 그래서 내가 곧장 부대로 돌아가게 한 다음, 여기로 바로 온 거야."

니는 그들의 외출을 허락한 자초지종을 대대장에게 솔직히 말했다. 내 말을 다 듣고 난 대대장은 소대원 네 명에게 소리쳤다.

"야, 전부 엎드려!"

그러자 네 명은 중대 행정실 바닥에 나란히 엎드렸다. 대대장은 안 하사가 멘 카빈소총을 거꾸로 치켜들더니 곧 그들 엉덩이로 내리치려고 했다. 그 순간 나는 얼른 네 명을 일으켜세운 뒤 그 자리에 대신 내가 재빠르게 엎드렸다. 그런 뒤 나는 대대장에게 큰소리로 말했다.

"대대장님! 모든 책임은 저에게 있습니다. 저를 쳐주십시오."

대대장은 총구를 잡은 채 한참 나를 노려보더니 슬그머니 총을 내렸다. 그리고는 네 명에게 소리쳤다.

"야, 너희들은 돌아가!"

그들이 막사로 돌아가자 대대장이 나에게 말했다.

"야, 박 소위! 일어나."

내가 벌떡 일어나자 대대장은 더 이상 말 없이 중대 행정실을 나간 뒤 지프차를 타고 어둠 속으로 사라졌다. 그날 밤 내가 자정까지 상황 근무를 마치고 내무반으로 돌아가자 그들 네 명은 그때까지 자지 않고 내무반 앞에 서서 나를 기다리고 있었다.

118

"소대장님, 죽을죄를 지었습니다. 솔직히 그 핑계 대고 주막에 가서 한 잔 꺾으려다가 하필이면 대대장에게 된통 걸렸습니다."

"그만 됐어. 어서들 자라고. 밤이 늦었어."

이튿날 중대 병기계와 함께 무기고로 가자 수류탄을 담은 나무상자가 있었다. 그 상자를 하나 얻어 그 널빤지로 교안대를 만들게 했다. 그 일로 한동안 '줄빠따' 문제 때문에 서먹했던 안 하사와 나 사이의 벽을 허물 수 있었다.

내가 사단 보충대에서 실무교육을 받을 때였다. 한 참모는 부대현황을 소개하면서 우리 사단에는 한양컨트리골프장 경비소대도 있다고 하여, 동기생들이 그곳 파견 근무를 매우 동경한 적이 있었다. 부대이동을 하자 그 골프장 경비소대가 바로 우리 중대 관할이었다. 그런데 1소대가 지난번 진관사 들머리 부대에서도 비봉 파견 근무를 한데 이어, 이번에도 골프장 경비소대로 파견을 나갔다. 소대원들은 1소대장과 중대장은 간보 출신으로 선후배 사이인 데다가, 평소 1소대장의 잦은 상납 결과라고 쑥덕거리며 나의 다부지지 못한 처신에 투덜거렸다.

원당 부대로 이동한 뒤에도 우리 2소대는 계속 중대본부에 남아 경계근무와 교육을 오지게 받고 있었다. 그런 가운데 대대 공용화기 집체교육이 끝날 무렵, 어느 날 갑자기 중대장은 1, 2소대 파견 교체 지시를 내렸다. 그 지시에 우리 소대원들은 환호성을 질렀다.

우리 소대는 즉각 관물과 사물들을 더블백에 담아 지참하고 중대에서 4킬로미터 떨어진 한양컨트리골프장 옆 경비소대로 이동했다. 우리가 그곳에 도착하자 1소대는 풀이 죽은 채 선임하사인 송 중사 인솔로 중대로 돌아갔다. 1소대장 한 소위는 보이지 않았다. 안 하사가 1소대 송 중사를 통해 그 사정을 알아왔다. 한 소위는 전날 후방부대로 전출 명령이 나서 이미 부대를 떠났다고 했다. 나는 그제야 소대 교체의 진상을 알 수 있었다.

1소대장 한 소위가 대민사고를 저질렀다. 경비소대 언저리에 사는 아가씨를 자기 숙소에 데려다 성폭행을 했다는 것이다. 게다가 그 아가씨 동생까지도 그렇게 한 모양이었다. 그러자 그 부모가 헌병대에 민원을 넣어 한 소위는 사단 영창에 수감된 뒤 피해자와 합의를 보자 석방 즉시 후방으로 전출시킨 모양이었다. 그 이전에도 한 소위는 알코올 중독자로 매끼마다 막걸리 한 사발을 든 뒤에야 밥숟갈을 든다는 얘기가 나돌았다. 게다가 걸핏하면 소대원에게 손찌검을 한다는 얘기도 들렸다. 하지만 강철 중대장은 끝내 자기 후배라고 그를 끼고돌면서 수시로 특혜 파견에 따르는 상납을 받은 모양이었다. 그 진상을 알고 나니까 씁쓸했지만 그래도 묵묵히 기다린 보람이 있어 그나마 다행이었다.

장 하사가 입을 함박처럼 벌리며 밀했다.

"오래 살다 보면 시에미 구정물통에 빠져 죽는 것도 본다 카더니, 참 말로 그 말이 맞네 예."

"야, 너무 좋아하지 마. 복이 화가 되고, 화가 복이 되는 게 세상사야."

"알았심더. 입을 다물라 케도 자구 벌어지는 데 우얍니껴."

파견 소대장은 부대 운영에 권한은 많지만 그에 따른 책임도 막중하기 마련이다. 나는 부대이동 후 소대원 전원을 집합시키고 단단히 교육시켰다.

120

"경계근무는 철저히 서고, 교육도 정한 시간에 철저히 할 것이다. 근무나 교육 외 자유시간은 철저히 보장하겠다. 특히 위생관념에 철저히 하고, 군복은 자주 빨아 입을 것이며, 겉옷은 풀을 먹인 다음 다림질해서 폼 나게 입는다."

소대원들은 그 지시를 잘 따라주었다. 소대 연병장에 배구 코트를 만들어 거의 매일 여가 시간에는 분대별로 배구대회를 열었다. 배구장 네트는 새끼줄로 엮었고 그 네트를 매는 기둥은 서까래를 구해다 세웠다.

어느 하루 날마다 아침저녁으로 지나다는 골프장 캐디가 소대 연병장에다 쪽지를 던지고 갔다. 그 쪽지에는 부대가 바뀌고 난 뒤 군인들이 말쑥해졌다는 사연과 함께 자기들을 향한 군인들의 유치한 야유는 여전하다고 썼다. 점호 시간 소대원에게 그 점을 주의를 줬다.

"여기 가시나들은 규테 둘렀나. 사내들이 가시나 보고 좋다 하는 히야까시(희롱) 정도는 어데나 다 있는 게 아이가?"

"장 하사님! 여기 캐디들은 높은 분들만 상대해서 우리 같은 깡통 계급장들은 쳐다보지도 않은께 괜히 헛물켜지 마세요."

당시 한양컨트리골프장에는 박정희 대통령을 비롯한 정부 고관들이 자주 드나들었다. 그래서 골프장 외곽에 경비소대까지 생겼던 것이다. 부대이동 후 기재계는 소대원들이 배불리 먹어도 1종(쌀)이 남는다고 했다. 그래서 나는 매끼마다 쌀 배합 비율을 높이고, 보리쌀은 줄이라고 지시했다. 그리고 일주일에 한두 번은 혼식을 하지 말고, 쌀만으로 밥을 짓게 했다.

어느 하루 연병장에서 배구시합을 하고 있는데, 연대장 지프차가 소대 연병장에 갑자기 멈춰 섰다. 연대장(김도명 대령)의 예고 없는 불시

방문이었다. 나는 그동안 연습해둔 소대 현황을 브리핑했다. 그 브리핑이 끝나자 연대장은 불쑥 소대 내무반으로 가더니 총가에 세워둔 소총을 무작위로 한 자루 짚더니 총구를 살폈다.

"병기 수입(손질)이 잘됐군. 내무반 환경도 깨끗하고. 소대장!"

"예. 연대장님."

"요즘 막걸리 한 말 얼마 가나?"

"……."

연대장은 지갑을 꺼내더니 1만 원을 내게 건넸다.

"소대원들 회식비에 보태 써라."

"감사합니다. 연대장님!"

연대장 지프차가 떠나자 소대원들은 모두 나를 향해 거수경례를 했다.

상급부대에서 화생방교육 차출이 내려왔다. 중대장은 굳이 나를 지명했다. 경기도 연천군 전곡에 있는 하사관학교에서 2주간 교육이었다. 지참물은 완전군장이라 하여, 내 개인소총과 배낭을 꾸려 교육장으로 갔다. 나는 부대 앞 민간 집에 하숙을 정한 후 군복을 입은 후 처음 부대로 출퇴근을 하면서 하루 8시간씩 교육을 받았다. 교육기간 중에는 소대원이 딸리지 않는 홀몸이라 자대에서보다 심신이 더 편했다. 교육 중에도 그야말로 '국방부 시계'는 돌아갔다.

화생방 교육은 2주차 토요일 오전 10시에 끝났다. 명령 상 다음 날 일요일 저녁에 자대로 귀대하면 되었기에 1박 2일 외출은 법적으로 허용된 셈이다. 그래서 교육생들 대부분은 그 외출 외박을 즐기고자 전곡

버스터미널에서 서울 종로5가행 시외버스에 올랐다. 나도 그 버스를 타고 종로5가에서 내렸다. 마침 완전군장 차림이라 거추장스러워 거기서 가까운 연지동 친구 집에 맡겼다.

그런 뒤 한일극장 앞을 지나는데 한 카투사 일병 녀석이 나를 빤히 바라보며 실실 웃고 있었다. 나는 외출 중에 결례를 하는 사병들을 가능한 일부러 붙잡아 주의를 주지 않았다. 하지만 그날 그 녀석의 웃는 모습은 내 비위를 몹시 상하게 했다. 아마도 새파란 육군 소위가 완전군장으로 서울 시가지를 활보하는 모습이 그에게는 아주 불쌍해 보이거나, 대단히 못난 '육군 소위' 모습으로 보였던 모양이다. '카투사(KATUSA)'는 주한 미군부대에 배속된 한국군이다. 그런데 일부 카투사 병들의 지나친 우월적 태도는 같은 의무복무로 군대생활을 하는 일반 병들의 분노를 살 수밖에 없었다. 그들은 국군 장교에게마저도 경례는커녕 빤히 쳐다보고도 외면하기 일쑤였다. 나는 그가 숫제 외면한 채 그대로 지나쳤다면 못 본 척 지나쳤을 것이다. 하지만 힐끔힐끔 쳐다보며 조소하는 데는 도저히 참을 수 없어 그를 불러 세웠다.

"귀관!"

그는 나를 째려보면서 곧장 덤비려는 자세로 가죽장갑을 매만졌다. 그러면서 여전히 비웃고 있었다.

"귀관은 어느 나라 군인인가?"

"…."

그는 계속 비웃었다.

"미군도 국군 상급자를 보면 경례를 하는데….."

"못봤습니다."

"좋아, 이제 봤으면 경례를 해봐!"

"…."

그는 그래도 경례를 하지 않고 자기 장갑을 매만졌다. 잠깐 새 지나가던 행인이 대단한 구경거리를 만난 양 우르르 몰려들었다. 육군 소위와 카투사 일병이 길거리에서 서로 치고받을 수는 없지 않은가. 그런 불상사가 벌어진다면 아무튼 상급자의 망신이다. 그가 그제라도 거수경례를 하면, 쉬 끝날 일이다. 그런데 그는 계속 나에게 조소의 눈길로 끝까지 버티고 서 있었다.

그 순간, 인파를 헤치고 한 헌병이 나타났다. 그는 나에게 거수경례를 한 뒤, 나와 카투사가 대치 중인 영문을 물었다.

"장교님! 무슨 일입니까?"

"저 카투사 일병이 나에게 결례를 했소. 그래서 지금 내가 주의를 주고 있소."

나는 그 말을 마치고, 곧장 카투사 일병에게 훈시했다.

"야! 봤지? 헌병도 나에게 경례하는 걸."

그제야 카투사는 자세를 고쳤다. 헌병은 그 자리에서 카투사 일병에게 지시했다.

"야, 차렷! 장교님에게 경례!"

그 카투사 일병은 헌병의 구령에 따라 마지못해 나에게 경례를 했다. 나는 그의 경례에 거수로 답례를 했다. 헌병이 나에게 말했다.

"장교님! 제가 알아서 더 교육시킬 테니 어서 볼 일을 보십시오."

"알았소. 그럼, 수고하시오."

나는 헌병의 경례에 답례를 한 뒤 그 자리를 떠났다.

대남방송

그해 가을, 사단 최전방 부대와 부대교체 소문이 돌았다. 어느 날 한밤중에 갑자기 교체 이동명령이 났다. 그 이동명령에 우리 소대원은 모두 납덩이처럼 표정이 굳었다. 그 침묵을 깨고 누군가 말했다.

"까라면 까야지 깡통 계급장들은 뭐 별수 있나유."

우리 중대가 이동할 곳은 심학산 아래 한강 하류 강둑으로 그 일대를 경계하는 게 주된 임무였다. 한강 건너편은 북한 땅 개풍과 장단으로 강둑에 오르면 북녘땅이 빤히 보였다. 우리 군에서는 주야로 그 일대 경계를 매우 철저히 했던 접적지역으로 지난날 간첩이나 공비들의 주요 상륙거점이었다. 나는 그곳 산남리 부대에서 이듬해 5월까지 오지게 근무했다.

부대교체는 1급비밀이므로 이동 전날 자정 무렵에야 비로소 알았다. 겨울이 오기 전에 최전방 부대와 교체되리라는 소문은 맴돌았다. 그런 가운데 막상 부대교체 이동 명령이 떨어지자 한동안 긴장이 감돌았다.

이튿날 새벽에 출발했다. 비가 부슬부슬 내렸다. 부대이동 행군 도중에 나는 이따금 상황판을 펼치고선 RP(도착지)점을 점검했다. 1번 국도를 행군할 때를 제외하곤 대부분 비포장도로로 노면은 부슬비로 질척거렸다. 우리 행군 대열이 일산 시가지를 벗어나자 막 가을걷이가 끝난 텅 빈 들판이 아득하게 펼쳐졌다. 거기서부터는 아예 진흙 길이었다. 그사이 비는 멎었지만 흙길은 진 죽처럼 미끄러웠다.

마침내 일산 들판 한가운데 이르렀을 때, 뿌연 안개비 속으로 길고도 큰 강둑이 희미하게 시야에 들어왔다. 그 둑은 임산부마냥 호선(弧線, 활등 모양의 굽은 선)으로 불룩했다. 그 호선이 끝나는 지점에 부대가 있었다. 나는 소대원에게 그 부대를 도착지점으로 가리켰다. 그러자 행군으로 지쳤던 소대원들도 새로운 기운이 솟은 양, 발걸음이 빨라졌다. 우리 소대는 곧 강둑에 가까이 이르렀다. 마침내 북녘에서 대남방송이 가늘게 들려 왔다.

"우리 민족의 … 위대한 … 수령님께서는 … 교시하셨습니다. …"

바람 탓인지 방송은 끊어졌다가 이내 이어지곤 했다.

"저게 뭐이냐 하면 우리 소대원을 환영한다는 소리인 겨."

장 하사가 참지 못하고 또 한소리를 하자 순천 출신의 유 하사가 거들었다.

"오메! 잡것들, 우리가 오는 걸 귀신같이 안당게."

"이 궂은 날씨에 우리가 오는 걸 쟤네들이 뵈기나 하겠어요. 그네들은 그저 시도 때도 없이 읊어대는 거지요."

강원도 홍천 출신 유 상병이 끼어들었다. 하지만 더 이상 그 누구도 말이 없었다. 그동안 소문으로만 듣던 대남방송을 직접 내 귀로 들었다. 그러자 머리카락이 쭈뼛했다. 대남방송은 더 이상 소대원들의 입을 닫게 했다. 모두들 긴장하는 빛이 역력했다. 소대원의 군화와 바지는 너나없이 진흙이 튀겨 엉망진창이었다. 최 상병의 얽은 얼굴은 흙탕물로 눈만 빠끔했지만 어느 누구도 그에게 농담을 하거나 쳐다보고도 웃지 않았다.

우리 소대는 긴 행군 끝에 마침내 둑에 이르렀다. 둑에 오르자 한강·임진강 하구가 펼쳐졌다. 서해의 조수가 밀려든 밀물 때인지라 강물은 온통 진흙탕이었다. 남북으로 이어진 강둑에는 철조망이 강과 나란히

126

이중으로 쳐져 있었다. 그 철조망에는 해 질 무렵 과수원 울타리 탱자나무에 참새 떼들이 몰려 앉은 것처럼 녹슨 깡통과 조명 수류탄이 너절하게 달렸다. 한강 하류와 임진강 하류가 합수하는 지점 저 멀리 눈치챈은 우연 속에 가물거리고, 그 우연 속에서 대남방송이 여울지며 떠듬거렸다.

이곳에서 우리 중대의 주 임무는 북한군 특수부대의 침투작전이 쉬운 한강 하류 일대의 둑을 주야간 경계하는 일이었다. 임진강 하구 북한의 개풍 정곳리에서 조수가 들어올 때 거기서 고무보트를 타고 가만히 있어도 30분 정도면 우리 측 한강 하류에 닿을 수 있다고 했다. 그래서 그 일대는 그 무렵 무장간첩들의 주요 침투로였다. 특히 1·21 사태 이후 우리 군에서 경계를 부쩍 더 강화시킨 곳이었다.

산남리 부대에 도착해 보니 아찔했다. 영구 막사는 하나도 없었다. 중대본부도 초가로 된 흙집이었다. 나머지 4개 소대와 취사장은 천막 막사였다. 게다가 소대장 숙소도 별도로 없기에 소대 천막 막사 한편에 다 내 짐을 풀었다.

소대원들은 미처 쉴 새도 없이 막사 정리와 저녁 매복근무 준비로 첫날부터 정신없이 바빴다. 이산포에서 산남리까지 약 6킬로미터의 둑 가운데 수문을 경계로 우리 중대가 그 북쪽 절반을, 이웃 중대가 그 남쪽 절반을 담당해 경계했다. 그 북쪽 3킬로미터의 둑을 50미터 간격으로 60여 개의 무개호(지붕 없는 초소)를 파서 2인 1조로 야간 매복초소를 운영하고 있었다. 그 초소를 보니까 다시 아찔했다.

초병들은 비바람을 조금도 피할 수 없었다. 60여 개의 무개호에 야간 매복조를 운영하니까 중대 병력의 3/4은 야간 근무조에 투입될 수밖에 없었다. 나머지 병력은 야간 자대 근무를 섰다. 그러자 산남리 부대 근무는 중대 전 병력이 경계근무를 서는 밤낮이 완전히 뒤바뀐 올빼미 근무로 병사들은 매일 악전고투의 연속이었다.

중대 내 4개 소대장은 윤번제로 하루는 일직, 나머지 사흘은 야간순찰 근무를 맡았다. 강둑초소는 2명 1개조로 일몰부터 다음 날 일출 1시간 전까지 매복 경계근무를 섰다. 강둑 중간중간 분대장 초소에는 전화가 가설돼 있지만, 나머지 초소에는 새끼줄로 견인줄을 만들어 상호 연락케 했다. 초소에는 M16 소총, 경보탐지기, 야간조준경 같은 최신 장비도 갖췄다. 그런 최신 무기와 새끼줄과 같은 원시 무기가 공존했다. 초병들은 비나 눈이 오면 고스란히 맞을 수밖에 없었다. 상급부대에서는 초병들의 근무 여건과 인권은 전혀 고려치 않은 무지막지한 근무 여건이었다. 다만 수문 위의 주야간 감시 초소만은 원두막처럼 짚으로 지붕이 덮여 있었기에 순찰자들은 중간 거점으로 쓰고 있었다.

소대장들의 순찰은 밤새 둑을 서너 차례 왕복하면서 초병들의 근무 상황을 점검했다. 조는 병사들을 깨우고, 그들이 근무 중 담배를 피우거나 얘기를 하거나 초소를 이탈하는 일이 없도록 감시하는 일이었다. 병사들은 석식을 마친 뒤 야간근무 복장으로 연병장에 집결했다. 신체 노출 부분은 숯으로 야간위장을 하였기에 영락없는 검둥이다. 군장도 요란했다. 모포를 판초우의로 말아 어깨에 걸고 소총, 실탄, 수류탄, 크레모아, 야간조준경, 경보 탐지기 등을 지참했다.

소대장들은 야간위장 상태와 소지품 검사(주로 담배, 라이터, 성냥 등)를 마친 후, 그날의 암구호와 경계 수칙을 복창시켰다. 그런 다음 병사들을 인솔해 각 초소로 떠났다. 야간 근무자들은 저녁노을에 물든 둑

길을 일렬종대로 걸었다. 멀리서 바라보면 병사들은 하루 들일을 마치고 귀가하는 농부의 모습과 흡사했다. 그러나 병사들은 하루 일과를 시작하러 가는 길이었다. 이튿날 병사들은 밤샘 근무를 마치고 전날의 역순으로 귀대했다. 귀대 후 장비 점검 및 일조점호를 마친 다음 구보, 세면, 청소를 한 후 조식을 들었다. 아침식사가 끝나면 주간 경계 근무자를 제외하고는 전원 오전 취침이었다. 오전 11시 30분에 기상해 점심을 든 후 다시 오후 취침이다. 오후 4시 무렵, 다시 기상하여 석식과 야간 근무 준비를 했다. 하루하루가 다람쥐 쳇바퀴와 같은 일과의 연속이었다.

우리 소대에서 길렀던 수캐 '바우'는 밤샘 매복근무를 마치고 돌아오는 길에 마중을 나와 꼬리를 바람개비처럼 흔들며 반겨 맞았다. 그 반가움이란…. 나는 그제야 사람들이 왜 개를 좋아하는 이유를 알았다. 군부대에서 개를 기르니까 민간 집에서 기를 때와 사뭇 달랐다. 민간 집의 개는 군복을 입은 군인만 보면 사납게 짖었다. 그런데 군부대에서 기른 개는 이와는 달리 민간인만 보면 사납게 짖었다. 개는 누가 밥을 주느냐에 따라 그 경계 대상이 달랐다. 그리고 그놈도 계급을 아는지 소대원들과 무리 지어 귀대하는 데도 가장 먼저 나에게 달려들어 꼬리를 친 뒤 다음 다른 소대원에게 달려가 꼬리 쳤다.

부대이동 후 나는 어쩔 수 없이 소대 막사에서 소대원들과 함께 지내자 피차 불편했다. 그러자 전직 목수였던 최 상병, 그리고 강원도 홍천 농사꾼 출신의 유 상병이 내 숙소를 지어주겠다고 나섰다. 그들은 못 한 동강도 없이 야전삽과 톱만으로 뗏장을 떼다 사방 벽을 쌓고, 산에서 소나무를 베다가 대들보와 서까래로 쓴 뒤 그 위에다가 마을에서 얻어온 짚으로 이엉을 엮어 지붕을 덮었다. 아침에 시작한 작업이 그날 해 질 무렵에 완성되었다.

나는 주머닛돈으로 당번병에게 막걸리를 사오게 하여 조촐한 입주식을 가졌다. 마소의 우리와 흡사하지만 그래도 낮이면 단잠을 이룰 수 있었다. 소대원들의 수고가 눈물겹도록 고마웠다. 유 상병은 자기 고장에서 숯을 많이 구웠던 탓으로, 부대 옆 도토리나무를 베다가 숯도 구웠다. 그 숯으로 당번병 오 일병은 내가 귀대할 때면 주전자에 물을 펄펄 끓여놓았다. 야간근무에서 돌아와 그 끓는 물에 타 먹는 커피 맛이란 ….

전방 소총소대장 근무여건은 매우 열악하지만 소대원들로부터 극진한 대우를 받았다. 후방 근무지에서는 도저히 맛볼 수 없는 뜨거운 전우애가 있었다. 나는 지금도 군에서 전방 소총소대장으로 복무한 것과 교단에서 평생 평교사로 근무한 것을 자랑스럽게 여기고 있다.

부대이동 일주일이 지난 무렵 뒤늦게 폭우를 동반한 태풍이 이틀 동안 중부지방을 휩쓸고 지나갔다. 한강 유역은 때아닌 물난리를 치렀다. 상급부대에서는 악천후일수록 간첩이나 무장공비가 침투할 우려가 많다고, 연일 '경계근무 철저' 전통(전언통신문)을 뒤틀린 레코드판처럼 내려보냈다. 우기라고, 녹음기라고, 안개가 짙다고, 사리와 조금 때라고 연일 경계철저 전통이다. 하기는 경계근무에는 방심이 있을 수 없다. '작전에 실패한 지휘관은 용서받을 수 있어도 경계근무에 실패한 지휘관은 용서받을 수 없다'는 경계근무의 금과옥조와 같은 말을 귀에 익도록 교육받았다.

내 당직 근무일이었다. 그날은 큰물이 진 다음 날 사리 때로 인천만 간만의 차가 가장 심할 때다. 만조 때는 바닷물이 역류하기에 경계근무를 철저히 해야 한다. 상급부대에서 초저녁부터 '경계근무 철저' 전통을 내려보냈다. 자정까지 잔뜩 긴장했으나 별다른 상황이 없었다. 그때부터 상황실 야전침대에서 비스듬히 누워 가수(假睡) 상태에 있는데 상황실 당번병이 잠을 깨웠다. 새벽 2시 30분이었다. 화기소대 경계지역인 제4초소에서 신호음과 아울러 어댑터에 불빛이 번쩍거렸다. 괴물체를 발견했다는 신호였다. 일단 상황이 벌어지기 전까지는 초소와 상황실 간은 음성으로 교신할 수 없었다. '비상 출동할 테니 계속 주시하라'는 암호 답신을 보낸 후, 중대장 숙소 그리고 대대 상황실에 보고를 했다. 나는 당직 하사를 시켜 각 소대 잔류 병력에게 비상을 걸었다. 그새 중대장이 허겁지겁 달려왔다.

"4초소에서 괴물체가 나타났다는 보고입니다."

"좋았어. 일망타진하자고."

중대장의 얼굴에는 활기가 돌았다. 무장간첩을 잡으면 주택복권 당첨처럼 횡재였다. 1계급 특진에 포상금, 포상휴가 등으로 평상시에 좀처럼 얻을 수 없는 행운이었다. 날이 밝으면 사단장, 연대장, 대대장이 달려와서 찬사와 포옹과 악수를 아끼지 않을 것이다. 그 얼마 전 이웃 사단에서 DMZ 철책을 뚫고 침투하려던 무장간첩을 사살한 병사가 영웅 대접을 받으면서 사단장 전용 헬기로 고향에 돌아갔다. 그는 고향에서 성대한 군민환영대회까지 치렀다.

비상 발령으로 중대 잔류병들은 단잠에서 깨어나 신속한 동작으로 연병장에 집결했다.

"비상! 4초소 괴물체 발견! 출동 준비!"

병기계가 탄약고에서 실탄과 수류탄을 날라왔다.

"어메 좋은 것. 내가 공비 때려잡은 뒤 헬기 타고 고향 앞으로다."

순천 출신 유 하사가 떠벌리자 월남에서 갓 돌아온 화기소대 문 중사가 경고했다.

"입 닥쳐! 주둥아리 함부로 놀리다가 고향은커녕 먼저 황천행이다."

그는 상대가 결코 만만치 않음을 실전으로 알고 있었다. 모두들 기본 실탄과 수류탄 2개씩을 지급받았다. 자대 경계근무자만 남기고 전 중대원이 둑 아랫길 4초소로 출동했다. 먹빛 같은 야음이었다. 4초소에 이르자 초병은 야간조준경으로 계속 괴물체를 좇고 있었다. 나도 야간조준경으로 전방을 응시하자 강물 위에 괴물체가 꿈틀거리는 것이 뚜렷이 보였다. 이미 각 초소에는 견인줄로 전달돼 초병들은 잔뜩 긴장한 채 중대장의 사격 명령만 기다리고 있었다. 그 괴물체가 강안으로 기어 오르고 있었다. 그러자 중대장이 즉각 명령을 내렸다.

"사격 개시!"

서치라이트를 비추고 조명탄을 발사했다. 각 초소마다 총구에서 불을 뿜었다. 수류탄, 크레모아도 터졌다. 그새 강 건너 김포 쪽 해병여단과도 교신이 돼 그쪽에서도 조명탄을 쏘아올렸다. 콩을 볶는 듯 요란한 총소리가 3여 분 울렸다. 괴물체는 마침내 강바닥에 나뒹굴었다.

"사격 그만!"

중대장의 사격 중지 명령에 강둑에는 다시 정적이 감돌았다. 역류하는 강물, 바닷물 소리만 세찼다. 조명 발사대에서는 계속 조명탄을 쏘아부었다. 괴물체는 총알을 여러 방 맞았는지 강가에 드러누운 채 꿈틀도 안 했다. 화기소대 문 중사가 일개 분대를 이끌고 강가 괴물체로 접근했다. 그의 보고에 따르면, 괴물체는 사람이 아니라 송아지라고 했다. 어느 농가의 송아지가 장마로 불어난 물길에 휩쓸려 떠내려가던 가운데 저도 애써 살겠다고 강둑으로 기어오르다 무장공비로 오인한 초병들의 총알 세례를 된통 맞고 쓰러진 것이었다.

"쌍, 헬기 타고 휴가 가긴 다 틀려뿌렸당게."

4초소 벌교 출신 조 상병이 투덜거렸다.

"아, 오늘 저녁에는 송아지 고기 맛 좀 보겠군그래."

"좋아들 하지 마. 깡통들에게 그 차례는 돌아오지 않을 것이여."

문 중사가 조 상병의 말에 면박을 줬다. 그날 밤 비상은 '태산 명동에 송아지 한 마리'였다. 이튿날 아침 대대장은 식전 댓바람에 달려와서 현장을 확인하고 송아지를 마대에 담아 스리쿼터에 싣고 갔다. 며칠 후 4초소 두 초병은 보름 포상휴가증을 받고 고향으로 떠났다.

매월 1, 3주 수요일은 수색 일이다. 아마도 상급부대 담당 참모가 수색 일을 기억하게 좋게 매주 수요일로 정한 모양이었다. 그날은 2개 소대씩 돌아가며 수색을 나갔다. 1개 소대는 부대 뒷산 심학산 기슭을, 또 다른 1개 소대는 한강변 철조망 안 수색이었다. 그날 우리 소대 담당은 한강변이었다.

수색 목적은 숲이나 동굴, 계곡같이 은폐된 곳에 숨어 있는 무장공비나 간첩을 색출하는 일이지만 강변 수색의 경우는 거의 노출된 곳이라 주로 살포된 '삐라'를 줍는 일이었다. 1년 열두 달 내내 남과 북은 웬 삐라가 그렇게나 많이 쏟아내는지 사방 지천으로 깔려 있었다. 북한에서 풍선에 실어 띄운 삐라는 줍는 즉시 마대에 담아 중대로 가져와 소각하거나 상급부대로 보내지만 줍는 순간 보지 않을 수 없다. 그 삐라들은 유치하고 상투적인 선전문구들이었다.

'우리 민족의 태양이신 위대한 수령님의 교시'

'미제의 주구 박정희 파쇼도당'

'국방군 장병이 위대한 수령님의 품에 안기다'

문체도 딱딱하고 지질도, 사진도 조잡했다. 평양 만수대의 김일성 생가 모습, TV 수상기가 놓인 평양 시내 어느 아파트 방안의 모습, 백악관 뜰에서 존슨 대통령 부부와 박정희 대통령이 나란히 포즈를 취한 사진, 어느 월북자의 기자회견 장면 따위들이었다. 어떤 때는 줍고 보면 우리가 북으로 보낸 삐라들도 더러 있었다. 아마도 풍향을 잘못 가늠한 탓에 우리 쪽으로 떨어진 모양이었다. 문안도 북의 것이나 '오십보백보'였다.

월남 파병

중대 행정병 오 병장이 연대에서 문서를 수령해 왔다. 인사명령을 보니 우리 소대 김홍수(가명) 일병에게 파월 명령이 났다. 그는 충북 괴산 출신으로 충북대 2학년 재학 중에 입대했다. 그 인사명령에 깜짝 놀라 그를 내 막사로 불렀다.

"어떻게 된 거야. 김 일병?"

그는 솔직히 말했다.

"지가 중대 서무계 편에 연대 인사과로 파월 명령을 내려달라고 손 좀 썼시유."

"뭐? 김 일병이 손을 썼다고?"

"어디 그런 일이 맨입으로 되나유."

처음 파월이 시작될 때는 서로 월남에 가지 않겠다고 돈과 백을 썼다. 얼마 뒤 파월 장병들이 많은 전투수당을 받고, 귀국 때는 일제 캐논 카메라, 소니 녹음기 등을 갖고 와서 거드름을 피웠다. 그러자 그 무렵에는 파월지원자가 몰려 경쟁률이 높았다. 그래서 그즈음 상급부대 인사 담당자는 파월지원자들이 몰려 한철인 모양이었다.

"왜 지원을 했나?"

"이참에 외국 구경도 하고, 부모님에게 송아지 한 마리라도 사드릴려구유. 그동안 지 대학 등록금 마련한다고 집에서 기르던 황소를 팔았시유."

이미 쏜 화살이었다. 나는 그의 파월 명령을 취소할 힘도 능력도, 그의 집에 송아지를 마련해줄 수도 없었다.

"김 일병, 몸조심해라. 죽으면 말짱 헛일이다."

"예, 꼭 살아서 돌아올게유."

정부의 파월 명분은 '한국전쟁 당시 우방의 파병에 대한 보답과 세계평화에 기여함'이었다. 하지만 파월 병사들은 그런 거창한 명분보다 촌놈이 언제 해외 나들이할 수 있겠는가? 그래서 그들 중에는 이참에 외국 구경도 하고, 내심 한밑천 벌어 오겠다는 그런 물욕도 숨겨져 있었다. 그들은 귀국길에 미군 PX에 들러 일제 카메라나 전자제품들을 아귀처럼 구입하여 휴대하고 부산항으로 귀국했다. 그러다 보니 일본은 중간에서 피 한 방울 흘리지 않고, 이 땅의 젊은이의 핏값을 가로챘다.

당직근무 날이었다. 밤 10시 무렵 화기소대 막사에서 자대 근무자 및 잔류병들의 일석점호를 마치고 나오는데 얼마 전에 전입해온 정 병장이 내 뒤를 따라 나왔다.

"2소대장님, 바쁘십니까?"

"왜, 무슨 일이야?"

"달빛도 좋은데 소대장님과 '청담(淸談)'을 나누고 싶습니다."

"청담?"

피차 군복을 입은 주제에 청담을 나누자는 말에 면박을 주려다가 참았다.

"네, 이왕이면 조용한 곳이 좋겠습니다."

일석점호가 끝나면 무료한 시간이라 그의 제의에 흔쾌히 승낙했다.

"좋아, 그럼 10분 후 내 막사로 와."

나는 마지막으로 3소대에서 일석점호를 마친 뒤 막사로 돌아왔다. 정 병장은 막사 앞에서 보름달을 멀뚱히 쳐다보고 있었다.

"정 병장, 들어와."

나는 거적문을 말아 올린 후 램프 등에 불을 붙이려 했다.

"달빛이 좋은데 그냥 두시죠."

"그래? 그게 좋겠군."

무슨 일일까? 내가 그 까닭을 단도직입적으로 묻는다면 말문을 닫을지도 모른다. 그래, 기다리자. 피차 야전에서는 어울리지 않는 '청담'이라고 했다. 나는 야전침상에 걸터앉았고, 그는 나무의자에 앉았다.

"김학수 일병한테 2소대장님 얘길 들었습니다. 고교시절부터 소설을 쓰셨다기에 진작 한 번 만나 뵙고 싶었습니다."

"아주 좋은 달밤이야."

나는 선문답처럼 대꾸했다. 그의 신상은 대충 전해 들었다. 그는 강원도 삼척 출신으로 아무개 대학 문창과를 중퇴한 뒤 탄광 막장생활을 하다가 입대했다. 동부전선 근무 중 월남 파병에 지원했다. 1년간의 월남 파병생활을 마치고 잔여기간 복무를 마치고자 얼마 전에 우리 중대로 전입해 왔다.

"인간에 대해 어떻게 생각하십니까?"

웬 뚱딴지 같은 소리냐고 면박을 주고 싶었지만 꾹 참았다.

"인간은 … 인간은 말이야. 인간 이상도 … 그 이하도 아닐 거야."

궁색한 내 답변이 겸연쩍어 슬쩍 그를 쳐다봤더니 고개를 끄덕였다.

"그럼, 인간이 '만물의 영장'이란 말은 어떻게 생각하십니까?"

나는 얼른 마땅한 답변이 떠오르지 않아 되물었다.

"정 병장은 어떻게 생각해?"

그는 기다렸다는 듯이 직사포처럼 쏟았다.

"인간은 만물의 영장이 아니라 만물 중 가장 저능아요, 가장 비열한 존재이며, 우주질서를 파괴하는 한 오점이라 생각합니다."

"정 병장의 그런 인간관은 월남전에서 전투를 치른 탓인가 보다. 전쟁은 인간을 야수로 만드니까."

"위정자들이 평화를 위해 전쟁을 한다는 것은 궤변입니다. 그들은 자기들의 권력유지를 위해 전쟁을 일으키고 있습니다. 한반도도 예외는 아닐 겁니다. 전쟁 자체가 평화를 깨뜨리는데 무슨 평화를 위한 전쟁이란 말입니까?"

"인간의 역사가 기록되기 이전부터 전쟁은 있었다. 인간의 이기심과 탐욕이 없어지지 않은 한 아마도 전쟁은 이 지구상에서 사라지지 않을 거야."

그는 내 말에 고개를 연신 끄덕였다. 잠시 후 그가 입을 열었다.

"탄광에서 막장생활을 해도 돈이 모이질 않더군요. 그래서 군에 입대했지요. 그런데 그 월남 전투수당이란 게 제 눈을 멀게 했습니다."

"왜? 이제 와서 파월을 후회하나?"

"네."

"자나 깨나 한 베트콩 부인과 그 어린 딸의 눈동자가 …."

그가 귀국하기 한 달 전 어느 날 밤, 그의 분대원 둘이 매복 초소에서 베트콩의 기습을 받아 가슴이 죽창에 찔리고 목이 잘렸다. 날이 샌 후 그 처참한 광경을 보고 그의 소대는 보복하고자 베트콩 은거지를 찾아 나섰다. 마침내 베트콩이 숨어 있는 초막을 찾아 화염방사기로 불을 지른 뒤 M16 소총을 연발에다 놓고 마구 갈겼다. 한참 후 그 초막을 수색하는데 베트콩은 이미 온몸이 벌집이 돼 죽어 있었고, 그의 아내와 딸은 머리가 반 이상 그을린 채 살려달라고 빌고 있었다. 그때 그의 분대장은 '이런 빨갱이 종자들은 아예 씨를 말려야 해!'라고 말하면서 M16 소총 연발로 갈겨 버렸다. 그들 모녀는 외마디 비명을 지르면서 눈을 부릅뜬 채 쓰러졌다. 가슴에서는 선혈이 쏟아졌다. 그 전투 뒤 정 병장은 그들 모녀의 눈빛을 뇌리에서 지울 수가 없다고 했다.

"전쟁에서 도덕률을 지키기란 창녀에게 정조를 지키기를 기대하기보다 어려울 테지. 정 병장이 그들 모녀를 죽인 건 아니잖아?"

"저도 공범자입니다. 분대장의 사살을 저지했어야 옳았습니다."

"분대장은 전우를 잃은 적개심으로, 또 그들 모녀는 어차피 살 수 없는 사람이라고 판단하여 자비심에서 편히 눈을 감겨준 게 아닐까?"

"자비심이라뇨?"

그의 언성이 갑자기 높아졌다. 나는 겸연쩍은 나머지 바지주머니에서 지포라이터를 꺼내 램프에 불을 붙였다.

"지금은 모두들 미쳐 있는 것 같아요. 과연 우리는 일제가 우리 민족에게 가했던 잔학성을 규탄할 자격이 있을지 의심스러워요."

"정 병장! 말조심해. 아직도 월남전은 진행 중이고, 지금도 많은 전우들이 파월하고 있다. 너 이런 말 함부로 지껄이다가는 보안대에 끌려간다."

"잡아가라지요, 뭐. 차라리 그곳에 끌려가서 실컷 얻어터졌으면 좋겠어요. 소대원들이 저를 보고 미친놈이라고 손가락질하는 걸 알고 있습니다. 누가 미친놈인지 그것은 하늘에 계신 분만이 판단할 겁니다."

"…"

"귀국 준비를 하는데 참 가관이었습니다. 모두들 굶주린 이리떼 같았어요. 돈이 될만 한 것을 찾느라고 눈에 핏발을 세우데요. 월남에 돈 벌러 왔다는 적나라한, 탐욕스러운 모습들의 극치였습니다. 우리 같은 소총수들이야 한계가 있었지만, 총 한 발 쏘지 않았던 비전투요원이나 장성들이나 장교들은 더 극성이었어요."

그랬다. 당시 우리 보병 제26사단 사단장 유학성 소장은 파월 당시 군수참모였다. 그는 귀국 때 철모 위장포를 얼마나 싣고 왔는지 사단 전 장병의 철모를 씌우고도 남았다. 그리고 우리 연대 박익주 연대장은 워커를 얼마나 빼돌려 싣고 왔는지 부임 선물로 연대 전 장교에게 한 켤레씩 선물했다. 그때 나도 그 워커를 신고 있었다.

"파월부대에 PX에 가전제품은 금세 바닥이 나고, 심지어 탄피까지

배에다 실었어요. 1년간 피땀 흘린 값을 보상받겠다는 심보는 이해가
갔지만."

"애국심의 발로로 그랬을 테지."

"네에? 그것도 애국심입니까?"

당시 월남 경기는 한국 경제발전에 크게 도움을 줬다. 파월장병들이
일제 카메라를 메고 다니거나 트랜지스터라디오를 폼 나게 들고 다녔
다.

"저도 한통속으로 좀 가지고 왔습니다. 귀국 후 제 주변 사람들이 몰
려드는데 마치 「노인과 바다」에서 노인이 잡은 다랑이를 뜯어 먹겠다
고 덤비는 상어 떼와 같았습니다. 저는 그 악다구니가 보기 싫어서 보
름 휴가 동안 계속 술만 퍼마셨습니다. 그 술은 곧 오줌이 됐고, 전 바
지춤을 내리고 태평양에다 시원하게 쏟아버렸습니다."

"…."

"101보로 가기 전날 밤 마지막 남은 돈으로 진탕 마시고 광화문 네
거리에다 신나게 갈겼습니다. 아주 통쾌했습니다. 이순신 장군께는 좀
죄송했지만."

"요즘도 그때의 악몽에 시달리고 있군그래?"

"… 사람은 자기 죄업에서 벗어날 수 없나 봅니다."

"정 병장, 지난 일에 너무 집착하지 마라. 남은 군대생활 무사히 마친
뒤 좋은 일을 많이 하면 죄 닦음이 되잖아?"

"…."

"자, 이제 그만 돌아가. 밤이 깊었다. 나도 상황실을 오래 비웠고…."

"예까지라도 들어주셔서 감사합니다."

이튿날 오후 정 병장은 부식차편에 연대 의무실로 갔다. 그의 후송 여부는 군의관의 판단에 맡겨진다고 했다.

1970년 새해 초부터 한파가 맹위를 떨치고 있었다. 수은주는 영하 15도 내외를 맴돌지만 강바람이 무척 세차 체감온도는 영하 20도 이하였다. 일주일에 사흘은 수문 초소에서 야근이었다. 한밤중 한강에서 '우두둑우두둑' 하는 소리가 들렸다. 강이 결빙하는 소리요, 바닷물이 역류할 때 얼음이 깨지는 소리였다. 순찰자들의 대기소 진지 안도 이렇게 얼음집처럼 추운데 무개호인 매복초소에서 근무하는 병사들이야 얼마나 추우랴.

자정 무렵 순찰하고자 강둑을 올랐다. 북녘에서 몰아치는 세찬 바람에 몸을 가누기조차도 힘들었다. 초병들은 방한복, 방한모, 방한화로 무장을 했지만 이런 강추위를 막아내기에는 어림도 없었다. 그래서 초소 바닥에 온통 볏짚을 깔고 초병들은 모포를 여러 겹 뒤집어쓰고 그 위에 판초 우의를 덮었다. 초병들은 눈만 빠끔히 보였다. '졸면 죽는다'에서 '졸면 얼어 죽는다'로 구호가 바뀌었다. 강추위는 무장공비보다 더 무서웠다. 총 한 방 쏴보지도 못하고 동사하기 때문이다. 6·25전쟁 당시 미 해병대들이 무모하게 북진했다가 동장군과 대규모 중공군을 만나 총 한 방 제대로 쏘지 못하고 후퇴한 장진호전투가 생각났다. 그래서 나는 순찰을 하면서 초병들에게 일렀다.

"몸을 자주 움직여라, 가만히 앉아 있으면 동상에 걸린다."

초병들은 졸음을 쫓고자, 동상을 막고자 수시로 초소 밖에서 제자리 뛰기를 했다. 12초소를 지나는데 이준식 이병과 임영규 상병이 한 조로 근무 중이었다.

"근무 중 이상 무!"

"춥지?"

"괜찮습니더."

그들에게 가까이 다가가서 플래시로 얼굴을 비추니까 이 이병 눈자 위에 눈물이 어려 있었다. 얼마나 추우면 울고 있을까? 그는 얼마 전 육군교도소에서 출소한 사고병(전과자)이었다. 그는 남해안 낙도 출신으로 농사지으면서 때때로 바다에 나가 고기잡이로 생계를 이어갔다. 같은 마을에 한 아가씨와 장래를 약속하며 사귀던 가운데 입대했다. 그는 기갑부대 무전병이었다.

어느 하루 친구의 편지를 받고 마른하늘에서 벼락이 떨어지는 충격을 받았다. 장래를 굳게 약속했던 그 아가씨가 결혼을 한다는 소식이었다. 그는 그 순간 눈에 보이는 게 없었다. 결혼식 전날 저녁 그는 권총 탄창에 실탄을 가득 장전하여 품 안에 넣은 채 탈영을 했다(기갑병은 권총을 소지함).

이튿날 결혼식장에 이르렀다. 막 결혼식이 시작되고 있었다. 주례의 성혼선언문이 낭독될 순간 그는 권총을 빼 들고 차마 신랑신부 쪽으로는 쏘지 못하고 천장을 향해 방아쇠를 당겼다. 결혼식장은 그 총 한 방에 아수라장이 됐다. 그는 곧 출동한 경찰에 연행되어 군 헌병대로 넘겨졌다. 군사법정에서 3년형을 받고 만기 복역한 뒤 남은 복무기간을 채우고자 우리 중대로 전입해 온 것이다. 이 이병이 우리 중대로 전입해 왔을 때 중대 내 4개 소대장들이 서로 맡지 않겠다고 사고 병사를 배구공처럼 토스했다. 보다 못해 내가 그를 소대원으로 맡았다.

"이 이병 열심히 근무해줘서 고맙다."

"감사합니다."

"이젠 무사히 제대해야지?"

"그럼요. 지금 생각해 보니까 그때 제 생각이 짧았습니다. 조금만 더 참았더라면 피차 상처가 깊지는 않았을 건데."

"그래, 그 여자는 어떻게 되었나?"

"풍문으로 들으니 시집간 지 얼마 안 돼 쫓겨났대요. 결혼식장에서 총소리에 놀란 신랑과 시집 식구들이 그냥 둘리가 없었을 테죠."

"이젠 그 여자를 용서할 수 있나?"

"그럼요. 제가 육가(육군교도소)에 있을 때 그녀가 면회 와서 울면서 용서를 빌더군요. 이젠 제가 그녀에게 용서를 빌어야죠."

남녀 간 사랑의 약속이 어긋나 때 빚어진 비극이었다. 초소 바닥이 얼음장이었다.

"볏짚 좀 더 갖다 깔아라."

"네, 알겠습니더."

이 이병과 임 상병이 둑 아래로 내려가 볏짚 더미에서 짚단을 한 아름 안고 왔다. 나도 잠시 그들 대신 무개호 초소에 앉아 있었더니 다리가 저리고 온몸이 뻣뻣해졌다. 이런 여건에서 밤새워 근무하는 초병들의 고역을 짐작할 만했다.

"수고해라. 내 잠시 후에 다시 올게."

"공격! 소대장님, 수고하십시오."

강둑에는 여전히 강바람이 세차다. 이런 강추위에도 대남방송은 바람결에 고장 난 라디오처럼 떠들거린다. 야! 이게 누구를 위한 무슨 광대 짓이냐! 같은 피를 나눈 형제들끼리. 권력을 쥔 자들은 서로 만나면 술잔을 부딪치고 음흉한 미소를 교환하지만 피차 남과 북의 졸때기들은 이게 뭔 짓거리인가! 왜 이 나라 백성들은 줄곧 강대국의 하수인이 돼야 하나?

안녕! 푸른 제복 시절이여

1970년 봄, 나는 부중대장으로 지내고 있던 중, 대대 직할 탄약작업 소대장으로 발령이 났다. 대대 직할 소대는 일명 'CAP 소대'라고 불렀다. 당시 우리 연대에서는 3개 대대 직할 소대를 모두 외지 경계 취약지역으로 파견을 내보냈다. 파견 소대장은 그 지역 사령관으로 동료들의 선망 대상이었다.

당시 1 CAP 소대는 한강 하류 심학산 동쪽 능선 동패리 마을 뒷산에 주둔했다. 이는 만일 한강둑인 제1선을 무장공비나 간첩들에게 뚫었다면, 다음 그 경유지를 차단케 하는 임무로 자체 매복초소를 운영하고 있었다.

내가 1 CAP 소대에 부임하고 보니 30여 명의 단출한 소대원으로 가족적인 분위기였다. 그런데 며칠 지나자 소대원들은 나에게 왜 저녁이면 마을로 외출치 않느냐고 자주 물었다. 그 얼마 뒤에야 알았다. 내가 부대를 죽 지키니까 그들이 마음대로 마을로 내려갈 수 없었기 때문이었다. 그래서 그들은 나에게 슬며시 마을 외출을 유도했던 것이다. 내 전임자 부산 아무개 대학 출신 배 아무개 소위는 저녁이면 거의 매일 마을로 내려간 모양이었다. 그 산 아랫마을은 동패리, 삽다리, 송포마을 등으로 그 무렵 가내 가발공장들이 마을마다 한두 곳 있었다. 그곳

144

에는 여공들이 득시글거렸다. 그는 거의 매일 밤 주막에 들러 술도 한 잔하고, 그 가발공장을 기웃거렸던 모양이었다. 그러자 자연히 마을 청년들과 시비가 붙게 돼 결국 대민사고를 저지른 뒤 후방으로 전출됐다. 그래서 내가 졸지에 그 선배의 후임이 된 것이다.

소대장이 마을에 내려가면 곧 분대장은 다른 마을로 내려가고, 이어 분대원은 또 다른 마을로 내려가기 마련이다. 소대원들은 그렇게 여러 달 보내다가 새로 온 소대장이 부대에서 꼼짝하지 않자 좀이 쑤셨던 모양이었다. 그렇게 한 보름 지나자 그들은 마침내 밤 마을 외출을 포기한 모양이었다.

CAP 소대장 부임 후 두 달이 지나자 어느 날 갑자기 또 부대이동 명령이 내렸다. 이번 부대이동은 사단 내 우리 73연대와 75연대의 관할지역 교체 명령으로, 경기도 양주군 광적면 가납리에 위치한 부대로 갔다. 부대이동 배경에는 새로 부임한 75연대장은 손영길 대령으로 그는 한때 박정희 대통령 현역시절 부관으로 끗발이 셌기 때문에 서울 외곽을 경계하는 우리 부대와 맞교대했다는 말이 떠돌았다. 그 무렵 76연대장은 김복동 대령이었고, 우리 73연대장은 새로 부임한 경남 남해 출신의 박익주 대령이었다. 새 부대는 대대 전체가 한곳에 모여 근무하는 교육중심 부대로, 이전 경계중심 부대와는 달리 부대생활이 확연히 달라졌다.

그새 대대장도 바뀌었다. 안대수 중령이 떠나고 김춘식 중령이 부임해 왔다. 그분은 안 중령과는 달리 매우 자상하고 신사적인 분이었다. 부대이동 후, 나는 다시 원래 부대인 3중대 화기소대장으로 보직 변경이 됐다. 그동안 30~180명 정도의 소규모 소대 중대에서 복무하다가

700여 명의 대대 규모 부대에서 복무를 하게 되자 근무 여건이 매우 열악해졌다. 이전 부대는 경계중심의 부대였는데, 부대교체 이후 우리 부대는 사단 예비연대인 교육중심 부대로 바뀌자 심신이 더 고달팠다.

매일 오전 4시간, 오후 4시간은 자대교육으로 대대 연병장에서 중대별로 PRI(사격술예비훈련), 독도법, 각개전투, 태권도 등의 교육이 다람쥐 쳇바퀴 돌 듯 반복됐다. 이런 교육을 하는 장교들도 힘들었지만, 날마다 훈련소나 기성부대에서 이미 여러 차례 배운 바 있는 병들도 매우 지겨웠던 모양이다. 무슨 영문인지 부대이동 후 탈영병들이 줄을 이었다. 그러자 대대장은 보다 못해 연병장에 전 대대 장병을 모아놓고 탈영 예방 교육을 했다. 그런데 그날 밤에도 또 두 명이나 부대를 탈영해, 전 부대에 비상이 걸리기도 했다.

사람은 적당히 바쁘거나 자기가 하는 일이 뭔가 보람 있는 일이어야 근무에 즐거움을 느낀다. 그런데 별 흥미도 없는, 지겨운 똑같은 교육이 날마다 계속되니까 교육자나 피교육자 모두 몸부림이 났다. 지난날 러시아에서는 중한 죄를 저지른 죄수 병에게는 날마다 똑같은 일을 반복시키는 벌을 준다고 했다. 그러면 죄수 병들은 정신착란을 일으킨다고 했다. 사람에게는 무의미한 일을 반복하는 일은 참기 어렵나 보다. 그래서 탈영자가 속출한 모양이다.

그런 가운데 뜻밖에도 에티오피아 세라세 황제가 우리 사단을 방문한다고 하여 우리 연대가 영접 및 사열부대로 차출됐다. 그래서 우리 대대 병력은 날마다 사단 연병장으로 행군해 가 열병 및 분열 연습을 했다. 그 연습으로 한동안 자대교육을 하지 않게 되자 교육자도 피교육생도 살 만했다. 그런데 에티오피아 황제의 부대 방문은 전격 취소됐고, 대신 26사단 출신인 현석주 장군 전역식만 거행했다.

그 행사가 끝나 다시 일상으로 돌아오자 나에게 낭보가 날아왔다. 우리 대대 1CAP 소대가 양주군 광적면 비암리 현암초등학교 앞에 주둔 중인 사단 수색중대에 배속 파견케 된바, 대대장이 나를 1CAP장으로 지명했다. 중대장이 전한 바, 대대에서 술을 먹지 않는 장교로 내가 1순위로 차출됐다고 한다.

30여 명의 소대원을 이끌고 근무지로 가보니 경기도 파주군(현재 파주시) 광탄면 발랑리 금병산 산 중턱 땅굴 막사 부대였다. 그곳은 휴전선 철책을 뚫은 무장공비 및 간첩들의 예상침투로였다. 아마도 이전에 체포된 간첩들이 이동로였다고 실토한 모양이었다. 그런데 무지막지하게도 산기슭에 땅굴을 판 막사로, 대낮에도 램프 등을 켜야 했던 흡사 탄광 갱도의 막장과 같았다.

우리 소대가 그곳에 이르자 그동안 주둔했던 3CAP 소대원들은 짐을 꾸려 하산했다. 땅굴 막사는 3개 동으로 가장 큰 곳은 소대 내무반 막사였고, 바로 옆 땅굴은 주·부식 창고로 썼고, 조금 떨어진 자그마한 땅굴 막사는 소대장 숙소였다. 취사장은 하늘만 조금 가렸을 뿐 산비탈 노지 그대로였다. 이곳에서 취사는 소대원들이 날마다 산에서 나무를 해 와 그 화목으로 주·부식을 지어야 했다.

소대 내무반은 맨바닥에 짚을 깔고 지냈던 모양으로 먼지가 매우 심했다. 다행히 내무반 안에는 드럼통으로 만든 화목 난로가 있었다. 그래서 나는 내무반장과 분대장에게 바닥의 짚을 거둬내고 대신 멍석을 짜서 깔게 했다. 그들은 그렇게 하겠노라고 대답했다. 그곳에서는 3개 초소를 운영했다. 석 달 만에 다시 만나는 1CAP 소대원들은 그새 얼굴들이 다소 바뀌었다. 선임들은 전역을 했고, 새로운 얼굴들이 예닐곱 명 보였는데, 그 가운데 두 명은 매우 낯이 익었다. 나는 소대 기재계와 취사병에게 1주일에 한두 번씩 쌀로만 밥을 짓게 했다.

멍석을 짜라고 지시한 지 일주일쯤 지난 뒤 소대원 막사인 내무반으로 가자 멍석이 깔려 있었다. 그동안 소대원들이 멍석을 짠다고 법석을 떨지 않았는데도 그새 멍석이 깔려 있기에 내무반장에게 그 연유를 물었다.

"소대장님은 그냥 모른 체 하세요."

내무반장은 멍석이 내무반 바닥에 깔게 된 보고했다. 내 지시를 받은 다음 날 아침 소대원 셋이 마을로 짚을 얻으러 갔다. 하지만 채 열 단도 구하지 못했단다. 이미 추수가 끝난 지 오래됐기에 남은 짚은 소여물용이라고 주민들이 짚을 더 주지 않더라고 했다. 마침 돌아오려는데 어느 한 집 뒤꼍에 멍석 서너 개가 묶여 있기에, 그날 밤 그 가운데 하나를 업어(훔쳐) 왔다고 했다.

겨울 산중 낮 시간은 매우 짧았다. 소대 땅굴 막사는 발랑리 뒷산 7부 능선에 자리 잡고 있었기 때문에 더욱 짧았다.

1971년 1월 중순 한밤중이었다. 제2초소로부터 괴물체가 나타났다는 비상 연락을 받고 잔류병들을 깨워 출동시켰다. 수류탄 등 군장을 다 갖춘 뒤 초소로 가자고 명령했으나 소대원들이 멈칫거렸다. 아마도 그들은 앞장을 서기가 싫었던 모양이다. 내가 거총 사격자세로 앞장서서 초소로 향하자 그제야 내 뒤따랐다. 그것은 계급장 때문이었을 것이다. 나는 머리카락을 주뼛 세우고, 사주를 경계하며 잔뜩 긴장한 채 초소로 다가갔다.

초병이 전방을 가리켰다. 그는 우리 소대로 전입 온 지 한 달 정도 지난 신병이었다. 그가 가리킨 물체는 자세히 보니 바위였다. 그런데 그의 눈에는 사람이 웅크리고 있는 모습으로 보인 모양이었다. 나와 몇명이 그곳에 다가가 직접 확인하자 바윗덩이였다. 그런데 초병에겐 그게 사람이 웅크린 걸로 보이는 것은 일종의 착시현상, 또는 신기루 현상이었다. 한밤중 경계근무를 설 때 공포감에 젖으면 곧 헛것이 보이고, 좀 심할 경우는 그 헛것이 다가오는 환상에 사로잡히기도 한다. 그와 같이 근무했던 최 상병도 잠결에 깨어나 보니까 공포감에 둘은 그렇게 믿었던 모양이었다. 그래서 놀란 나머지 비상벨을 눌렀던 것이다. 2초소에서 한 시간 남짓 머물며 그들의 공포감을 씻어준 뒤 부대로 철수했다.

발랑리 땅굴부대 근무 3개월이 지나자 또 부대 교체명령이 떨어졌다. 아마도 상급부대에서는 3개월마다 각 CAP 소대를 뺑뺑이 돌리듯 교체시켰다. 이는 대민사고 예방과 병사들의 경계근무에 매너리즘을 방지하기 위한 조치로 보였다. 우리가 가야 할 곳은 3CAP 근무지였던 비암리 지역이었다. 두 지역 간 거리는 4킬로미터 정도였다.

비암리 부대는 산 들머리로 근무 여건이 한결 좋았다. 하지만 그곳도 임시막사로 산비탈을 깎아 세운 움집 막사였다. 비암리 부대에서도 똑같은 산중 경계근무의 연속이었다. 그새 긴 겨울이 지나고 봄이 왔다.

그때부터 나도 전역병을 시름시름 앓았다. 그동안 전역을 앞둔 선임병사들을 지켜봤지만, 그들의 시름을 속속들이 이해하자면 내가 겪어봐야 제대로 알게 되는 모양이다. 밥맛도 없어지고, 밤잠도 설치는 날이 잦았다. 전역 후의 불확실한 미래 때문이다. 그 무렵도 대졸 실업자가 넘친다고 했다. 서울 시내 교사 자리는 엄청 어려운 모양이다. 차라리 눈 딱 감고 장기복무를 지원해 버릴까? 나라에서 먹여주고 입혀주고 재워주고…. 군인은 명령에 따라 움직이면 된다. 참 단순하고 편한 직업이다. 하지만 내 꿈은 그게 아니지 않는가?

나는 이런저런 시름을 달래고자 틈틈이 부대 환경미화 작업을 했다. 부대 어귀 초소에 돌멩이를 주워다가 '공격'이라는 글자를 새기고 진달래 철쭉을 캐다 부대 뜰에 심고, 마을에서 화초와 산수유나무를 얻어다가 심었다. 그러자 당번병 최 병장이 물었다.

"이제 곧 전역하시잖아요."

"그래. 나는 떠날 테지만 너희들은 남을 테고, 또 다른 후배들이 이곳 부대로 올 게 아냐?"

어느 하루 비상전화가 가설된 마을 이장 댁에 인사를 갔다. 이장에게 발랑리에서 온 부대라고 말하자 대환영이었다. 그의 말인즉, 발랑리에 사는 사돈이 지난겨울 멍석이 없어져 뒷산 군인들의 소행으로 알고 찾으러 가려다가 얼마나 추웠으면 그랬을까 찾기를 포기했단다. 그 부대가 이동을 하면서 제자리에 가져다 두고 간 양심적인 부대라고 극구 칭찬을 했다.

"마침 부대로 찾아뵈려고 했습니다."

"무슨 일로 그러십니까?"

"요즘 농촌에는 일손이 매우 부족합니다. 특히 모내기 철에는 '고양이 손도 빌린다'고 할 만큼…. 대민지원 좀 부탁드립니다."

"알겠습니다. 아마도 상부에서도 그런 지시가 있을 겁니다."

마침 상부에서 전통이 내려왔다. 단 병력의 1/2 이내로 대민지원을 하라고 했다. 그 지시에 따라 모내기 대민지원을 나갔다. 모내기 대민지원을 나가면 새참과 점심이 요란스럽게 나왔다. 마을 이장이 막걸리 잔을 건네면서 6·25전쟁 시절 얘기를 넌지시 했다. 자기가 그 마을에서 국군·인민군·중국군 등을 다 겪어봤는데, 가장 대민 피해를 끼치지 않은 건 중국군이었다고 고백했다. 나는 그 말을 듣고 큰 충격을 받았다. 우리는 당시 중국군을 형편없이 봤는데 그들은 민폐를 끼치지 않는다는 말에 정신이 번쩍 들었다.

그 무렵 민간인들은 우리 군이 마을에 주둔하면 풀도 남지 않는다는 말들이 횡행했다. 중국군 지도자 모택동은 군과 인민은 '물과 물고기의 관계'라고 교육한바, 그런 교육이 그들보다 열 배나 병력 수도 많았고, 무기도 강했던 장개석 국부군을 이긴 원동력이었다고 한다. 대한민국 국군들이 곱씹어볼 얘기가 아닐 수 없었다. 오죽하면 국군이 주둔하면 풀도 남지 않는다는 말이 떠돌았을까.

전역식 사흘 전에야 대대장은 내 후임으로 제2사관학교 출신 유 소위를 보냈다. 후방의 동기생들은 전역 한 달 전부터 취업 준비로 자유롭게 외출 외박을 할 수 있었다지만 전방 소총 소대장들은 그런 특혜를 받을 수 없었다. 대대장은 부대 장비 및 비품을 그에게 인수인계한 뒤 나에게 사흘간 공동근무하라는 지시를 내렸다.

전역식 날이었다. 유 소위가 소대원 전원을 연병장에 집결시킨 후 간소한 환송식을 마련해 줬다. 그들에게 '남은 군대생활 잘하라'는 인사말을 남기자, 그들은 '안녕히 가십시오'라는 함성으로 화답했다. 당번병 최 병장이 한사코 내 더블백을 뺏어 메고 비암리 정류장까지 동행해 줬다. 거기로 가는 도중에 대대장 지프차를 만났다. 그는 나를 사단까지 데려다주고자 왔다고 했다. 거기서 최 병장과는 헤어졌다.

"박 중위, 지금이라도 늦지 않았으니 장기복무 지원할 생각 없나?"

"감사합니다. 대대장님!"

"박 중위 같은 사람이 우리 군에 남아야 해."

"저는 교사가 될 겁니다."

1971년 6월 30일 오전 10시 정각, 26사단 연병장에서 학훈단(학군 단) 제7기 전역식이 거행됐다. 2년 전 우리 동기생들이 입소할 때는 80 여 명이었는데, 그새 두 친구가 희생(전사)했고, 한 친구는 불명예 전 역, 두 친구가 장기복무 지원을 해서 그날 70여 명이 전역했다.

11시 정각, 사단 군악대의 「올드 랭 사인」 연주를 들으며 전입 때처 럼 더블백을 메고 사단 정문을 벗어났다. 정문 앞에는 몇 친구들의 가 족들이 기다리고 있었다. 부산 동아대 출신 최 중위의 아내가 아이를 업고 트렁크를 곁에 둔 채 기다리고 있었다.

"야, 최 중위! 넌 입대할 때는 혼자 하고, 제대할 때는 셋이구나."

"어쩌다 본 게 그래 됐다."

그는 씩 웃고는 아내 등에 업힌 아이에게 뽀뽀를 했다. 사단 앞 버스 정류장에 막 도착한 의정부행 시외버스에 올랐다. 버스는 흙먼지를 일 으키며 군부대와 멀어졌다. 임관에서 전역까지 24개월이 후딱 지난 듯 했다. 곰곰이 되새기자 사연도 많았고, 많은 사람들을 만났다. 아찔한 고비도 많았다. 하지만 용케 잘 견디거나 피했기에 군복무를 무사히 마 칠 수 있었다.

안녕! 푸른 제복의 시절이여….

제3부
교단일기

경기도 여주군 가남면 소재 신성중, 신성상고(현, 여주제일중,
제일고교) 초임 교사시절. 문예반 학생들과 함께 도내 중고생
한글날 백일장이 열린 여주 영릉에서(1971. 10. 9.).

풍금소리

내가 태어날 때 아버지는 구미초등학교 교사였다. 그 이듬해 아버지는 10·1항쟁에 연루돼 교단을 떠났다. 아버지는 목이 길다고 교사시절 '황새'라는 별명이 붙었다. 내가 구미초등학교 다닐 때 이비지와 함께 근무했던 선생님이나 제자들이 여러분 계셨기에 나에게 '황새의 아들'이라는 애칭이 따라붙었다.

나는 초등학교 시절에 아버지가 학교 선생님이었다는 사실에 대단한 자부심을 가졌다. 더욱이 3학년 때 담임이셨던 김경수 선생님은 아버지의 제자로 그해 대구사범학교를 졸업하고 첫 부임지로 모교에 와서 우리 학급을 맡았다.

어느 하루, 나는 청소당번으로 청소가 끝난 뒤 책보를 교실에 둔 채 친구들과 운동장에서 말타기 놀이를 했다. 운동장에서 반 아이들과 신나게 한창 놀던 중 문득 "오늘 학교 일찍 끝나면 소먹이로 가라"는 할머니의 말씀이 떠올랐다. 그래서 아이들과 놀이를 곧장 끝낸 뒤 책보를 가져가고자 복도를 통해 교실로 갔다. 그때 교실 안에서 풍금소리가 들렸다. 유리창 너머로 보니까 담임선생님은 텅 빈 교실에서 풍금을 연주하고 있었다. 나는 방해가 될 것 같아서 교실 문을 열 수가 없었다. 그래서 복도에서 계속 유리창 틈으로 선생님이 풍금 연주하는 모습을 지켜보았다. 그때 선생님은 흡사 교실 벽에 걸린 베토벤의 초상처럼 매우 진지하게 풍금을 연주하면서 우리들에게 가르칠 노래를 작사·작곡을 하고 있었다.

담임 김경수 선생님은 아버지의 제자로 모든 교과를 참 잘 가르쳐주었다. 글씨도 잘 쓰고, 풍금도 잘 쳤을 뿐만 아니라, 음악 교과서 외에 당신이 작사·작곡한 노래로 시골 아이들의 메마른 정서를 촉촉이 적셔주었다. 수업시간 중의 옛날이야기는 넋을 잃게 했고, 무척 인자하면서도 한번 꾸중할 때는 우리 반 전원을 고양이 앞에 쥐처럼 벌벌 떨게 했다. 또한 학생들에 대한 열정이 대단하여 나는 그만 담임선생님에게 흠뻑 빠졌다. 그때 담임선생님은 나의 우상이었다. 나는 유리창 너머로 담임선생님을 지켜보면서 장차 나도 교사가 되는 꿈을 길렀다.

대학 2학년 때부터 교직과목을 이수하여 졸업과 동시에 문교부(현, 교육부)에서 중등학교 국어과 2급 정교사 자격증을 받았다.

군복무 중 전역을 한 달 앞두고 대대장의 허락을 받아 1박 2일 서울로 외출을 나왔다. 첫날은 모교 박병채 국문학과장을 찾아뵈었다. 박 교수는 내가 취업 때문에 찾아온 줄 알고 대뜸 파주의 한 여고에 당장 가라고 일렀다. 나는 한 달 후에야 제대한다고 말씀드리자 그러면 이력서를 두고 가라고 말씀했다. 정한숙 전 국문학과장은 전역 후 마땅히 갈 학교가 없으면 당신 조교로 오라고 했다.

외출 이튿날은 모교 중동고교를 찾아갔다. 국어과 박철규 선생님은 그새 교무부장 보직을 맡고 있었다. 박 선생님은 군복을 입은 채 찾아온 제자를 대단히 반겨 맞았다. 나는 모교에 교사 자리가 있을까 찾아왔다고 솔직히 말씀드렸다. 그러자 학기 도중이라 자리가 없다고 하면서 아마 시내 다른 학교도 마찬가지일 거라고 말씀했다. 대부분 학교가 교직 경력자를 우대하니, 우선 가까운 시골학교에라도 가서 교직 경력을 쌓으라고 조언했다. 그러면서 계동 입구에 있는 사학회관에 가보라고 일렀다.

그 길로 곧장 사학회관을 찾아갔다. 지난날 내가 신문 배달할 때 첫 집이었던 계산약국 바로 옆에 사학회관이 있었다. 그날 내가 군복을 입은 채 사학회관에 들어서자 회전의자에 앉았던 원 아무개 사무총장이 눈동자가 둥그레지면서 용건을 물었다. 아마도 현역 군인이라 의아했던 모양이다. 내가 방문 용건을 말하자 이력서를 두고 가라고 했다. 그래서 가까운 문구점에서 이력서 용지를 산 뒤 그 자리에서 빈칸을 메운 뒤 사무총장에게 건넸다.

"숱한 사람들이 이력서를 들고 찾아오지만, 현역 장교가 저희 회관으로 찾아온 건 처음입니다. 글씨도 달필인 데다가 그 열정에 감동하여 최우선으로 알아봐 드리지요."

1971년 6월 30일, 전역식을 마치고 곧장 이력서에 연락처로 적은 둔 서울 넷째 고모네 집에 들렀다. 고모님은 그새 사학회관에서 두어 번이나 나를 찾는 전화가 왔다고 하면서 당장 가보라고 했다. 나는 더블백을 고모네 집 거실에 둔 채 군복을 입은 그대로 사학회관으로 갔다.

"어서 오시오. 박 중위님!"

사무총장이 대단히 반겨 맞았다.

"지방학교라도 가겠습니까?"

"네."

나는 조금도 망설임 없이 대답했다.

"여러 학교에서 박 중위를 탐냅니다. 서울에서 가장 가까운 경기도 여주 신성학원으로 가는 게 어떻겠습니까?"

"말씀대로 하겠습니다."

원 사무총장은 그 자리에서 신성학원 이사장에게 전화를 건 뒤 나에게 이튿날 아침 10시까지 재단 사무실로 찾아가라고 말했다. 이튿날 소공동 재단이사장 사무실로 찾아갔다. 조선호텔 옆 한 빌딩의 회계사 사무실이었다. 김 아무개 회계사가 바로 신성학원 이사장이었다. 김 이사장은 내 이력서를 훑어보고 당신이 학교에 꼭 필요한 사람이라고 대단히 좋아했다. 그러면서 소정의 서류를 제출하면 즉시 발령을 내주겠다고 구비서류 목록을 건네줬다. 그러면서 서류 제출 때 교사자격증 원본도 반드시 가져오라고 당부했다. 구비서류가 10여 가지나 되었다. 그 서류를 다 갖추자면 여러 날 소요될 듯했다. 서류 준비기간으로 일주일간의 말미를 얻었다. 그 기간 고향에 홀로 사는 할머니도, 부산에 사는 부모님도 찾아뵈면서 서류 준비도 할 셈이었다. 김 이사장은 열흘 후인 7월 10일 이전에 모든 서류를 제출한 뒤 다음 주 월요일인 7월 12일부터 출근하라고 말했다.

그날 먼저 고향 구미로 내려가서 할머니를 만났다. 할머니는 나의 전역을 손꼽아 기다리고 있었다. 그 무렵 할머니는 내가 전역하면 서울로 가서 손자와 새로 살림을 차려 사는 게 당신의 꿈이었다. 나는 고향에 머물며 구미면사무소로 가서 구비서류인 호적등본도 떼고, 고향에서

158

머지않는 외가를 거쳐 부모님이 사는 부산으로 갔다. 아버지는 아들이 교사가 됐다는 얘기에 한말씀했다.

"교사는 모름지기 학생을 보고 사는 거다."

그 말씀도 교단에 서 있는 동안 늘 되새겨졌다. 일주일 동안 구비서류를 모두 갖춘 후 7월 9일 재단이사장 사무실로 갔다. 김 이사장은 구비서류 봉투 가운데 교사자격증을 꺼내더니 한번 훑고는 자기 뒷자리 금고에 넣으면서 말했다.

"이 자격증은 우리 학교를 떠날 때 드리겠습니다."

"…."

순간 아찔함을 느꼈다, 하지만 곧 애써 평정심을 찾았다. 그 짧은 순간 나는 처신을 정리했다. 이것은 그 무렵 유흥가 악덕업주가 종업원들을 강제로 붙잡아두고자 주민등록증을 뺏어 보관하는 것과 다름이 없는 사학 교주의 횡포였다. 내가 이 문제를 여기서 따진다면 그 학교 부임을 포기해야 한다. 그런다면 나는 내년 새 학기까지 빈둥빈둥 놀면서 지내야 할 판이다. 친지들은 그런 나를 손가락질할지도 모른다. '대학까지 나와서 빈둥빈둥 논다.' 그 말이 가장 듣기 싫을 테다. 게다가 그때 나는 마땅히 거처할 곳도 없었다. 김 이사장은 당신 학교에서 잘 근무해달라는 부탁의 말과 함께 악수를 청하고는 학교로 가는 교통편을 자세히 일러주었다.

이튿날 1971년 7월 10일로 토요일이었다. 나는 김 이사장이 일러준 대로 마장동 시외버스정류장에서 충주행 버스에 올랐다. 그 버스가 서울 시가지를 벗어나자 곧 비포장도로였다. 충주행 직행 버스는 꼬리에 흙먼지를 줄곧 달고 경기도 광주, 이천을 경유한 뒤 2시간 만에 여주군

가남면 태평리 시외버스정류장에 닿았다.

거기 정류장에서 무거운 가방을 들고 내려 그곳 사람에게 학교를 물었다. 학교까지는 10분 남짓 거리로 언저리는 온통 논밭이었다. 내가 가방을 들고 땀을 뻘뻘 흘리며 학교에 도착했을 때는 오후 3시 무렵이었다. 학생들은 모두 하교하고 교정은 고즈넉했다. 교문 한쪽에는 '신성중학교', 다른 한편에는 '신성상업고등학교'라는 교명이 나무에 새겨져 붙어 있었다.

내가 다녔던 구미중학교와 흡사했다. 나는 텅 빈 운동장을 가로질러 본관 교무실로 가면서 이를 악물었다. 일단 내년 신학기까지 이 학교에서 참고 지내자고 다짐했다. 교무실로 들어가자 일직 선생님과 교감선생님이 자리를 지키고 있었다. 교감은 인사가 끝나자 나와 동기인 법대 출신의 한 친구를 아느냐고 물었다. 그는 나와 학훈단 동기였기에 잘 안다고 대답했다. 그러자 이 학교 출신으로 당신 애제자라고 말했다.

우선 그곳에서 침식 문제를 걱정했더니 일직을 하던 이규태 선생님은 자기 하숙집으로 가자고 말했다. 그래서 그 선생님 퇴근 시간을 기다려 학교 앞마을 한 초가집 사랑채에 하숙을 들었다.

월요일 날 아침 직원조회 시간에 선생님들에게 인사를 드리고, 곧장 학생조회 때 전교생에게 인사했다. 곧 교무부장은 수업시간을 배정해 주는데, 중2 네 학급 국어와 고1 국어, 그리고 고1, 2, 3의 교련 과목이었다.

첫날 김 이사장이 당신 학교에 꼭 필요한 사람이라고 반기는 까닭을 그제야 알았다. 중학교는 학년당 3~4학급으로 정원을 채웠지만, 고교는 학년당 한 학급뿐이었다. 한 학급마저도 정원 미달이었다. 그래서

160

학교 형편상 정규 교련교사를 두지 못하던 중, 보병장교 출신이 내가 부임하자 안성맞춤으로 그 자리를 메울 수 있었기 때문이다.

나에게 배당된 수업시수는 주당 24시간이었다. 그때는 결강이 생기면 자원해서 보강할 만큼 몸을 사리지 않고 수업에 들어갔다. 2개 학년의 국어 수업 준비도 만만치 않았다. 게다가 운동장 수업인 교련 수업도 각 학년 2시간으로 그때마다 군복으로 옷을 갈아입는 등, 수업 준비가 만만치 않았다. 그러다 보니 무척 바쁜 일과였다.

부임 사흘이 지나자 7월 15일로 그날 오후 사환이 교사들에게 도장을 지참하고 서무실로 가서 봉급을 타라고 했다. 나는 별생각 없이 도장을 지참하고 다른 선생님 뒤에 서서 내 차례를 기다렸다. 마침내 내 차례가 왔다. 나는 서무과주사에게 도장을 내밀었다. 그 순간 그는 매우 당황해하면서 말했다.

"선생님 봉급은 이달에 지급되지 않습니다."

"네에?!"

나는 놀라며 반문했다.

"한 달치는 아니더라도 최소한 보름치는 줘야 되는 게 아닙니까?"

"저희 학교 규정상 이달 봉급을 지불할 수 없습니다."

그의 말로는 봉급은 매달 15일에 지급하는데, 15일부터 다음 달 14일까지를 한 달로 계산해서 지급한다는 것이다. 그래서 내 경우는 다음 달에 지급한다고 말했다. 그 설명을 듣고 나자 화가 불쑥 치밀었다. 서무과주사와 월급 문제로 옥신각신하자 회전의자에 앉았던 서무주임이 슬그머니 자기 자리로 불렀다. 그는 자기 학교 내규이기에 어쩔 수 없다고 나에게 양해를 구했다.

"나는 이달부터 봉급 받는 줄 알고, 하숙비도 준비해 오지 않았습니다."

"그런 딱한 사정은 조용히 말씀하실 것이지. … 우선 반달치만 가불해 드리지요."

그는 크게 선심을 쓰듯이 서무주사에게 내 봉급 반달치를 즉석에서 가불해 드리라고 지시했다. 나는 속으로 울면서 그 돈을 받고 내 자리로 돌아왔다. 부임한 지 열흘이 지나자 여름방학이었다. 방학 중 일직과 숙직은 2회 정도였다. 그 일대에 사는 선생님들과 날짜를 바꿔 일숙직을 마친 다음 고향으로 갔다.

할머니는 이때를 대비해 그동안 약간의 돈을 모은 것을 내게 모두 주었다. 곧 서울에 사글세라도 얻을 보증금으로 주는 목돈이었다. 나는 그 돈과 전역할 때 받은 전역비를 합쳐 당시 서울에서 가장 값이 싼 수유초등학교 앞 한옥 주택의 문간방을 얻었다. 그런 뒤 고모 댁에서 기숙하고 있던 여동생과 할머니 등 세 식구가 새살림을 차렸다.

그 며칠 후 고모가 우리 집으로 찾아왔다. 당신 어머니가 서울 변두리 수유리 사글셋집에서 옹색하게 사는 것을 보고 돌아가면서, 다음 날 당신과 나, 그리고 할머니 셋이서 효창동을 가보자고 했다. 당시 '효창동'이란 신문사네(박상희 선생의 부인 조귀분 씨)가 살고 있었다. 우리 집, 특히 아버지와 박상희 씨는 지난날 동지 관계로 막역한 사이였다. 게다가 그분의 따님 박영옥(김종필 총리 부인) 씨와 아버지는 구미초등학교 동료교사로 매우 가깝게 지냈다. 그래서 그분과 할머니도 구미 각산 한 마을에서 가난하게 살면서 형님 동생 사이로 지냈다. 그런데

162

그 당시 조귀분 씨는 박정희 대통령의 형수요, 김종필 국무총리의 장모로, 대한민국에서 가장 끗발 있는 분이었다. 고모는 말했다.

"남들은 사돈 팔촌에 오만 끈을 다 갖다 붙이면서 그 댁과 연줄을 이으려고 하는데, 우리 집만큼 그 댁과 가깝게 경우도 드물 거다."

아마도 고모는 시골 중학교 교사로 있는 친정 조카를 중앙의 요직에 앉혀 보려는 복안을 가지고 그렇게 한 모양이었다. 그 얼마 전에 고향의 한 후배가 그 집 입김 덕분으로 국무총리실 행정관으로 발탁된 적도 있었기 때문이다.

할머니는 자주 이런 말씀을 했다.

'사람 팔자 알 수 없다.'

'침 뱉은 우물 다시 먹는다.'

'음지가 양지 되고, 양지가 음지 된다.'

어릴 때 나는 그 말씀들을 한 귀로 흘려들었다. 어른들이 으레 하는 케케묵은 구닥다리 말씀으로 여겼다. 그런데 구미 장터 큰 기와집에 살았던 우리 가족은 어느 한순간에 집안이 풍비박산이 되어 철길 건너 각산마을 남의 집 초가 행랑채를 얻어 살았다. 그 무렵 우리 집과 신문사네는 각산마을의 이웃이었다. 할머니와 신문사네는 자주 금오산 기슭에서 땔감 나무를 했다. 그때 신문사네는 잠시 쉬는 시간이면 땅바닥에 고무신을 패대기치면서 '창부타령'을 흥얼거렸다. 그러던 분이 어느 날 하루아침에 대통령 형수가 되고, 국무총리 장모가 되는 걸 본 뒤 정말 "사람 팔자 알 수 없다"는 말을 실감케 했다.

이튿날 세 사람은 효창동 '신문사네'로 갔다. 다행히 지난날 깊은 구연 탓인지 문전 축객은 하지 않았다. 하지만 집안 분위기나 조귀분 씨의 언행에서 어떤 거리감을 느끼게 했다. 그 댁 아드님 박재복(후, 박준홍으로 개명) 후배는 우리의 방문 목적을 이미 눈치를 챘는지 먼저 내게 제의했다.

"선배님, 김 아무개 의원 보좌관으로 천거해드릴까요?"

"고맙네. 생각해보겠네."

그날 조귀분 씨는 옛 고향 친구들의 안마를 받으면서 일어나지도 않고 비스듬히 누운 채로 나에게 물었다.

"자네 요즘 뭐 하시는가?"

"학교 교사로 있습니다."

"학교 선생님? 좋지."

"…."

잠시 머물다 떠나왔다. 지난날 우리 집에 바가지를 들고 뗏거리가 없다고 찾아올 때와는 천양지차였다. 정말 '사람 팔자 알 수 없다' 말을 실증케 하는 장면이었다. 그날 돌아오는 차 안에서 고모가 말했다.

"국회의원 비서 자리가 생각보다는 막강하다. 의원은 점잖은 체면에 뒷짐 지고 앉아 있으면 나머지 일은 비서들이 알아서 다 한다."

사실이 그랬다. 고향 출신 김 아무개 의원 비서관이 사직동 불하 사건에 연루돼 세상을 떠들썩하게 했다. 고모는 시골 중학교 교사보다는 국회의원 비서가 훨씬 더 낫다는 말로 내가 그 자리로 가기를 바랐다. 하지만 나는 왠지 싫었다. 내 앞날은 스스로 해결하고 책임지고 싶었다. 그래서 그 후배의 제의에 쓰다 달다 대답도 하지 않은 채 이튿날 여주 신성중학교로 내려갔다. 할머니는 시골로 내려가는 나에게 말했다.

"송충이는 솔잎은 먹어야 탈이 없다."

164

할머니는 그 이전에도, 그 이후에도 상모양반(박정희 대통령)에 대한 평가는 매우 인색했다.

"사내가 계집을 버릴 수는 있어도 자식까지 있는데, 그렇게 모질게 버려서는 안 된다."

할머니는 당신 시집 동네 도개마을에서 앞뒤 집에 살았던 도개댁(박정희 첫 부인 김호남 씨)이 까맣고 쪼그만 신랑에게 소박맞은 데 대한 연민의 정이 남달랐다.

"도개댁 호남 씨, 참 인물 좋았고, 음식 솜씨, 바느질 솜씨도 좋았는데…. 여자 팔자는 뒤웅박 팔자인 거라…."

할머니는 절간의 공양주가 된 김호남 씨를 늘 연민의 정으로 얘기하면서 그분이 절간에서 한밤중에 자주 읊었다는 가사를 주머니에 넣고 나에게 읽어달라고 청하기도 했다.

개학식에 맞춰 학교로 가자 그새 새 교장선생님이 부임했다. 부임 첫 말씀은 '공부하는 학교를 만들자'였다. 그분은 서울, 부산, 대구와 같은 대도시 학교에서는 '보충수업'을 하고 있다, 그래서 우리 학교도 즉각 보충수업을 실시하자고 했다. 그것도 한술 더 떠서 대도시는 주당 5시간을 하는데, 그보다 매일 한 시간 더 하루 2시간씩 주당 10시간을 실시하자고 말했다.

교사들은 새 교장의 첫 지시라 거역하지 못하고 그대로 따랐다. 당시 다른 시골 중고교에서는 보충수업을 실시치 않았고, 그에 따른 수당을 징수할 수도 없었다. 그러자 교장은 편법으로 학교 육성회를 통해 지도수당을 걷게 했다. 학교 앞 문구상 주인(육성회장)은 각 반 반장에게 돈을 걷게 한 뒤 자기 가게로 가져오게 했다. 그런 뒤 그 돈을 슬그머니 학교로 전달해 월말이면 서무실에서 보충수업 수당을 지급케 했다. 그 언제부턴가 대한민국에서는 편법을 잘 쓰는 사람이 능력 있는 사람으로 출세가 빨랐다. 새 교장도 50대 초반으로 교감보다 더 젊었다.

교사들의 하루 평균 4시간의 수업시수가 보충수업 실시로 6시간으로 늘어났다. 일주일이 지나자 내 목은 견디지 못하고 편도선으로 목 안이 부어 도저히 수업을 할 수가 없었다. 그래서 어느 하루 결근을 했다. 그러자 그날 오후 한 여학생이 하숙집으로 문병을 왔다. 그때 나는 한 선배의 말이 문득 떠올랐다. 여학생 제자가 문병 올 경우 절대 방안에는 들이지 말라고. 그래서 나는 얼른 옷을 갖춰 입고 대청마루로 나가 인사를 받고는 곧장 돌려보냈다.

교장은 직원회 때마다 수시로 입버릇처럼 선생들에게 "창자를 잇자"는 말을 했다. 그 말은 모든 교직원이 한 가족처럼 유대를 강화하자는 좋은 뜻의 말이었다. 그런데 그달 월급을 받고 보니 하루 결근했다고 한 달 봉급 가운데 1/30이 적게 나왔다. 왜 그러느냐고 서무주사에게 그 영문을 묻자, 교사들의 결근 방지책 겸 보강 수당으로 주고자 그랬다는 것이었다. 결근한 몇 선생님들의 표정은 모두 어이가 없는 듯 잔뜩 부어 있었다.

더욱이 나를 화나게 한 것은 결근한 사람은 1시간당 5,000원(가정)이라면 보강한 사람의 1시간 수당은 3,000원 정도로 그 차이가 났다. 그 이유는 공결(公缺, 공적 결강) 보강도 결근한 교사 월급에서 삭제한 돈으로 지급하기에 빚어진, 학교 측에서 잔머리를 굴린 결과였다.

그다음 날 아침 직원회의 시간 끄트머리에 교장은 또 "여러 선생님과 저는 창자를 이읍시다"는 말을 했다. 그 순간 나는 도저히 참을 수 없어 벌떡 일어나 한마디했다.

"여기가 무슨 날품팔이 공사판입니까? 피치 못할 사정으로 결근을 하면 봉급에서 하루치씩을 깎고는 이 무슨 창자를 잇자는 말씀을 하십니까?"

그 순간 교장의 얼굴은 시뻘겠다. 사회를 보던 교무부장이 얼른 종회를 선언했다. 그날 오후 나는 윤 교감에게 사의를 표하고 학교를 떠났다. 그러자 윤 교감은 곧장 내 뒤를 따라오더니 삼거리 주막으로 손을 잡고 데려갔다.

"박 선생, 학기는 마치고 가시오. 이렇게 떠나면 안 돼요. 박 선생은 앞날이 창창한 사람이오."

그 말이 내 발목을 잡았다. 게다가 그분은 친구의 스승이 아닌가. 그날 이후로 교장은 다시는 '창자를 잇자'는 말을 하지 않았다.

그럭저럭 지내다 보니 겨울방학이었다. 방학 전 직원회의에서 교장은 새 학기 준비를 위해 그런다고 하면서 그만둘 교사들은 미리 말하라고 했다. 나는 미처 갈 학교도 정해지지 않았지만 직원회의가 끝난 즉시 교장실로 가서 사의를 표했다.

오산학교

서울로 올라온 나는 집에서 출퇴근할 수 있는 서울 시내 학교를 알아보고자 대학을 찾아가거나 날마다 여러 일간신문을 살폈다. 그때 마침 한 일간신문에 서울 용산구 보광동 소재 오산중고등학교에서 각 과목 교사를 초빙한다는 광고가 났다. 그 광고를 오려 지갑 속에 넣은 뒤 소집 날짜에 오산학교로 찾아갔다.

그날 교문에 들어서자 교사초빙 지원자가 등굣길을 가득 메웠다. 나는 간단한 면접만 보는 줄 알고 아무런 준비도 없이 갔는데 그 인파를 보고 깜짝 놀랐다. 그런데 내 예상과 달리 그날은 필기시험을 치른다고 교내 게시판에는 각과 시험장 교실까지 배치돼 있었다. 국어과 시험장으로 가자 두 교실에 지원자 80여 명이 웅성거렸고, 교실 한편에서는 지원자들이 자리에 앉아 참고서를 꺼내놓고 공부하고 있었다.

나는 그날 필기도구도 지참치 않아 교내 문구점에 들러 볼펜 두 자루를 샀다. 나는 참고서를 준비하지 않았기 때문에 그냥 앉아 있기가 심심해 교실을 둘러봤다. 교실 정면에는 교훈 "사랑 정성 존경" 그리고 본교 행동지표 "존경받는 스승 되고 사랑받는 제자 되게 정성 다합시다"라는 말이 붓글씨로 단정히 쓰여 액자에 담겨 있었다. 그리고 교실 뒤편 한가운데는 오산학교 설립자 남강(南岡) 이승훈(李昇薰) 선생의 사진 액자와 그분의 유훈이 담겨 있었다.

> "겨레의 광복에 힘쓰라. 내 유해는 땅에 묻지 말고 생리표본을 만들어 학생들을 위하여 쓰게 하라. 그리고 서로 돕고 낙심하지 말고 쉼 없이 전진하라."

나는 그 유훈을 읽는 순간 전율을 느꼈다. 우리나라에도 이런 훌륭한 교육자가 있었다니? 그 학교가 바로 내가 가장 좋아했던 김소월 시인이 나온 평북 다섯메 동산 오산학교의 서울 재건학교라는 사실을 알게 됐다. 그러면서 이 학교에서 교편을 잡았던 조만식, 여준, 윤기섭, 장지영, 최용건 등의 내로라하는 독립지사들이 떠올랐다. 내가 중고등학교 다닐 때 『소월시집』과 『김소월 전기』를 읽으며 일찍이 동경했던 오산

168

학교를 찾은 기쁨에 젖었다. 그 순간 나는 마치 김산(본명 장지락) 독립지사가 신흥무관학교에 입학할 때의 그 심정처럼 흥분했다.

나는 그날 전혀 예상치 못한 교사채용 필기시험을 봤다. 다소 불안했지만 어쩔 수 없이 부딪쳐보자는 담담한 심경이었다. 곧 종이 울리고 감독관이 왔다. 그분은 말 없이 시험지를 나눠주고 60분간의 시간을 줬다. 시험문제는 모두 전공으로 국어 일반에 관한 문제로 다행히 모두 머릿속에 맴돌았다. 5문제 가운데 3개를 골라 답하는 문제였다. 그 가운데 3개를 골라 답안지를 메웠는 데도 시간이 많이 남아 다른 한 문제도 답을 썼다.

그날 감독관은 합격자에 한해 학교에서 곧 통지가 갈 거라고 했다. 사실 나는 그 무렵 좀 건방진 탓으로 그 오산학교에는 쉽게 채용될 줄 알았다. 그런데 그날 80여 명이 몰려온 것을 보고 좀 놀라고 당황했다. 마침 그 무렵 한 일간신문에 마포구에 있는 홍익여중고교에서도 교사 초빙 광고가 났다. 나는 오산학교에서 시험 본 결과가 어떻게 될지 몰라 그 학교 교사초빙 전형에도 응했다. 곧 그 학교에서도 1차 서류전형에 합격했다고 하여 면접을 보러갔다. 그 학교에서도 전공교과에 대한 필기시험이 있었다. 1차 서류 전형에 통과한 합격자가 20여 명은 돼 보였다.

그날 시험 문제는 두보의 시 '춘망(春望)' 편이 출제됐다. 그 시는 중동고교 선배요 두시의 대가인 동국대 이병주 교수에게 특강을 들은 바 있었기에 자신 있게 답을 쓸 수 있었다. 시험 후 집에서 기다리니까 두 학교에서 모두 최종 면접을 보라고 속달 편지가 왔다. 날짜가 더 빠른 오산학교에 먼저 갔다. 그 학교에서는 필기시험 성적으로 두 명을 뽑은 뒤 면접으로 최종 한 명을 뽑는다고 했다.

그날 면접을 본 뒤 집으로 돌아왔더니 이틀 후 최종 합격했다는 전보가 왔다. 그런데 홍익여중고에서도 필기시험에 합격했으니 최종 면접에 응하라고 전보가 왔다. 그 며칠 새 한 학교라도 합격하기를 기다리는 불안한 처지에서, '양손의 떡'으로 두 학교 가운데 한 학교를 선택해야 할 행복한 처지에 놓였다.

결국 시험을 볼 때 교실에서 본 남강 선생의 유훈 말씀 –"내 유해는 땅에 묻지 말고 생리표본을 만들어 학생들을 위하여 쓰게 하라"와 중고교 시절 매료되었던 김소월 시인의 모교란 점, 그가 읊은 '진달래꽃' 'JMS' 등의 시가 나의 발걸음을 오산학교 쪽으로 돌리게 했다. 더욱이 최종면접 때 만났던 당시 오산학교 나동성 교장의 인품과 말씀에 매료되었다.

"나는 관 두껑을 닫을 때까지 인사에 공정을 기하겠습니다. 여러분에게 돌아갈 몫을 중간에서 가로채지 않겠습니다."

그 말은 나에게 복음처럼 들렸다. 그분은 마치 인도의 간디와 같은 모습이었다. 나는 오산학교로 마음을 굳힌 뒤 구비서류를 준비했다. 거기에는 교사자격증 원본을 제출하면 대조한 다음 곧장 돌려준다고 돼 있었다. 그때까지 내 교사자격증은 신성학교 재단이사장 금고에서 잠자고 있었다.

서류 준비 첫날, 나는 마음을 굳게 다잡고 소공동 재단사무실로 찾아갔다. 김 이사장은 나를 보자 대뜸 말했다.

"아니, 박 선생! 학교에 근무치 않고 여긴 왜 왔소?"

"네에? 전 이미 지난해 연말에 사의를 표했고, 교장선생님에게 사표

170

도 제출했습니다."

"나는 아직 당신의 사표를 수리하지 않았습니다. 아무튼 마음대로 학교를 떠난 사람에게는 교사자격증 줄 수가 없소."

나는 그 말에 정색을 하며 자리에서 벌떡 일어났다. 그리고 크게 소리쳤다. 대한민국에서는 목소리 큰 사람이 이긴다고 했다.

"네에? 그 교사자격증은 문교부에서 개인 박도에게 교사자격이 있다고 준 것입니다. 그걸 볼모로 잡는 것은 명백한 인권침해입니다. 저는 이 길로 정부종합청사에 있는 문교부와 서소문동에 있는 대검찰청으로 가서 김 이사장님을 고발할 겁니다."

그러자 김 이사장은 무척 당황하면서 얼굴이 굳어졌다. 금세 말을 바꿨다.

"앉아요. 내가 당신을 놓치기 아까워서 그랬던 거요. 박 선생이 우리 학교로 간다면 당장 부장 자리는 곧장 보장하겠소."

"전 그런 자리를 바라지도 않습니다."

김 이사장은 얼른 여직원에게 금고에 든 내 교사자격증을 꺼내오게 한 다음 바로 돌려줬다. 나는 그걸 서류봉투에 넣고는 뒤도 돌아보지 않고 떠나왔다.

1972년 3월 1일은 삼일절로 공휴일인데 유독 오산학교에서는 그날 개학식을 거행했다. 오산학교를 세운 남강 이승훈 선생의 3·1독립정신을 기리기 위한 후학들의 뜨거운 정성 때문이었다. 그분은 1919년 기미독립선언 당시 민족대표 33인의 한 분이었다.

서울 용산구 보광동에 있는 오산중고등학교는 평북 정주 오산학교의 재건학교다. 한국전쟁 중 피란지 부산에서 뜻있는 졸업생들이 오산학교를 세운 뒤 수복과 함께 서울로 옮겼다. 이 시대에 '오산정신' '남강정신'을 부르짖는 오산학교와 그 졸업생들의 외침은 시대착오적인 '소경의 잠꼬대'로 들릴지 모르겠다. 하지만 어린 영혼들에게 겨레사랑, 나라사랑을 심어주는 교육은, 그 정신은 눈물겹도록 갸륵했다.

1972년 3월 1일 개학식과 입학식은 내 평생 잊을 수가 없다. 교단에 선 후 처음으로 담임을 맡아 학생들과 첫 대면한 날이기 때문이다. 아직 젖비린내가 나는, 개구쟁이 티를 벗지 못한 중학교 신입생들. 그들은 새 교복, 새 모자, 새 운동화… 갓 딴 풋과일처럼 신선했다. 3년 동안 입으라고 어머니가 마련해 준 교복 상의는 반코트요, 하의는 핫바지다. 처음으로 쓴 중학생 모자가 헐렁해서 눈썹조차 보이지 않았다. 녀석들은 초등학교 때 버릇처럼 모자를 벗고 인사를 하다가 다시 모자를 얼른 쓰고 거수경례를 하고는 멋쩍은 듯 쏜살처럼 도망갔다. 마치 고삐 풀린 송아지나 망아지처럼.

그날 나는 1-12 팻말 앞으로 다가갔다. 그러자 70명의 신입생들이 목을 뽑고 호기심 어린 눈빛으로 나를 바라봤다. 나는 그 녀석들이 귀여워 맨 앞 녀석부터 한 녀석씩 살펴가며 그들의 복장을 가다듬어 주거나 볼을 쓰다듬어 주며 맨 뒤 녀석까지 훑어갔다.

"야, 우리 담임 진짜로 싱싱하다."

"굉장히 무섭겠다."

내가 그들 곁을 지나가면 저마다 촌평을 소곤거렸다. 그때까지 전방 소총소대장 냄새가 풍겼나 보다. 그날 밤 나는 낮에 본 신입생 얼굴들이 아른거려 한동안 잠을 이루지 못했다. 첫정 탓인지 나는 그해 그 녀석들의 이름과 얼굴은 일흔이 넘은 지금도 기억에 삼삼하고 지금도 그들과 사제의 정을 끈끈히 맺고 있다.

그 무렵 중학교 학급 정원은 70명이었다. 그들의 가정환경은 천차만별이었다. 당시 오산중학교는 평준화로 지역은 육군본부와 미8군 가까운 용산구 보광동이기에 대체로 군인가족이나 미8군 군속가족이 많았고, 거주 지역은 대부분 보광동, 이태원, 해방촌 아이들이었다. 어느 하루, 수업을 마치고 교무실로 가는데 학생들이 웅성웅성 복도를 메웠다.

"대성이 엄마다!"

학생들은 한 어머니와 동행한 소녀를 보고 신기한 구경거리나 된 듯 법석을 떨었다. 나는 야단을 쳐서 그들을 흩어 보내고 어머니를 내 자리로 안내했다. 어머니는 다섯 살가량의 노랑머리 파란 눈의 소녀를 데리고왔다. 어머니의 외모와 차림은 얼른 보아도 미군 부대 인근에 사는 여인(위안부)임을 짐작케 했다. 머리는 노랗게 염색했고 얼굴에는 오랜동안 짙은 화장의 흔적이 역력했다.

"선생님, 고맙습니다."

어머니는 자리에 앉자마자 금세 울먹거렸다.

"학교에서 자기편은 선생님밖에 없대요."

어머니는 고개를 숙인 채 한참 동안 말 없이 눈물을 흘렸다. 교무실의 선생님들의 눈길이 모두 내 자리로 쏠렸다. 호기심에 가득 찬 시선으로.

그해 입학식 날, 나는 운동장에 집합한 그 녀석들이 귀여워 한 녀석씩 살펴가면서 그들의 복장을 매만져 주고 볼을 쓰다듬어 주면서 뒤까지 훑어갔다. 맨 끝 녀석을 보니 피부가 새하얗고 코가 유난히 오똑했다. 얼른 보아도 다문화가정의 자녀임을 알아차릴 수 있었다. 나는 녀석을 덥석 껴안았다.

"이름은?"

"주대성이에요."

"누구랑 왔니?"

"혼자 왔어요."

내가 그의 어깨를 다독거리자 그 녀석은 싱긋 웃었다. 그날 학생들을 돌려보낸 후 그들이 제출한 환경조사서를 정리하면서 대성이의 것을 유심히 살폈다. 본적은 경기도 파주군 용주골이었고, 현주소는 용산구 보광동으로 속칭 텍사스 골목이었다. 그리고 그의 성(姓)은 어머니를 따랐다. 며칠 후 그의 면담 차례였다.

"누구랑 사니?"

"엄마하고 여동생하고 셋이 살아요."

"아버지는?"

"미국에 계세요."

"엄마는 뭘 하시니?"

"몰라요."

그 녀석의 대답은 갑자기 퉁명해졌다. 나는 더 이상 묻지 않고 녀석의 머리를 쓰다듬자 녀석은 금세 싱긋 웃었다. 반 아이들은 그를 이름 대신 '헬로우'라고 부르며 미운 오리 새끼마냥 그냥 두질 않았다. 걸핏하면 '헬로우' '양키' '망키'라며 놀렸다. 그때마다 그는 신경질적으로 덤볐다. 하지만 늘 그의 일방적인 울음으로 끝났다. 나는 반 학생들에게 그를 괴롭히지 말라는 주의를 줬지만, 그때뿐이었다.

어느 날, 한 녀석이 헐레벌떡 교무실로 달려왔다.

"선생님, 대성이가 광준이를 칼로 찔렀어요."

깜짝 놀라 교실로 뛰어갔다. 다행히 큰 상처는 아니었다. 나는 다친 녀석을 양호실로 데려가서 치료를 받게 한 뒤 대성이를 교무실로 불렀다.

"왜 찔렀니?"

"자꾸만 놀리잖아요. 걘 날마다 못살게 굴어요."

"그렇다고 칼로 찌르면 어쩌니?"

"…."

그는 울음을 터뜨리며 두 손등으로 번갈아 눈자위를 문지르기만 했다. 마침 다음 시간이 내 수업 시간이었다. 교실에 들어서자 예삿날과는 달리 찬물을 끼얹는 듯 조용했다.

"눈 감아!"

반 녀석들은 부동의 자세로 겁을 먹은 채 숨을 죽이고 있었다.

"앞으로 반에서는 어떠한 경우라도 대성이를 놀려선 안 된다. 별명을 불러서도 안 돼!"

"네엣!"

대답이 우렁찼다.

"대성이 피부 빛깔이 다른 건 대성이의 잘못도, 대성이 어머니의 잘못도 아니다."

녀석들은 내 말귀를 알아차린 듯 고개를 끄덕거렸다. 반장이 일어나 말했다.

"선생님, 용서해주시면 다시는 이런 일이 벌어지지 않도록 하겠습니다."

나는 그 말을 듣고 반 아이들에게 다짐했다.

"앞으로 다시 이런 일이 다시 일어나면 선생님은 이유를 묻지 않고 너희들을 먼저 혼낼 테다. 알았냐?"

"네엣!!!"

"그럼 굳게 약속한 걸로 알고 오늘은 이만 용서한다."

그날 그 사건 이후로는 반 녀석들이 대성이를 대하는 태도가 사뭇 달라졌다. 그래도 내 눈을 피해 사소한 일은 있었다. 그러한 일들의 발단은 그에게도 문제가 있었다. 그는 반 아이들의 눈에 거슬리는 엉뚱한 행동을 자주 했고, 조금만 장난을 해도 피해의식이 많아 흉기를 들고 덤비거나 울음을 터뜨렸다.

"왜 일찍 해외 입양을 시키지 않았습니까?"

"그렇게 하려고 몇 번이나 수속까지 밟다가 그만…. 내가 낳은 자식, 차마 내 손으로 뗄 수 없어 이때까지 미련스럽게 주리 끼고 있어요."

그 말을 듣는 순간 나는 어머니의 화장독이 든 그 얼굴이 오히려 성녀(聖女)의 얼굴처럼 거룩하게 보였다. 주위의 따가운 눈총과 자신의 생업에 막대한 지장을 받으면서도 차마 당신의 손으로 뗄 수 없는 그 뜨거운 본능, 거룩한 모성애에 할 말을 잃었다.

"학교에는 오지 않으려고 결심했어요. 초등학교 때 몇 번 찾아갔더니 걔가 다른 애들이 놀린다고 한사코 말렸어요. 그런데 이즈음 집에 와서 선생님 말씀을 자주 하기에… 선생님 죄송해요. 우리 대성이 때문에 속 많이 상하셨지요?"

어머니는 가방에서 양담배 한 포를 얼른 꺼내 내 책상 서랍에 넣고는 도망치듯 교무실에서 나갔다. 나는 엉거주춤 그 어머니의 뒷모습을 쳐다보다가 수업 준비를 하고 다른 반 교실로 갔다. 그 녀석은 때때로 어머니가 편찮다고, 홀트아동복지회에 양육비를 받으러 간다고 지각 조퇴 결석이 잦았다.

그해 나는 학급신문을 만들었다. 그러자 다른 반 학생들의 부러움을 한껏 샀다. 나는 네 학급의 국어를 가르치면서 유독 우리 학급만 신문 발행하는 것은 튀는 일 같아 2호까지 발행한 뒤 중단했다.

4월이 되자 신입생 환영 학급대항 축구시합이 있었다. 반 학생들의 우승을 향한 집념은 대단했다. 방과 후면 저희들끼리 운동장으로 몰려가 축구 연습하면서 팀워크를 다졌다. 나는 퇴근길에 그들 연습장을 들러 격려해주곤 했다.

내가 빈 수업시간에 그들의 축구시합을 지켜보니까 전후반 20분씩 40분 경기로, 그 시간에 골이 나지 않거나 무승부로 끝나는 경우가 많았다. 그럴 때는 심판을 보던 체육교사는 승부차기로 승자를 결정했다. 그런데 승부차기는 제아무리 볼을 잘 차는 학생이라도 성질이 급한 학생은 대부분 실축했다. 그래서 그때마다 성격이 침착한 학생 순으로 승부차기 순서를 정해줬다. 그 밖에도 내가 지시한 작전은 거의 맞아떨어져 5월 15일 스승의 날 기념식 후 행사로 열린 결승전에서 마침내 우리 학급이 1학년 12개 반 가운데 우승을 차지했다. 경기 종료 휘슬이 울리자 선수들은 나에게 달려와 헹가래를 높이 쳤다. 그런 가운데 우리 학급은 전남 신안군 암태 초란분교와 자매결연으로 편지를 주고받으며, 낙도 어린이들에게 학용품을 보내는 등 우의를 나누기도 했다.

어느 날 교장실로 내려오라는 전달을 받고 아래층으로 내려가자 뜻밖에도 조진석 재단이사장이 반겨 맞았다. 그분은 옛 오산 출신으로 경성제대 의학부를 졸업한 외과전문의였다. 월남하기 전에는 평양에서 김일성 주석의 맹장수술도 집도했을 만큼 명의였다. 그 무렵 을지로2가에서 외과병원을 개업하고 있었다. 조 이사장이 나를 부른 용건은 외솔회 발행 '나라사랑'지 남강 이승훈 선생 특집호에 원고청탁을 받은 바, 나에게 대필을 부탁했다. 그러면서 당신은 오산 재학시절 남강 이승훈 선생에게 가르침을 받았던 얘기들을 들려준 다음 남강 전기 한 권을 건넸다.

일주일 후 원고지 30매 분량을 탈고한 뒤 전하자 그 며칠 후 조 이사장은 일부러 학교로 왔다. 매우 만족해 하면서 그 답례로 당신의 글씨 한 점을 주셨다. 그런 탓인지 나는 부임 첫해부터 「다섯메」라는 학교 신문과 교지편집 지도를 맡겼다. 「다섯메」 학교 신문은 봄가을 2회를 발행했고, 교지는 연 1회로 졸업식 무렵에 발간했다. 나는 그 일을 이태 맡으면서 오산 출신 유명 인사들을 거의 다 만나 뵙거나 그 어른들의 글을 받아볼 수가 있었다.

종교인 한경직, 언론인 홍종인, 군인 김홍일 장군, 그리고 고당 조만식 선생의 부인과 장남, 화가 이중섭 애제자 김창복 선생과 그분이 소장한 이중섭의 은박지 원본 그림 등과 그 밖에도 숱한 오산 옛 졸업생들을 만나 그분들의 생생한 증언을 듣고 기록으로 남겼다. 오산 졸업생은 아니었지만 철학자 안병욱 교수, 유달영 교수. 남강 선생 얘기를 소설로 쓴 이봉구 선생 등도 뵐 수 있었다. 그 가운데 가장 기억에 남는 분은 함석헌 선생이었다. 나는 그 어른에게 원고를 청탁 후 약속한 날에 원효로 자택으로 찾아뵈었다. 함 선생은 그때까지 미처 원고를 쓰지 못했다고 대단히 미안해 했다. 그러면서 연말로 미루기에 다시 찾아뵙자 매우 겸연쩍은 얼굴로 원고 봉투를 주었다. 사연인즉, 그해(1972년) 10월유신 선포로 당신이 발간했던 「씨올의 소리」가 강제 폐간을 당한 바, 거기에 실릴 권두언 원고를 대신 주면서 게재 여부는 학교에서 판단하라는 말씀이었다. 나는 그 원고를 받아 온 뒤 고등학교 편집 지도교사인 허남헌 선생과 상의했다. 그 결과 두 사람이 경찰서에 연행될 각오로 교장·교감선생님에게 상의치 않고 그 원고를 교지에 실었다.

대부분 사립학교에서는 학생 등록금으로 학교를 운영했다. 오산중학교에서도 매일 직원조회 시간 끄트머리에는 교감이 모눈종이에 그린 학급별 등록금 납부현황 막대그래프를 쳐들고 학생들의 납부금 등록을 채근했다. 너나없이 어렵던 시절이라 그렇게 하지 않으면 재정이 빈약한 사립학교는 운영이 어려우니까 어쩔 수 없는 방책이었겠지만 학급 담임들은 그 점이 가장 힘들었다. 사실 나는 중학교부터 대학교 졸업 때까지 모두 사립학교를 다녔는데 매번 등록금 때문에 몹시 힘들었다. 특히 구미중학교(졸업 후 곧 공립으로 전환) 때는 서무과 직원이 운동장 조회시간마다 등록금 미납자를 불러낸 다음, 그대로 집으로 쫓아 보냈다. 나 자신도 그런 아픔을 여러 차례 겪었다.

오산학교 부임 첫해 학년말까지 70명의 반 학생들을 한 학생 낙오자 없이 잘 이끌어왔다. 하지만 학년말 진급사정회 날 세 학생의 자리는 온종일 비어 있었다. 그 세 학생은 등록금 미납으로 등교 정지를 당했기 때문이다.

그날 밤을 새우다시피 하면서 '우울한 날'이라는 제목의 글을 썼다. 그 글을 그때 정기구독했던 독서신문에 보냈다. 열흘 후 그 신문에 '비어 있는 자리'라는 제목으로 게재되었다. 이 글이 나간 뒤 한 달 남짓한 동안에 50여 통의 편지를 받았다. 수녀님, 스님, 유학생, 대학 때 여자 친구…. 그 가운데 미국 버클리 대학의 유학생 최성찬 씨는 그 학생들을 도와주고 싶다는 편지를 보내왔다. 그 얼마 후 그는 버클리 한인교회 주일 예배 때 내 글을 낭독한 뒤 모았다고 하면서 100달러를 교장선생님 앞으로 보내왔다.

이듬해는 2학년 11반을 맡았다. 부임 3년 차에는 3학년 11반을 맡았다. 그러자 학생들의 진급에 따라 그들을 3개년 연속으로 가르쳤다. 그러다 보니 늘 새로운 단원이기에 교재준비로 바빴다. 한편으로는 학생들을 3개년 계속 맡으니까 거의 대부분 학생들을 아는 이로움은 있었다. 당시 중학교는 평준화였는데 고교도 1974학년도부터 고교평준화정책이 시행돼 이전과 같은 극성스러운 입시준비는 없었다. 하지만 그래도 이름 있는 상고나 공고와 같은 실업학교에 진학하자면 연합고사 성적이 우수해야 했고, 일반 인문계 고교도 일정 수준의 연합고사 점수를 따야 했다. 연합고사 성적에 밀린 학생은 인문계 야간고교나 실업계 미달 학교에 진학하거니 재수를 해야 했다. 그래서 중학교 학생들에게도 '완전학습' '지진아 지도'라는 명목으로 보충수업이 실시됐다. 그러다 보니 정규 수업시간 24시간에 보충수업 6시간으로 주당 30시간이며 하루 수업시간이 5~6시간으로 빡빡했다.

오산학교 재직시절 수업시간 중 판서를 한 다음 학생들이 필기하는 동안 잠시 창밖을 내다보면 나동성 교장선생님은 운동화를 신고, 점퍼차림에 밀짚모자를 쓴 채 교정의 곳곳을 돌면서 화단을 가꾸고, 정원수에 가위질을 하거나 물이나 거름을 줬다. 하루 이틀이 아니고 늘 그랬다. 화장실에 가면 교장선생님은 집게를 들고 다니면서 학생 화장실 변기 막힌 것을 뚫고 있었다. 지난날 남강 이승훈 선생이 늘 학교 운동장의 풀을 뽑고 변소를 펐다는 고사를 당신은 몸소 실천했다.

어느 날 서무실에 들렀을 때다. 서무과 직원과 선생님들 간에 보충수업비 남은 돈 문제로 옥신각신한 것을 교장선생님이 지나치다 보고 한 말씀했다.

"우리 교육자가 이런 돈을 꼭 챙겨야겠습니까?"

어느 한 선생도 대꾸를 못했다. '물이 너무 맑으면 물고기가 없다(水至淸則無魚)'는 말씀처럼, 선생님은 너무 꼬장꼬장해서 그것이 일부 선생들의 불평이었고, 그래서 적도 많았다.

어느 날 숙직을 하고 새벽에 일어났을 때, 교장선생님은 벌써 출근했다. 4천여 학생과 교직원 중 제1착이었다. 서무직원의 말을 빌리면 매일 그렇다고 했다. 선생님의 자택은 서울 시내도 아닌 경기도 광주인데도 말이다.

교장선생님은 당시 재단에서 마련해 준 승용차도 거절했다. 4천여 명의 학생, 더욱이 중고 교장을 겸임한 대식구의 장이었건만 승용차 구입비와 운영비로 도서 구입을 하겠다고 사양했다. 물산장려운동을 주도했던 전 교장 조만식 선생의 얼을 몸소 실천했다. 이런 겉모습만으로도 선생님은 훌륭한 교육자였다. 내 가슴이 뭉클하도록 감명을 준 것은 선생님 댁을 몇 차례 방문해서 사생활을 엿보았기 때문이다.

첫 번째 방문은 낙산 시민아파트에 사실 때였다. 십여 평 아파트에 옹색하게 사는 것을 보고 놀랐다. 그 후 경기도 광주 선린협동촌으로 이사하여 양계하는 곳을 찾았을 때 점심 밥상을 보고 다시 놀랐다. 사모님이 '찬이 없어 어쩌죠'라는 의례 인사와 함께 선생님과 겸상으로 내온 점심 밥상은 보리밥에 김치, 손수 텃밭에다 가꿨다는 상추쌈, 그리고 계란부침이 전부였다. 허름한 판잣집 같은 데서 수천 수의 양계와 텃밭 농사를 지었다. 내외분 모습은 여느 촌부나 다름없었다.

"나동성 교장선생님 같은 분이 대한민국에 1할만 계셔도 오늘 우리 교육계의 권위가 이렇게 추락하지 않았을 거예요."

교장선생님을 곁에서 지켜본 어느 학부모님의 말씀이었다.

"존경받는 스승 되고 사랑받는 제자 되게 정성 다합시다."

나동성 교장선생님이 행동지표를 내세운 말씀이다. 이 말씀대로만 실천한다면 우리 교육계 현안들은 모두 다 해결되리라.

이화학당

1974학년도 고교연합고사가 끝나자 다소 여유가 생겼다. 어느 하루 퇴근길에 모교 중동고등학교로 갔다. 박철규 선생님은 그새 교장으로 승진해 있었다. 박 선생님은 그간 내 행적을 물은 뒤 제의했다.

"박 선생. 모교로 올 생각은 없는가?"

"네에?!"

"신학기를 앞두고 요즘 교사를 초빙하고 있는 중이야. 자네도 이력서를 한번 내보게."

"네. 알겠습니다. 감사합니다."

나는 뛸 듯이 기뻤다. 일찍이 꿈이었던 모교 교단에서 후배들을 가르치게 되다니. 그 며칠 후 서류심사 및 면접에서 모두 통과되었다. 1975

년 2월 하순, 교사 부임에 필요한 구비서류를 서무실에 제출하고 학교를 나오다 교문 앞에서 박 교장선생님과 마주쳤다.

"수속 다 끝났는가?"

"네, 방금 제출했습니다."

"박 선생! 나, 새 학기부터 그만두게 됐네."

"네?!"

너무나 뜻밖의 일이라 나는 그만 넋을 잃었다.

"내가 없더라도 아무쪼록 열심히 근무해."

"선생님! 이럴 수가…."

1975학년도 신학기부터 오산중학교를 떠나 중동고등학교로 갔다. 모교를 졸업한 지 꼭 10년만이었다. 그런데 부임 후 교무실 분위기가 왠지 서먹서먹하고 냉랭했다. 10년이면 강산도 변한다는데 학교에는 새 얼굴들이 많았다. 우선 재단이사장부터 바뀌었다. 고1 때 가난한 고학생을 챙겨주던 이종우 담임선생님은 그새 학교를 떠났고, 고2 때 김준모 담임선생님, 고3 때 국어를 가르쳐준 유인식 선생님은 중학교에서 근무하고 있었다. 내가 가장 존경했던 홍준수 선생님은 그새 캐나다로 이민을 떠났다. 부임 후 비는 시간에 같은 구내에 있는 중학교 유인식 선생님을 찾아뵈었다.

"명문 오산학교에서 왜 이 학교로 왔는가?"

그날 유 선생님이 들려주는 얘기는 내 귀를 의심케 했다. 당시 모교에서는 재정난이라는 이유를 내세워 호봉이 높은 교사는 일정 호봉을 상한선으로 동결해 봉급을 지불한다는 것과 재단에서는 나이 든 교사를 쫓아내고자 중학교로, 야간으로 해마다 뱅뱅 돌린다는 등, 새 재단 이사장의 학교운영에 대한 불만은 거의 폭발적이었다. 나는 귀를 의심했고, 사학의 횡포가 바로 내 모교라는 데 아연실색했다.

"선대 백농(白儂) 최규동 선생은 일제강점기에 창씨개명에 반대하는 등, 중동 학생들에게 반일사상을 고취했다는 죄목으로 시인 김광섭 선생이 3년여 옥살이를 하고 나오자, 그 기간도 봉급을 모두 챙겨주셨다는데, 그 아들은 나라에서 주라는 봉급조차도 깎아주네."

마치 내가 유 선생님을 중학교로 밀어낸 것 같아 몹시 괴로웠다. 중학교에 있는 다른 낯익은 선생님들을 뵙자 그분들도 그늘진 얼굴로 매우 불편해 보였다. 그런저런 사정을 알지 못했던 나는 그저 눈앞이 먹먹했다.

모교에서 그해 1년을 근무하고 그 이듬해인 1976년 3월 1일 다시 오산중학교로 옮겨갔다. 다시 찾아간 오산중학교에 근무하면서 또다시 침울했다. 일부 선생님들은 내가 모교에서 1년 만에 전임교로 다시 온 것을 매우 못마땅하게 여기면서 교장의 심복인 줄 알고 내 앞에서는 말조심을 했다. 나는 그런 분위기와 쑥덕거림이 무척 싫었다.

아무튼 그 시기가 나에게는 참으로 힘들었다. 그런 가운데 그해 5월에 결혼을 했다. 그때 내 결혼식에 사회를 봤던 당시 선린상고 교사였던 대학 동기 민병기 선생이 내 처사를 크게 나무랐다. 내가 제3의 학교가 아닌 전임교로 간다는 것은 졸렬했다고 나무랐다. 그러면서 그는 나에게 제3의 학교로 다시 옮기라고 권유했다. 곰곰이 생각해 보니 친구의 지적에 일리가 있었다. 아무튼 중동고교는 내 고교시절 꿈의 요람지가 아닌가.

그가 그해 여름방학 중, 1급 정교사 강습을 받으면서 같이 교육을 받던 고대 선배로부터 교사 초빙 교섭을 받았는데 대신 나를 추천한 모양이었다. 그 선배가 근무하는 학교는 이대부속고등학교였다. 그때 나를 그 학교로 인도한 이대부고 임무정 선생님은 이력서 쓸 때 중동고등학교로 갔던 1년은 쓰지 말라고 당부했다. 그 이유는 해마다 학교를 옮기게 된 사실, 더욱이 모교까지 뛰쳐나온 일은 제삼자에게는 이해가 잘되지 않는 모난 사람으로 비칠 것으로 염려했기 때문이다.

1976년 8월 21일부터 나는 고심 끝에 친구의 주선으로 이화여자대학교 사범대학 부속중학교로 옮겼다. 그때의 내 이력은 성능 좋은 지우개로 지우고 싶다. 당시 서울 시내에서 사립학교 간 이동 때는 동의서를 첨부해야 했다. 하지만 모교에서 나의 동의서를 발급치 않아 한동안 그 일로 마음고생이 매우 심했다. 아마도 내가 모교 졸업생이었기 때문에 그랬던 것 같았다.

인생이란 지나놓고 보면 별일이 아닐지라도 젊은 나이에 저지른 모난 행동으로 그 무렵 몹시 힘들었다. 임 선배는 이대부중고의 여러 장점을 말하는데 교사들은 학생들의 등록금 문제는 일체 신경을 쓰지 않아도 된다는 말과 학교 분위기가 매우 자유스럽다는 말을 했다. 꿈 같은 얘기로 들렸다. 사실 그 시절 예사 사립학교 담임들은 세리처럼 학생들의 등록금 납부를 들볶았다. 나는 그 점이 교사로서 가장 힘들었다.

그때의 일화다. 우선 제3의 학교로 가야겠다는 마음으로 그 선배의 충고로 모교에 간 사실을 뺀 이력서를 지참한 뒤 학교로 갔다. 이화여대 후문 한쪽 편에 중고교가 한 교사(校舍)를 쓰는, 아주 자그마한 학교였다. 당시 서울 시내에서 가장 소규모 학교로 교장선생님도, 교감선생님도 한 분이 중고교를 겸임하고 있었다.

임 선배의 소개로 이대부중고 전병진 교감선생님에게 인사를 하고 이력서를 건넸다. 그러자 교장선생님과 상의한 다음 채용 여부를 알려주겠다는 말을 듣고 곧장 집으로 돌아왔다. 그 무렵 나는 북한산 구기동 산동네에서 살고 있었다. 그날 비탈길을 오르면서 왠지 '이건 아니다'라는 생각이 들었다. 그래서 대문 앞에서 발길을 돌렸다.

그 길로 곧장 이대부중고로 찾아갔다. 전 교감선생님에게 이력서를 고쳐 쓴 얘기를 솔직히 말씀드렸다. 그런 뒤 이미 제출한 이력서를 반환받은 뒤 그 자리에서 새 이력서 용지에다 모교에서 1년 근무한 사실 그대로 쓴 다음 드렸다. 나의 허물로 그 학교에 가지 못하더라도 나중에 이력서를 사실대로 쓰지 않았다는 게 드러나면 양심을 속인 부도덕한 교사가 될 것 같은 예감 때문이었다. 닷새 후 이대부중에서 연락이 왔다. 그 이튿날 학교로 가자 전 교감선생님이 굳게 내 손을 잡았다.

"모래알처럼 많은 사람 중에 만났습니다. 우리 학교에서 열심히 근무해주십시오. 김영숙 교장선생님께서 박 선생님의 이력서를 보시고 중동중학교에 있는 이대 출신의 제자를 통해 선생님을 알아보신 걸로 압니다. 그리고 중동에서 오산으로 다시 간 사실을 매우 좋게 보셨습니다. 오산학교에서 한 번 나간 사람을 다시 모시는 일은 아무에게나 그러지 않을 겁니다."

"네에!"

그 말에 내 귀를 의심했다. 대부분 사람들은 나의 처사를 별난 사람,

모난 사람으로 경계할 사유를 오히려 긍정으로 보는 그 안목에 감탄했다. 그 김 교장선생님은 나를 채용한 다음해부터 미국으로 유학을 떠나게 돼 한 학기 만에 헤어졌다.

어쨌든 나의 모난 처사로 담임반 학생들에게 미안했다. 선배라고 무척 따랐던 중동고 제자들과 다시 옮겨간 오산중 3-10반 담임반 제자들에게 얼굴을 들 수 없을 만큼 미안했다. 그때 중동고 후배 제자들은 수업시간이면 반장의 경례라는 말이 떨어지면 전원이 "국수!"라고 합창할 만큼 선배 선생님에 대한 뜨거운 애정을 표시했고, 내가 오산중학교로 전출 후 60여 통의 편지를 보내주기도 했다.

1976학년도 2학기 첫날부터 이대부중으로 출근했다. 첫 등굣길에 비장한 각오를 했다. 지난날 시집을 가는 딸에게 친정 부모가 '벙어리 3년, 귀머거리 3년, 장님 3년'으로 시집 살라는 말처럼.

"새파란 솔밭 속에 깃들인 동산…"

이대부중고교는 교가처럼 자그마한 학교였다. 이 학교는 1951년 이화여자대학교 사범대학의 교육연구 및 실험실습 학교로 개교했다. 그래서 우리나라 중등교육계의 선도적 학교로, 완전한 남녀공학 실시와 더불어 자유복으로 학생들에게 '자율과 책임'을 다하게 하는 창의적이며, 민주교육의 실현의 장으로, 사범대학 본래의 역할을 담당케 했다. 애당초 두 학급 100명의 학생으로 시작한 이 학교는 중등학교의 평준화 정책으로 그 무렵은 본래의 성격과 다소 달라져 당국의 지시로 교복을 착용케 했고, 학교의 규모도 4학급으로 늘어났다.

나는 이대부중 교사로 첫 출근하여 그날 아침 교직원회의에 참석하였는데 좌석 배치가 이전의 학교와는 전혀 달랐다. 대부분 학교에서는 제1교무실에서 전 교사들이 참석, 교직원회의를 했다. 그런데 이 학교에서는 별도 회의실에서 교직원 좌석 배치조차도 네모꼴로 빙 둘러앉아 자유스럽게 다과를 나누면서 교직원회의를 했다. 그날 일과를 주고받는데 일방적인 전달이 아닌, 교사 상호 간 의견교환 회의로 이전의 학교에서 지시전달에 익숙한 나로서 크나큰 충격이었다.

그때 나는 중2 국어와 중3 한문 교과를 배정받았다. 교실에 들어가자 남녀 학생들이 같은 수로, 반에 따라서는 남녀 짝을 하고 있는 교실 분위기에 내 눈이 어리둥절했다. 그동안 남학생만을 가르쳐온 나로서는 전혀 다른 세계에 온 기분이었다.

나는 그제나 이제나 기독교 신자가 아니어서 그 점이 이 학교에서 가장 염려스러웠다. 다행히 학교에서는 신앙을 강요치 않았다. 교사로 채용할 때도 그게 결격 사유가 되지는 않았다. 학교에서 매주 목요일 1교시는 예배시간이었는데, 비록 비신자라도 목사님의 설교는 들어보면 다 좋은 말씀이었다. 새 학교에 조심조심 적응하는 동안 한 학기가 후딱 지나갔다.

이듬해 1977년 새 학년도를 위한 직원회의 직전 전병진 교감선생님은 나를 부른 뒤 두 가지를 말씀했다. 그 첫째는 새 학기부터 고등학교 교사로 발령을 낸다는 것과 담임 배정은 하지 않는 대신 교무의 수업계, 학적계 등 중요 업무를 모두 맡아달라는 부탁이었다. 그때 나는 젊은 나이에 이미 세 학교를 거쳐온 터라, 내심으로 이 학교에는 최소한 20년을 채운다는 목교였기 때문에(그래야 연금 해당자가 되기에) 아주 흔쾌히 수락했다. 나중에 알게 됐지만, 전 교감은 그때부터 나를 교육행정가로 키울 복안이었다.

이대부속중고등학교는 1980년까지는 작은 학교이면서도 학생들의 인격을 존중하고, 창의력을 길러주고자 다양한 교내외 활동을 매우 활발히 한 학교였다. 학생들의 교내행사만 봐도 신입생 구기대회, 학급별 합창대회, 등산 소풍, 생활훈련, 모의올림픽대회 등 다양한 행사가 1년 내내 꼬리를 물었다.

이 학교의 소풍은 예사 학교와는 달랐다. 남녀 학생 7~8명이 한 조로 코펠, 버너, 그리고 쌀과 찬, 찌개거리를 준비해 와서 도봉산 우이암 아래서 밥을 지었다. 2층밥 3층밥이지만 마냥 즐거웠다. 그후 도봉산을 오른다. 위험한 등산길 중간중간에서 남학생들이 여학생들의 등산과 하산을 도왔다. 그 순간 그들의 악수가 자연스럽게 이뤄진다.

신입생 2박 3일의 생활훈련은 각 조별로 촌극제가 단골 메뉴였다. 신식 결혼식도 있었고, 구식 결혼식도 있었다. 무당의 푸닥거리도 있었고, 셰익스피어의 '베니스의 상인'도, 디킨스의 '크리스마스 선물'도 무대 위에 올랐다. 각국 민속제 때는 남학생들이 여장을 해 나라별 고유의 복장을 했다. 분장은 여학생들이 도맡았다. 학생 사회자의 재치 있는 입담으로 좌중을 폭소로, 열광의 도가니로 만들곤 했다.

해마다 10월에 열리는 모의올림픽대회는 종합예술제였다. 학생들은 이 대회 준비부터 신이 났다. 그들은 각자의 창의력과 자기네의 소질을 마음껏 쏟아냈다. 중고 전교생을 4~6개의 나라로 나눠 대회를 치르는데, 하이라이트는 점심시간 직후에 벌어지는 각 나라 소개였다. 인도의 코끼리, 미국의 자유의 여신상, 이집트의 피라미드, 영국의 대관식, 이스라엘의 여리고성 등 각 나라는 응원단장의 몸짓과 치어걸의 율동에 맞춰 목이 터져라 응원하고 선수들은 사력을 다해 메달 경쟁을 벌인다. 이대 대운동장의 성화가 꺼지면 재학생, 졸업생, 선생님 들이 한데 어울려 포크댄스로 마지막을 장식했다.

이렇게 다양한 학교 행사도 1980년 제6대 정식영 교장선생님이 부임하자 철퇴가 내려졌다. 이대부중고는 '노는 학교'라는 항간의 소문을 불식시킨다는 교장선생님의 취임 제1성은 마치 10월유신 선포처럼 그 해부터 학교의 전 행사를 단축, 또는 폐지케 했다. 그러자 불평불만의 볼멘소리가 여기저기서 터져나왔다. 하지만 교장선생님의 방침은 요지부동이었다. 학교 최대 축제의 하나였던 모의올림픽대회 행사도 폐지됐다. 그러자 불만은 동창들 사이에까지도 번졌다. 하지만 교장선생님은 그런 비판을 오히려 즐기는 듯했다.

1980년 7월 초부터 일기 시작한 사회정화라는 숙정 바람에 5,000여 공무원들이 한꺼번에 목이 잘렸고, 이어서 국영기업체, 정부투자기관, 금융계, 교육계, 언론계 등 전 분야에 걸쳐 숙정의 칼날이 번득였다. 그 숙정의 칼날은 삼복의 계절을 혹한으로 바꿔놓았다.

그해 여름방학 중이었다. 어느 날 밤에 한 선배(한함윤) 교사가 사회정화 숙정대상으로 학교에서 쫓겨났다는 소식을 전화로 전했다. 그러면서 이에 대한 대책으로 이튿날 긴급 모임이 있다고 전달했다. 모임 장소는 중학교 음악실이었다. 그 소식에 무척이나 놀랐다. 그분은 서울대학교 사범대학 물리학과 출신으로 대단히 실력도 있고, 유능한 바른 교사였다. 그런 분이 사회정화 대상으로 숙정 명단에 올라가 학교를 떠나게 되었다니 도무지 이해가 되지 않았다.

그날 모임 장소인 중학교 음악실에 도착하자 10여 분의 선생님이 모

190

두 놀란 토끼 눈으로 모여 있었다. 그간의 경위를 비교적 잘 아는 김 아무개 선생님이 전했다. 선배 한 교사가 방학식이 끝난 다음 집에서 쉬고 있다가 학교의 호출을 받고 아무런 영문도 모른 채 등교했다. 그런데 학교 측에서는 강압적인 분위기 속에 사상에 문제가 있다고 트집을 잡아 사표를 내게 한 다음, 숙정 대상으로 몰아 그가 학교를 떠나게 되었다는 것이다.

그날 대책 모임에 참석한 선생님들은 한 교사는 함경도 태생으로, 공산당이 싫어서 월남한 분인데 이는 말도 되지 않는다며 분개했다. 신군부들이 자기네 정권의 정당성을 위해 휘두르는 숙정의 칼날에 학교 측이 이참에 슬그머니 미운 사람을 끼워넣은 것이다. 이는 아주 야비한 짓이었다. 사실 나는 그 무렵 교내 한자리인 교감 자리를 비롯한 교사들 간 주도권 다툼에는 별 관심도 갖지 않았고, 오직 내가 맡은 일에만 골몰한 채 지냈다.

그 사건 이전 그해 '서울의 봄'으로 사회가 한창 시끄러울 때, 김 아무개 교사가 현 교감을 몰아내기 위해 학생들을 선동했다는 소문을 들었지만, 더 이상 알려고도 하지 않았거니와 그런 얘기에는 아예 귀를 씻고 외면한 채 지냈다. 하지만 한 교사가 정화대상자로 숙정된 것은 너무나 어이가 없었다. 그분은 결코 신군부나 언론에서 말한 부패·무능, 그런 것과는 거리가 한참 먼 분이었다. 그래서 '이건 분명 아니다'라는 생각이 내 마음속에 또렷이 각인돼 있었다.

그날 모임에서 갑론을박을 한 끝에 서울시 교육위원회(현 서울교육청)와 국보위(국가보위 비상대책위원회)에 한 교사에 대한 진정서를 내자는 의견이 모아지자, 모임을 주선하고 대책을 주도했던 김 아무개 선생은 나에게 진정서 문안 작성을 부탁했다. 순간 나는 아찔했다. 하지만 그 제의를 받아들일 수 없었다. 그 첫째는 나는 애초부터 현 교감 배척운동에는 관여치 않았을뿐더러, 그 당시 아무에게도 말할 수 없었던 아버지 문제로 전전긍긍하면서 지내고 있었다. 나의 아버지가 그해 정초 신군부의 쿠데타를 비판하다가 관계기관에 불법 연행된 뒤 국가보안법 위반으로 2년 6개월의 실형을 받고 대구 화원교도소에 수감 중이었기 때문이다. 당시 나는 그런 사실을 직장 상사는 물론 동료 교사 누구에게도 발설치 않고 근무하고 있었다. 혹시나 그 일이 학교에 알려질까봐 아버지 재판을 방청도 하지 않았던 불효막심한 자식이었다. 나는 그때 그렇게 하는 길만이 쓰러져가는 집안의 버팀목이 될 수 있다고 생각했다.

내가 비겁하게도 그 진정서 작성 제의를 단호히 거절하자 대신 후배 국사 담당 정용수 선생이 그 일을 맡았다. 그 진정서에 서명하는 일은 개학 전 직원회의 날로 결정하고, 그날은 모두 헤어졌다.

개학 전 직원회의 날 무거운 발걸음으로 학교에 갔다. 교무실로 가자 교감선생님이 교장실로 내려가보라고 했다. 그래서 교장실로 가자 정 교장선생님은 새파란 얼굴로 한 교사 진정서에 서명치 말라고 경고 겸 애원했다. 나는 교장실을 나오며 그래도 약속한 신의는 지켜야 한다고 중학교 음악실로 가서 진정서에 서명한 뒤 직원회의에 참석했다. 진정서 서명을 주동한 김 선생은 '서명키로 한 선생님들 가운데 교장선생님에게 설득을 당한 이도 있고, 그날 결근을 하는 등, 몇몇 선생은 비겁하게 애초 약속을 지키지 않았다'며 매우 분개했다. 역사에서 보면 그런 좌고우면하는 자들은 언제나 있는 법이다.

개학날, 황 아무개 사범대학학장이 부속학교로 내려와 한 교사 진정서 서명자를 모아놓고 "이건 국가적 비상사태다"라고 하면서 서명을 취소할 것을 설득했다. 이어 서명자들은 교장실로 호출을 당했다. 그날 교장실에는 본청 장학사 두 사람이 서명자들을 모아놓고 거의 협박에 가까운 말들을 쏟아냈다.

"진정서 서명에 취소하지 않으면, 이는 국가공권력에 대한 도전으로 인사상 불이익을 받습니다."

그것은 바로 곧 교사 사표를 의미했다. 그 강압에 장학사가 내미는 시말서를 받아 그 자리의 선생님들은 취소 서명을 했다. 나도 취소한다는 시말서를 받아 이름을 쓰고 사인을 했다. 모두 진정서 취소 시말서를 제출하자 한 장학사가 말했다.

"진정서를 작성한 분이 누구지요?"

후배 정용수 선생이 말했다.

"접니다."

그러자 본청 장학사는 정 선생에게 서류 한 장을 더 줬다.

"선생은 경위서를 한 장 더 쓰시오."

정 선생이 즉석에서 묵묵히 경위서를 다 쓴 뒤에야 진정서에 서명한 선생님들이 교장실에서 모두 풀려났다. 아무튼 나는 그때 진정서 작성 일을 후배에게 미룬 것은 내 생애의 큰 오점으로, 그때만 생각하면 지금도 얼굴이 뜨겁다.

개학을 하자 학교는 아무 일도 없는 듯 바쁘게 돌아갔다. 유능하고 괜찮았던 한 교사는 가장 치욕적인 사상이 의심스럽다는, 무능 부패한 사회정화 대상자로 쫓겨난 채…. 그것은 한 개인에 대한 인격살인이었

다. 전두환이 정권을 잡았던 1980년 그해 여름은 아주 잔인하게 지나
갔다.

수학여행

1981학년도에 나는 고 2-2반 담임을 맡으면서, 교무부의 수업계 및
학적을 담당하고 있었다. 어느 하루 교육청에 정기 학적보고 공문을 보
내고자 교장실로 결재를 받으러 갔다. 결재 후 그 자리에서 내가 건의
사항이 있다고 말하자 정 교장선생님은 소파에 앉으라고 권했다.

"학생들의 숨통을 좀 틔워주십시오."

"안 됩니다."

"매우 힘들어합니다. 저희 학년 수학여행이라도 허락해주십시오."

"안 됩니다. 수업 결손이 많아집니다."

나는 그때 문득 '수업 결손'이라는 말을 잠재울 아이디어가 퍼뜩 떠
올랐다.

"수업 결손을 해치지 않고 다녀오겠습니다."

"…."

정 교장선생님은 의아하게 바라보았다.

"여름방학 끄트머리에 다녀오겠습니다."

"네에?"

"개학 3~4일 전에 다녀오겠습니다. 그때는 성수기도 막 지난 때라
숙소도, 교통도 원활할 겁니다."

마침내 정 교장선생님이 입을 열었다.

"그럼 박 선생님이 책임지고 인솔해 다녀오시오."

194

무척 기뻤다. 3층 교무실로 돌아와 그 사실을 다른 담임선생님들에게 알리자 뜻밖의 일이라고 모두 반겼다. 학생들도 환호했다. 그래서 그 일을 학생부장과 함께 추진했다. 나는 수학여행 장소를 설악산 및 동해안으로 잡았다. 경주 수학여행에 대한 좋지 않은 추억과 닳고 닳은 여행업자들의 횡포, 빡빡한 볼거리보다는 학생들에게 푸른 산과 드넓은 동해 바다를 보여주는 게 더 정서적이고 교육적일 것 같은 판단 때문이었다.

　그런데 그 일을 추진하는 과정에서 암초가 솟아올랐다. 그 무렵 학교에서 단체로 수학여행을 가려면 반드시 서울시교육청의 승인을 받아야 했다. 그런데 전세버스 이용은 일체 불허했다. 그 몇 해 전, 서울 경서중학교 학생들을 태운 수학여행단 버스 운전기사가 천안 근교 모산 건널목을 건널 때 앞차와 거리 유지에 신경을 쓰느라 옆 경계를 소홀히 하다가 특급열차와 충돌하여 45명이 사망하고 29명이 중상을 입는 대형 사고가 일어났던 여파 때문이다.

　여러 날 고심 끝에 짜낸 묘안은 일단 청량리에서 열차를 타고 원주로 간 다음, 거기서 전세 버스로 설악산으로 가는 방안이었다. 교육청의 지시사항을 교묘히 빠져나간 것으로, 결국 열차삯은 필요 없는 이중지출이었다. 하지만 그때까지 열차 여행을 전혀 해보지 못한 숱한 서울내기 학생들에게는 또 하나의 추억이기도 했다. 나와 학생부장은 전 코스를 사전 답사했고, 설악산의 한 숙소를 예약하면서 제발 인솔교사와 학생의 밥을 똑같이 배식하라고 통사정해서 언약을 받았다. 학창시절 수학여행지에서 교사와 학생 밥상의 차별이 교육 목적상 대단히 나쁘다는 것을 체험했기 때문이다.

모처럼 귀한 수학여행을 위해 학생들의 여행코스를 다양하게 잡았다. 그래서 설악산으로 가는 길은 한계령을 넘어 낙산사를 거치는 여정으로 잡았고, 돌아오는 길은 대관령을 넘어 오대산 월정사, 상원사를 경유케 했다.

그해 8월 여름방학 끝날 무렵 우리 이대부고 수학여행단은 청량리역에서 중앙선 열차를 타고 원주로 갔다. 학생들은 터널을 지날 때마다 교사들에게 밀가루를 뿌리는 등, 감히 교내에서는 엄두도 내지 못할 장난을 하며 저희들끼리 낄낄거리며 좋아했다. 어느 선생님도 화내지 않고 학생들의 놀이 대상으로 함께 즐기면서 원주역에 내려 역 광장에 대기 중인 전세 버스에 올랐다. 그때 우리 학교는 모두 4개 학급으로 버스는 모두 6대였다.

수학여행단은 한계령을 오르기 전 옥녀탕에서 싸온 도시락을 먹었다. 식후 다시 출발하여 한계령 정상에서 설악산 일대를 조망한 뒤 동해로 갔다. 학생들은 낙산 바다 모래톱에서 뛰놀다가 의상대를 거쳐 설악산 숙소로 향했다. 사실 우리 학교 학생들은 수학여행이나 생활훈련 때는 고적이나 자연경관 관람보다 더 기대하고 즐기는 것은 밤 자체 여흥 프로그램이었다. 그 프로그램에는 조별 촌극대회 및 장기대회로 그 메뉴가 매우 다채롭다. 이런 행사를 통해 후일 연예인이 된 친구도 적지 않았다.

그해 첫날 밤 프로그램은 '에벤에셀'이라는 축제로 설악의 밤 찬양과 조별 촌극대회 및 장기대회였다. 그 행사는 밤 11시 무렵에 끝났다. 남학생은 숙소 1층을, 여학생은 2층을 쓰게 했다. 설악산에서는 8월 15일 이후 손님이 거의 없기에 방 인심이 후했다. 그래서 성수기 때 다른 학교의 수학여행과는 달리 쾌적하게 지낼 수 있었다.

자정부터 취침하라고 전달하지만 그 시간에 취침하는 방은 거의 없었다. 인솔 선생님들은 방마다 돌아다니면서 잠을 재우려 하지만 "잠자고자 수학여행을 왔느냐?"는 학생들의 항변에 지치기 마련이었다.

이튿날은 아침부터 날씨가 흐렸다. 다행히 하루 종일 비가 내린 게 아니고 잠깐잠깐 해를 보였다. 오전에는 가까운 비룡폭포에 올랐다. 한 학생이 친구에게 장난으로 던진 돌멩이가 안경을 깨뜨려 긴급히 병원으로 가는 사태가 발생했다. 응급치료를 받고 온 학생은 다행히 중상이 아니었다. 학생부장은 돌을 던진 학생을 잡았지만 돌을 맞은 학생이 간곡히 용서해달라고 하여 아름답게 마무리됐다.

오후 산행은 신흥사를 거쳐 울산바위로 오르는 등산이었다. 도중에 갑자기 비가 심하게 쏟아져 애초 울산바위 등반은 취소하고 도중 계조암에서 비를 피하다가 하산했다. 그때 한 여학생이 오한을 일으켜 걸을 수 없게 되었다. 우리 반 학생은 아니었지만 "박 선생님이 책임지고 인솔하여 다녀오라"는 교장선생님의 말씀이 떠올라 그 학생의 담임과 번갈아 업고 소공원까지 내려왔다(그 여학생은 졸업 후 40년 만에 동창 남편과 내가 사는 원주로 찾아왔다).

그날 밤 프로그램은 각국 민속제로 미스유니버스 선발대회였다. 이 대회에는 남학생이 출전하는데 분장은 여학생들이 맡았다. 그해 미스 유니버스의 최우수상은 일본 여인으로 분장한 박상빈 군이었고, 우수상은 인도 대표로 출전한 김홍걸 군이었다. 인도 여인이 어찌나 미인인지 나는 그를 통해 남자가 더 예쁘다는 걸 알았다.

그날 밤도 인솔 교사들은 학생들과 숨바꼭질을 한 뒤 이튿날 대관령을 넘어 오대산 월정사와 상원사를 둘러보고 그날 학교로 돌아왔다. 꽤 많은 학부모들이 운동장에 나와 버스가 도착할 때마다 박수를 치고 있었다. 6대의 버스가 모두 도착한 뒤 운동장에서 해단식을 가졌다. 해단식이 끝나자 여러 학생들이 내게 달려와 헹가래를 쳤다. 그 헹가래 때문인지 그 이후에도 여러 번 수학여행을 인솔했지만 그해 수학여행이 아직도 가장 깊게 마음속에 남아 있다.

해단식 후 회계를 맡았던 고용우 선생님의 결산보고에 따르면 약간의 돈이 남았다. 나는 선생님들과 회의 후 그 돈을 학생들에게 모두 반납 조치한 뒤 그 영수증을 첨부하여 결재를 올렸다. 정 교장선생님이 최종결재 도장을 찍으면서 말했다.

"내가 숱한 결재 도장을 찍었지만 학생들에게 남은 돈을 돌려줬다는 서류에 도장을 찍기는 처음이오."

『우리생활』은 이대부속중고등학교 교지였다. 교지는 학생들의 문화와 정신세계를 엿볼 수 있는 종합문예지 및 인문지다. 나는 1978년 『우리생활』 14호부터 15, 17, 19, 20호 등의 편집지도 교사를 맡았다. 교지를 맡으면 그해 겨울방학은 아예 반납해야 할 정도로 일이 많기 마련이었다. 이 일은 국어과 교사들이 번갈아 지도해야 함에도 이 일은 서로 맡지 않겠다고 하여 미뤄 내가 여러 해 맡았다.

나는 『우리생활』 17호부터는 '교내현상문예' 제도를 만들어 학생 문사들을 탄생시켰다. 그해 시 부문에 김홍걸 군이 '여수(旅愁)' '가을'이라는 작품으로 장원을, 산문 부분은 이미진 양이 최우수 작품상의 영예를 안았다.

그해 학년도 말인 1982년 2월 하순 나의 할머니가 88세의 노환으로

198

운명했다. 그때 아버지는 대구화원교도소에 수감 중이었다. 나는 그 사실을 학교와 동료들에게 일체 숨긴 채 지냈다. 그런 와중에 할머니 상을 내 집에서 치렀다. 나는 문상 오는 동료들에게 아버지는 선산에서 산역 일로 거기 머물고 있다고 둘러댔다. 그 참에 지난날 할아버지를 구미 선기동에 모셨던바, 아예 도개 선산으로 모셨다. 하지만 그 두 분을 2012년 5월 윤달을 맞아 아예 오대산 월정사 수목장으로 모셨다. 내가 그런 결단을 내리게 된 것은 항일유적답사 길에 베이징에서 만난 한 독립운동가(이명준 선생)의 말씀 때문이었다.

"지금의 매장 풍습을 바꿔야 한다. 오늘날 매장은 산 자와 죽은 자의 싸움으로 번지고 있다. 마오쩌둥(毛澤東) 주석이나 김일성 주석도 죽은 후에 화장하지 않고 안전관에 모셔두고 있는데, 인민을 교육하기 위해 그랬는지는 몰라도 잘못된 일이라고 생각한다. 지금은 몰라도 앞으로 100년이나 1000년이 지난 다음에는 분명히 잘못된 일로 판명될 것이다. 한 줌의 재가 된 저우언라이(周恩來), 덩샤오핑(鄧小平)은 얼마나 멋진 선각자인가. 호화 분묘를 만들고 비석을 세우는 일은 다 소용없는 일이다. 정말로 후손을 위한다면 화장하는 게 옳다. 나는 이미 부모와 처를 모두 화장했고, 나도 화장하라고 일렀다."

그때 그 말씀에 감화를 받아 조상의 묘를 수목장으로 천장하고 나도 사후에 그렇게 하라고 아들에게 일렀다.

1983년 2월 하순 어느 날 늦은 오후, 3층 교무실 난로 곁에서 학년말 마무리 작업으로 생활기록부를 쓰고 있었다. 1층 교장선생님이 느닷없이 3층 교무실에 온 뒤 나에게 퇴근길에 잠시 교장실에 들렀다 가라고 했다. 사실 그 이전부터 정 교장선생님은 나를 곱지 않게 대했다. 그때 나는 친목회 총무로 있었다. 친목회가 열리면 으레 교장, 교감이나 학교 당국에 강한 불만을 토로하는 모임이 되기 마련이었다. 그래서 친목회 총무는 그분들에게 미운털이 박힐 수밖에 없었다. 그날 퇴근길에 교장실로 가자 교장선생님은 소파에 앉기를 권했다. 내가 소파에 앉자 교장선생님이 말씀했다.

"신학년도부터 박 선생이 교무를 맡아주시오."

"네에?!"

"학교가 매우 어렵습니다."

"안 됩니다. 저보다 훌륭하신 선배 선생님이 여러분 계십니다."

"언제 박 선생이 내 집에 사과상자를 들고 찾아온 적이 있소?"

"그런 적이 없습니다."

"그럼 됐소. 이 인사는 누가 뭐래도 떳떳하오. 그만 퇴근하시오."

내가 교무부장이 된 그해 교내 사정은 몹시 어려웠다. 그 몇 해 전부터 보충수업이 시행됐는데, 그 무렵에는 보충수업비가 제대로 걷히지 않아 지불조차 할 수 없는 형편에 이르렀다. 그 근본은 당시 이 아무개 교감선생님은 교사들을 서너 등급으로 나눠 보충수당 지급에 차등을 둔다는 말에 교사들은 '잘해보시오'라고 방관한 게 가장 큰 원인이었다. 게다가 교감선생님은 제자를 교사로 채용한 뒤 정규교과도 없는 이를 고3 학년에 담임을 배정하는 등 그 편애가 몹시 심했다. 그런 연유를 알게 된 교장선생님은 그 타개책으로 나를 발탁한 모양이었다.

나는 그 해결책은 말로써는 되지 않고, 오직 공정성과 투명성이라는 판단이 섰다. 그래서 부임 첫날부터 모든 것을 공개적이며 투명하게 처리하고자 노력했다. 심지어 보충수업 수당 지급 결재서류를 복사해 교무실 게시판에 그대로 올렸다. 내가 그 결재서류를 작성해 교감선생님에게 올릴 때 교감은 나에게 "수고가 많다"라며 내 수업시간을 실제 수업시간보다 서너 시간 더 올리라고 넌지시 말했다. 하지만 나는 그것은 '쥐약'이라는 것을 알고 미동치 않았다. 나의 공정성과 투명성은 곧 효과가 나타났다. 서무실 납부 창구가 붐빌 만큼 학생들이 몰려들었다.

교장선생님은 신학기 첫 주부터 주례 중·고 교감·교장 회의를 중·고 교무부장·교장 회의로 바꿨다. 그러자 이는 학교의 중요 일을 교감은 교무부장을 통해 교장에게 전달하고, 교장은 지시사항을 교무부장 회의를 통해 교감에게 전달하는 기현상이 벌어지고 말았다. 이는 교감에 대한 교장의 강한 불신임이었다. 그런 불신임에도 교감은 자리에서 물러나지 않았다. 하지만 교장선생님은 더 이상 칼을 뽑지 못한 채 스스로 물러나기만을 기다리는 소극적인 자세를 취했다. 나는 그렇게 1년을 보낸 뒤 학년말 교장선생님에게 보직 사의를 표했다.

"저를 포함하여 간부진을 대폭 개편하십시오."

그 이튿날 교장선생님은 바람이나 같이 쐬자고 해 동행했더니, "그만둘 사람은 그만두지 않고, 함께 일하고픈 사람은 그만두겠다고 하니 어떻게 하면 좋겠느냐"는 하소연이었다. 나는 그 말에 하는 수 없이 다시 1년간 보직을 더 맡았다. 그해 학년말에도 보직 사표를 냈지만 '한번 맡았으면 3년은 해야 한다'는 그 말에 끝내 내 뜻을 관철치 못했다. 그런 가운데 3년째 되던 그해 가을 교장선생님은 나에게 학교 일을 잘 부탁한다는 말을 남기고 대학병원에 입원했다. 처음에는 곧 퇴원할 줄 알고 시내 다른 대학병원에 아무도 몰래 입원했다. 하지만 병세가 악화

되자 하는 수 없이 학교법인 산하 이대 동대문 병원으로 옮긴 뒤 이듬해 2월 말에 돌아가셨다.

그분은 평소 지병이 있는 데다가 학교 일로 스트레스를 엄청 받았다. 층층시하 여인 왕국에서 말단 기관장으로 지내는 고통이 무척 컸었나 보다. 교장선생님은 유언무언 중 나에게 그런 애로사항을 토로했다. 당신이 여자라면 이사장님 댁 부엌살림이라도 도우면서 속 깊은 건의도 드릴 수 있을 테지만, 그렇게 할 수 없다는 말도 우스개 삼아 했다. 그분은 나의 건의를 받아들이거나 당신의 복안을 지시할 때도 매우 세심하고 아주 치밀했다. 그 한두 예로 내가 이전의 10퍼센트 성적우수 학생명단 게시를 철폐하려고 건의했을 때다.

"그것은 대다수 학생들과 학부모의 건의 때문에 철폐하는 거라고 선생님들을 설득시킨 뒤 시행하시오."

그 무렵 교내에는 구내매점이 없었다. 학생들은 아침을 먹지 못하고 등교해도 교내에서 빵이나 우유를 사서 먹거나 마실 수 없었다. 내가 건의하자 행정실장을 시켜 학교 앞 두 빵집인 '이화당'과 '그린하우스' 주인을 부른 뒤 한 달씩 교대로 교내에서 영업케 했다. 아마도 교장선생님은 학교 언저리의 입방아와 투서에 진절머리가 난 전력 때문으로, 절대 자신은 나서지 않고, 공정하게 처리하려는 기색이 역력했다.

어느 하루는 나에게 한 빵집 주인을 불러오라고 했다. 그 까닭은 그 주인은 빵을 담은 봉지를 3층 교감이 있는 교무실로 자주 보낸다는 데에 대한 경고를 하려는 것이었다.

"이 일은 제 소관이 아닙니다. 행정실 직원을 시키십시오."

그러자 교장선생님은 곧 인터폰으로 행정실장을 불렀다. 그날 불려간 빵집 주인은 교장선생님에게 혼이 났다. 곧 그 불똥은 내게로 튀었다. 하지만 곧 빵집 주인을 불러온 이가 행정실 직원으로 알려져 나는 그 입방아를 피해갈 수 있었다.

정 교장선생님이 혼수상태로 더 이상 집무를 볼 수 없자 이화학당 재단에서는 최윤애 사범대학 사회과 교수를 7대 교장으로 내려보냈다. 나는 30여 년 교단에서 여러 교장선생님을 만났다. 그 가운데 최윤애 교장선생님은 참교육자로 매우 감동을 준 한 분이었다.

'영원한 교사'로 남고 싶다

1988학년도 신학기에 최윤애 교장선생님이 부임하자 나는 곧장 보직 사표를 냈다. 하지만 받아들여지지 않아 그 이듬해인 1989학년도에야 교무부장에서 물러날 수 있었다. 그해 나는 쉬운 보직을 맡으면서 수업에 충실하려고 하였는데 학기 초 새 보직 발표를 보니 학생회 지도교사였다. 그 무렵은 민주화 열풍으로 각 학교가 몸살을 몹시 앓을 때였다. 많은 대학에서는 학생회 간부들이 총장실을 점거하거나 심지어 총장을 감금하는 사태도 발생했다. 또 어느 학교에서는 학생회 간부가 스승의 머리를 깎는 전대미문의 불상사도 벌어져서 사회를 경악케 한 일까지도 있었다.

이런 어수선한 과도기에 학생회를 맡는다는 것은 여간 고역이 아닐 수 없을 것 같았다. 그래서 교장선생님에게 학생회 정·부회장 선거를 현재 간선에서 직선제로 바꾸도록 허용해줄 것과 학생들의 요구 조건을 학교 측에서 최대한 받아들여줄 것을 말씀드렸다. 다행히 최 교장선생님은 내 제의를 흔쾌히 수락해주었다. 그분은 대학에서 학생처장을 역임한 분으로 시대의 흐름과 민주주의를 제대로 아는 훌륭한 교육자였다.

1987년 제13대 대통령선거 이전에는 대통령을 체육관에서 간선으로 뽑았다. 그 때문에 학생회 임원도 간선 아니면 임명제로 이름만 민주주의 교육이었다. 그해 학기 초 학생회 임원 첫 상견례에서 내가 학생회 선거를 직선으로 한다고 발표하자 학생들은 박수를 치며 환호했다. 뒷이야기로는 자기들이 그해 투쟁 목표로 세운 것을 지도교사에게 빼앗겼단다. 아마 그때 우리 학교가 전국 고교에서 학생회장단 직선제를 가장 먼저 시행한 학교였을 것이다. 그동안 학생회칙은 모두 간선제로 유신의 잔재였기에 새로운 학생회칙과 선거법이 필요했다. 그래서 법전을 펴고 공부하여 학생회칙을 보다 민주적으로 개정하고 새로운 선거법을 학교 실정에 맞게 만들었다. 새 선거법으로 학생회 선거를 치렀다. 그런데 복병은 학생회 간부들이 아니라 일부 동료교사였다. 그제야 우리나라에 민주 발전이 더딘 까닭과 민주화의 장애요인을 알았다. 일부 교사들은 나에게 직간접으로 불평했다. 마침내 직선제로 뽑힌 정부회장들과 학생회를 조직해 발대식을 치렀다. 첫 모임에서 학생회장 이병일 군이 대의원에게 한 말은 지금도 신선한 충격으로 남아 있다.

"여러분에게 나눠 드린 빵과 우유는 학우들이 낸 학생회비로 산 것입니다. 맛있게 드시고 학우들을 위해 일합시다."

그 전 학생회장들이라면 "학교에서 사준 겁니다"라고 말하면서, 지도교사에게 감사히 먹겠다고 인사했을 것이다. 곰곰이 뜯어보면 지당한 말이었다. 분명 그 빵과 우유는 학생회비로 산 것이다. 학생회 임원들과 함께 보낸 1년은 즐거운 일보다 난처한 일이 훨씬 더 많았다.

회장이 고3이라 부회장인 고2 이영수 군이 주로 나에게 찾아와서 학생회 건의사항을 전달하거나 요구했다. 그는 무표정한 얼굴로 "선생님, 학생회비 지출장부를 공개해주십시오"라고 말하고는 내 처분을 기다렸다. 학생들이 얼마나 학교를, 어른들을 못 믿으면 이런 사태에 이르렀을까? 우리 학교는 그렇지 않다고 말했지만, 그는 물러서지 않았다. 학생회 간부들이 행정실로 가서 장부 공개를 요구했다. 그러자 행정실장은 흥분해서 내게로 뛰어왔다. 다행히 교장선생님의 배려로 학생회 간부에게 장부를 공개해 위기를 모면했다. 학생회비 집행에 몇 가지 문제는 있었지만 큰 흠이 드러나지 않아 다행히 학생들의 오해가 풀렸다. 그 일 외에도 학생회 부회장은 지도교사인 나에게 여러 문제를 조목조목 따지거나 건의했다. 그때마다 나는 늘 판정패를 당하고, 그의 요구를 들어주거나 때로는 학생회와 학교 사이 '샌드위치맨'이 됐다.

스승의 날, 학생회 임원들이 여러 날 기획 준비하여 '사제동행의 행사'를 마련했다. 하지만 일부 선생님들의 비협조로 그 행사는 어정쩡하게 끝나버렸다. 그날 행사를 준비한 여학생들은 일부 선생님 태도에 격분하며 학생회실에서 울음을 터트렸다.

"선생님들, 너무하세요. 우리 학교는 다른 학교와는 달리 사제가 동행하는 학교로, 선생님들을 즐겁게 해드리고자 이 행사를 마련하였는데…. 선생님들은 행사에는 불참하시면서 저희들이 마련한 다과는 드시고, 학생회에서 전체 학생에게 모금해 마련한 선물꾸러미는 들고 퇴근하시면서…."

그 말에 나는 지도교사로서 할 말이 없었다. 아무튼 그해 마음고생도 많이 하였다. 하지만 그들을 통해서 많이 배웠고, 우리나라의 앞날이

밝다는 것을 알았다. 그러면서 그동안 우리 사회와 교육계에 왜 부정부패가 사라지지 않는지 그 까닭도 알게 되었다. 그 근본은 교사가 학생위에 군림하려는 권위의식에 사로잡혀 있기 때문과 부정부패가 별다른 의식 없이 관행으로 내려온 것에 있었다. 그리고 나 자신도 그런 굴레에서 자유롭지 못하다는 것도 깨달았다. 한 예로 학생회 간부와 교사들이 수련회를 가는데 학생회 간부가 한 여선생님에게 소금을 부탁했다. 그러자 그 여선생님은 내가 그런 것도 준비해야 하느냐고, 학생회 간부들이 버릇없다고 불참을 선언했다. 그동안 교사들은 '선생님'이라는 직함으로 학부모나 학생들에게 대접을 받는 데 너무나 익숙해 있었다. 그런 권위의식과 갑질을 버리지 않는 한, 이 나라에는 부정부패 및 접대문화와 갑질은 사라지지 않을 것이다.

제7대 최윤애 교장선생님이 임기 만료로 물러나자 제8대 이종록 교장선생님이 새로 부임해 왔다. 그분은 부속학교의 가장 큰 문제점을 곧장 파악했다. 그리하여 인사개혁을 하고자 인사위원회를 발족시켜 부장, 교감 선발과 자격, 임기 등을 정하는 등 정관을 새로 만들었다.

그런 가운데 어느 날 갑자기 이 교장선생님은 재단으로부터 직위해제 당하는 수모를 겪고 물러났다. 아마도 인사개혁에 불만을 품은 보이지 않는 세력들이 벌인 비열한 공작의 결과로 짐작이 갔다. 하지만 겉으로 드러난 증거는 없었다. 기독교 학교에서는 역린과 같은 예배를 소홀히 한다든지, 교장이 교직원들과 음주를 자주 한다는 소문이 당시 재단 측을 분노케 한 모양이었다. 마하트마 간디가 인도가 아닌 영국에서, 남아프리카공화국에서 인종차별을 목격하고 반영주의자가 된 까닭은 직접 당해 보았기 때문이다.

그 무렵 이화학당 측에서 교내 주차장을 유료화하면서 월 주차비를 대학교수에게는 1만 원을 받는데 견주어, 부속학교 교사들에게는 월 2만 원씩 받아 일부 교사들의 불만을 가득 샀다. 그런 차별은 기독교 학교의 근본정신에 크게 어긋나는 처사일 것이다.

1990년대 초, 웬일인지 서울시교육청에서 각 사립학교에 장학사 공모 신청서를 내려보냈다. 그때 나의 교육 경력이나 부장 경력이 장학사 공모 자격에 충분하기에 공모 신청을 했다. 서울시교육청 장학사로 발탁된다면 본청 근무 얼마 후 일선학교 교감으로, 이후 교장으로 승진하는 발판이 되는 길이다. 그래서 응시과목인 교직이론 등 필기시험 대비로 대학시절 이후 덮었던 교직이론 수험서를 교보문고에서 사다가 밤늦도록 형설의 공을 들였다.

시험 날 지정 학교에 가서 필기시험을 치렀다. 그날 시험문제는 비교적 내가 아는 문제만 출제된 탓인지 마음속으로 합격할 것 같은 기대감으로 잔뜩 부풀었다. 하지만 그날 퇴실할 무렵, 시험 감독관(본청 장학사)이 응시자들에게 말했다.

"합격자 발표는 개별적으로 통보합니다. 교육청으로 방문하거나 전화로 일체 문의하지 마십시오."

그날 시험장을 벗어나며 그 말을 곱씹자 꼭 들러리를 선 것 같은 쓸쓸한 느낌이 들었다. 무슨 공채시험 결과를 개별적으로 알리며, 합격 여부 및 누가 합격했는지조차 문의하지 말라니 이게 무슨 민주국가요, 공정사회인가? 사실 그날 공채시험에서 누가 합격했는지 오늘까지 모르고 있다. 그 시험 이후 다시는 그런 일에는 관심을 갖지 않았다.

이제 인생을 마무리하는 이 시점에서 지난날을 회고해볼 때 나는 평

교사로 33년을 근무한 게 자랑스럽고, 무척 다행스럽다. 평교사로 지낸 그게 내 분수에 맞았으며, 내 그릇의 크기가 그 정도였다. 그랬기 때문에 나는 그에 대한 분노를 승화시켜 마흔 권이 넘는 책을 출판할 수 있었다. 동서고금을 막론하고 예술과 학문은 분노와 역경 속에서 고고히 탄생치 않는가. 교육자에게는 어떤 지위가 중요한 게 아니라 어떻게 제자들을 가르쳤느냐, 그리고 얼마나 어린 영혼들에게 진리를 가르치고 진실을 전달하였느냐가 가장 중요한 덕목일 것이다. 그리고 교육자의 인생 성공 여부는 후일 제자들이 평가할 것이라는 사실을 교단을 떠난 뒤에 더욱 절실히 깨닫고 있다.

2003년 봄, 아내는 그 무렵 남편이 교사로서 사명감도 없이 교직생활을 하는 것을 보고 먼저 용단을 내렸다. 나는 학창시절부터 내 이름을 거꾸로 부르는 '도박꾼'이란 별명을 가졌다. 그런 별명 탓인지 도박을 좋아했고, 교사시절에는 틈나는 대로 동료들과 어울려 '고스톱' '포커' 등을 즐겼다. 특히 해마다 신춘문예 공모에 낙방을 하면 그 좌절감과 그 자괴감을 애써 잊고자 도박의 쾌락에 빠져 지냈다. 그런 무기력한 남편을 곁에서 지켜보던 아내는 아예 강원 산골로 유배시키고자 했다. 아내는 강원도 횡성군 안흥면 말무더미마을에 폐가 직전의 한 화가 집을 10년 기한으로 거저 빌린 뒤 그곳에다 새로운 둥지를 틀었다.

"이제 그만 후배들을 위하여 물러나세요."

아내는 에둘러 조기 퇴직을 종용했다. 그런 뒤 나에게 강원 산골에서 텃밭을 가꾸며 인생 이모작으로 당신 쓰고 싶은 글이나 마음대로 쓰면서 살라고 했다. 사실 나는 평소 얄팍한 재능만 믿고 작품에 대한 철저한 준비와 뼈를 깎는 고난의 집필생활도 하지 않은 채 감나무 아래서

208

잘 익은 감이 내 입으로 저절로 떨어지는 그런 요행만 노렸던 것이다.

2003년 1학기를 마치고 조기 퇴직하려다가, 그래도 초심대로 정년 퇴직을 하겠다고 한 학기를 더 버텼다. 그런 가운데 2003년 그해 연말 오마이뉴스 시민기자로 활동 중, 한 우국지사(권중희 선생)을 인터뷰한 게 뜻밖에도 미국 국립문서기록관리청까지 가게 되었다. 그런저런 일로 마침내 결단을 내렸다.

"버려야 새것을 얻는다"는 어느 스님의 말처럼 그동안 40여 년간 서울 생활의 인연을 떨치고, 담담한 마음으로 교단을 떠난 즉시 2004년 3월, 강원도 산골마을로 내려왔다. 그때 안흥 전재고개를 넘는데 나도 모르게 주르르 눈물이 흘러내렸다.

군에서 제대한 열흘 뒤인 1971년 7월 12일부터 교단에 섰다. 그리하여 2004년 2월 29일까지 32년 7개월 17일을 교사로 봉직했다. 나는 교단생활 처음부터 끝까지 평교사였다. 국어교과라 정규수업도, 보충수업도 엄청 많이 했다. 재직 중 한 번도 특혜를 받아본 적이 없었다. 매년마다 주당 20시간 이상, 30시간 가까이 수업을 했다. 한때는 교무부장의 보직도 맡았지만, 나 때문에 동료의 수업 부담이 많아지는 걸 차마 볼 수 없어 자청하여 수업을 더 맡았다.

학급 담임도 20여 년 했다. 그런 탓인지 교단을 떠난 지 오래됐건만 아직도 나를 기억해주고 시시때때로 문안인사를 보내주는 제자들이 더러 있다. 그들과 얘기를 나눠보면, 수업시간에 들려준 얘기로, 담임 교사로, 문예반 또는 교지편집 지도교사로 만났던 일화를 말한다. 그런 인연 때문에 졸업 이후에도 만남이 이어져 오고 있다. 인간관계란 지위고하의 문제가 아니라, 서로 간 얼마나 진정성 있게 상대를 깊이 있게 배려했는가에 있다는 것을 새삼 느꼈다.

누군가 먼 곳에서 나를 위해 진심으로 기도해주는 사람이 있다면 얼마나 행복할까. 졸업한 지 40년이 넘는 한 제자는 언제나 나를 위해 기도해주고 있다. 이즈음도 그는 나에게 가장 많이 안부 전화를 하고, 안부 문자를 보내고 있다. 날씨가 추우면 춥다고, 더우면 덥다고, 비가 많이 온다고, 봄꽃이 만발한다고, 함박눈이 쏟아진다고, 건강 조심하라고, 안부 전화나 문자를 보낸다. 그뿐 아니라 해마다 연말이면 크리스마스카드를 잊지 않고 보낼뿐더러, 해마다 내 생일에는 축하카드를 보내오고 있다.

2019년 연말과 2020년 초에는 세 제자(진천규, 김홍걸, 백태현)와 망년회와 신년회를 가졌다. 그들의 공통점은 모두 통일운동가로 남북의 평화통일을 위해 제일선에서 일하고 있다는 점이다. 나는 그때 그들에게 내 소망을 말했다.

"나는 자네들과 평양 대동강변 옥류관에서 냉면을 먹은 뒤, 시민기자로서 남북이 하나로 된 뉴스를 써서 송고하고 싶네."

그러자 그들이 화답했다.

"저희들이 그날을 앞당기도록 노력하겠습니다."

인류의 문화와 문명, 그리고 역사 발전은 제자가 스승을 뛰어넘음으로써 가능했다. 아마도 하늘은 나에게 한 훈장으로 많은 제자를 기르라는, 그리하여 그들이 더욱 발전된 나라와 사회를 만들라는 소명을 내린 것 같다. 나는 학교 교단은 떠났지만 '영원한 교사'로 남고 싶다.

제4부
작가·기자 생활

강원도 횡성군 안흥면 말무더미마을 '박도글방'에서
글 농사를 짓다가 산책하다(2007. 10.).
사진촬영 : 유수(월간 '민족21')

「국화꽃 필 때면」

나의 할아버지는 한학자로 천문지리에 조예가 깊었다. 할아버지는 구미 금오산에 매료된 나머지 낙동강 건너 오십 리나 떨어진 도개마을에서 살다가 일본으로 간 뒤 다시 귀국할 때 아예 구미로 삶의 터진을 옮겼다. 그것도 금오산이 정면으로 바라보이는 원평동에 정착했다. 때때로 할아버지는 어린 손자에게 금오산이 낳은 수많은 인물의 얘기를 들려주면서 선산은 예로부터 '충절의 고장'이라고 일러줬다. 고려 말야은 길재 선생과 조선시대의 사육신 하위지, 생육신 이맹전, 그리고 김숙자, 김종직 같은 분의 얘기와 아울러 이중환의 『택리지』 내용도 들려줬다.

> "조선 인재의 반은 영남에 있고, 영남 인재의 반은 일선(一善, 선산의 옛 지명)에 있다 한다. 그런 까닭으로 예로부터 문학 하는 선비가 많았다.(朝鮮人才 半在嶺南 嶺南人才 半在一善 故舊多文士)"

그런 말씀과 함께 나에게 은연중 글 하는 선비가 되라고 일러주었다.

그러던 할아버지는 내가 초등학교 5년 때 돌아가셨다. 그때 나는 담임 선생님에게 결석계와 편지를 써서 친구 편에 보냈다. 할아버지 장례 후 닷새 만에 등교를 하자 담임선생님이 내 머리를 쓰다듬으면서 말했다.

"박도, 너 편지를 참 잘 썼더구나. 그래서 결석계를 보낸 그날 내가 교직원 회의 때 네 편지를 낭독했다. 그랬더니 모든 선생님들이 박수를 치시더구나."

"네에?"

나는 그때 편지를 보낸 기억은 나는데 그 문안을 어떻게 쓴 것인지는 전혀 기억에 없다. 아무튼 내가 쓴 글로 칭찬을 받기는 이 세상에서 처음이었다.

우리 집은 할아버지가 돌아가신 지 3년도 안 돼 풍비박산이 났다. 그러자 그 많던 식구들은 뿔뿔이 흩어졌다. 그때 나는 구미중학교 1학년으로 상구미 방천 밑 큰고모 댁에서 지냈다. 그때 나는 학교가 끝나면 꼴망태를 메고서 토끼풀을 뜯으러 다녔다. 마침 대구의 이윤복이라는 한 초등학생이 『저 하늘에도 슬픔이』라는 책을 펴내 수십만 권 팔렸다는 얘기와 함께 영화까지 만들어 화제가 됐다. 나도 그 소년과 같은 일기를 쓴다고 날마다 호롱불 밑에서 일기를 긁적였다.

구미중학교 재학 때 시를 배우면서 그게 좋아서 거의 암송했다. 1961년 서울 중동고등학교에 입학했다. 하지만 곧 5·16 쿠데타가 일어나 아버지의 교도소 수감으로 휴학을 하고는 신문배달을 시작했다. 그당시 신문들은 하루에 두 번 발행하는 조석간제였다. 조간 배달 후 석간 배달 때까지 자주 종로2가 탑골공원 앞에 있었던 종로도서관에 갔다. 거기서 많은 책을 닥치는 대로 읽었다. 지금까지 기억에 남는 책은

『부활』『인간의 조건』『카인의 후예』『개선문』등의 소설과 소월 시집 『진달래꽃』한하운 시인의『보리피리』그리고『현대시인전집』등이었다. 그러면서 나도 틈틈이 대학노트에다 시를 쓰곤 했다.

그때 나는 습작을 겸해 박정희 당시 최고회의 의장이 할아버지가 말씀하던 금오산이 낳은 인물이라는 생각으로 그분에 대한 글을 썼다. 그러자 곁에서 지켜보던 아버지는 어느 날 살아 있는 사람에 대해서는 함부로 글을 쓰지 않는 것이라고 충고했다.

어느 하루 아버지는 내 습작노트를 보고는 시를 참 잘 썼다고 말했다. 그러면서 당신이 인사를 나눈 바 있는 공초 오상순 시인을 사사케 한다면서 명동 청동다방으로 데려갔다. 그 자리에서 오상순 옹은 내 습작시를 보면서 문재가 보인다고 격려의 말씀을 했다. 그 뒤로도 청동다방에서 오상순 시인을 몇 차례 더 만났다. 공초 옹은 담배 골초로 그분의 손에는 담배가 늘 떠나지 않았다. 나는 그분이 돌아가시기 직전 적십자병원에서 외로이 투병 중일 때도 자주 찾아뵈었다. 내가 찾아가면 공초 옹은 무척 반가워했다.

중동고교 시절의 국어과 박철규 선생님은 나를 문학의 길로 인도했다. 나는 그분을 1961년 중동고교 입학 시험장에서 처음 만났다. 그것도 첫 시간 국어시험 때였다. 나는 답안지의 빈칸을 다 메운 뒤 감독 교사를 바라보았다. 훤칠한 체구, 남색 양복 차림으로 약간 곱슬머리에 얼굴의 윤곽이 굵은 멋쟁이 선생님이었다. 물론 그때 나는 그분의 존함도, 담당 과목도 몰랐다.

이듬해 복학 후, 첫 국어시간에 그분이 교과담당 선생님으로 들어왔다. 나는 몹시 반가웠다. 그 무렵 고1 국어 교과서 첫 단원은 이하윤의

'메모광'이란 수필이었다. 선생님은 그 글을 학생들에게 읽히고는 독후
감을 발표케 했다. 첫 번째로 출석부에서 가운데 이름이 빈 내가 지명
되었다. 나의 심한 경상도 사투리로 교실은 웃음바다가 됐다. 여러 명
의 발표자 중 선생님은 유독 나를 칭찬해주었다. 그런 뒤 마치 노래자
랑대회에서 최우수로 뽑힌 가수처럼 나에게 다시 발표를 시키며 경청
해주고, 내 이름을 학급 학생 가운데 가장 먼저 기억해주었다.

   고1 때 교내 백일장이 삼청공원에서 열렸다. 그때 나의 시가 차석으
로 입선되었고, 그 이듬해 교내문예 현상모집에서 내가 쓴 단편소설이
소설부문에 당선됐다. 그때 문학평론가 곽종원 선생은 다음과 같은 심
사평을 해주었다.

   소설부의 당선작 박도의 「국화꽃 필 때면」은 문장이 간결 선명하고, 장면 장
   면이 독자의 머릿속에 확실하게 떠오른다. 그리고 이 작품은 문학의 본바탕인
   낭만이 밑받침이 되어있다. 누구나 습작기에는 낭만적인 작품을 쓰기 마련인
   데, 이것은 흠 될 것이 없다. 상상의 날개를 한껏 펴는 것이 낭만이라면, 소설
   의 첫째 조건은 낭만에서 출발되어야 하기 때문이다. 고등학생 작품으로서 이
   만한 수준도 드물 것이다. ─『中東』교지 제9호 125쪽

   그 작품이 교지에 실리자 생후 처음 한 여대생으로부터 팬레터를 받
았다. 그 팬레터가 학교로 우송되는 바람에 학교 친구들에게 알려졌다.
친구들의 많은 부러움을 샀다. 내 작품을 읽은 친구들은 그때부터 내
이름 대신에 "시인" "소설가"라고 불렀다. 그래서 고교 재학 중 여러
선생님과 친구들의 기대와 사랑을 한껏 받아 옆도 돌아보지 않고 고려
대 국문학과에 진학했다. 하지만 집안의 가난은 계속돼 글을 쓸 여유조

216

차 없었다. 적당한 가난은 낭만일 수 있으나 그때 우리 집은 극빈이었다. 고교 때와는 달리 대학에서는 전국에서 뛰어난 문재들이 모인 탓으로 빛을 볼 수가 없었다. 게다가 대학 4년 내내 시간제, 입주 가정교사 등으로 거처를 10여 곳은 더 전전하면서 참 어렵게 대학 4년을 마쳤다. 가난에 몹시 찌든 대학생활이었다.

대학 졸업과 동시에 군에 입대했고, 제대한 지 열흘 만인 1971년 7월 12일 교단에 섰다. 하늘은 가난 때문에 학교에도 다니지 못한 신문배달 소년의 첫 번째 소원은 쉽게 들어주었다.

그런데 하늘은 나에게 두 번째 소원인 작가의 입문은 쉽사리 들어주지 않았다. 교사가 된 이후 생활에 안정감을 찾은 1970년대부터 해마다 연말이면 어김없이 단편소설이나 중편소설을 탈고하여 신문사 신춘문예에 공모한 뒤 그 결과를 기다렸다. 하지만 해마다 꿩 구워 먹은 소식이었다. 10여 년 계속 떨어지니까 나중에는 나 스스로 재능이 부족하다는 자괴감, 거기서 오는 우울증 등을 심하게 앓았다.

1987년 그해에는 「화석(化石)」이라는 중편소설과 「둑」이라는 단편소설을 써서 두 신문사 신춘문예 소설부문에 응모했다. 그런 뒤 내심 그해는 어느 한 곳에서 틀림없이 당선될 거라고, 오만하게도 미리 당선소감까지 써두었다. 그리고는 크리스마스 때부터 초조히 속달이나 전보를 기다리는데 그해 연말까지 감감무소식이었다. 그때의 절망감은 수십 길 낭떠러지에서 추락한 기분이었다. 그 얼마 뒤 뜻밖에 낯모르는 이로부터 한 통의 편지를 받았다. 발신인은 이균영 씨였다. 편지봉투 속에는 200자 원고지에 다음과 같은 글이 있었다.

박도 님

계속 쓰신다면 문운(文運)이 따를 것이라 생각합니다.

1987년 새해 이균영 드림

그 순간 이 사람 누구 약 올리나? 화가 벌컥 났다. 그 며칠 후 그분의 이름을 더듬자 사학자이며, 1977년 동아일보 신춘문예에 당선한 소설가로 그해 동아일보 신춘문예 심사위원이었다. 곰곰이 생각해 보니까 그분은 니에게 '아편 한 줌'을 주는, 잦아진 용기를 북돋아주는 고마운 분이었다.

아무튼 그렇게 20년 가까이 해마다 신춘문예 공모에 계속 떨어지고 나니까 문득 나 자신이 미워졌다. 그해 가을 어느 날 그런 우울증과 함께 어깨통증으로 병원에서 물리치료를 받고 있는데 퇴직 후 고향 여수에서 지내던 박철규 선생님이 안부 전화를 했다. 인사말이 오간 끝에 내가 아직 소설로 등단치 못했다고 하니까 박 선생님은 조심스럽게 말씀했다.

"박군, 내가 보기에 자네는 수필이 더 좋아. 이참에 수필가로 진출해 보시게."

나는 수화기를 놓고 선생님의 말씀을 새겼다. 어쩌면 선생님은 제자를 적확히 본 것 같았다.

그 몇 해 전인 1983년 12월 중순, 퇴근길 복도에서 정식영 교장선생님과 마주쳤다. 인사를 하고 지나치는데 교장선생님은 뒤돌아서면서 나를 불렀다. 그래서 교장실 소파에 마주 앉았다.

"새한신문사에서 남녀공학에 관한 글을 연재하겠다고 나에게 필자를 의뢰해 왔어요. 박 선생님이 한 번 써 보겠소?"

218

"어떤 글을 요구하는지 알아보고 제가 쓸 수 있다면 써보겠습니다."

내 대답에 교장선생님은 담당자의 전화번호 메모를 건넸다. 그 이튿날 전화로 편집기자와 약속한 뒤 퇴근길에 광화문 교총회관 구내 새한신문사에 들렀다. 담당 김강자 편집기자는 반갑게 맞아주었다. 그 무렵 교총에서는 기관지로 주간 '새한신문'을 발행하고 있었다.

당시 서울 시내에서 남녀공학을 시행하는 학교는 이대부고와 서울사대부고 두 학교뿐이었다. 게다가 완전한 남녀혼성학급을 편성한 학교는 이대부고가 유일했다. 그 기자는 나에게 남녀공학학교의 학생생활을 1회 8매 분량으로 한 달간 연재로 4회분을 청탁했다. 그때는 이메일이 널리 통용되지 않았던 시절로 나는 매주 200자 원고지에 소정의 원고를 써서 매회 원고마감 전날 퇴근길에 직접 신문사로 갖다주었다.

그때 나의 글은 "우리는 친구"라는 제목에 '남녀공학'이란 소제목으로 1984년 신년호부터 실렸다. 그 첫 회가 나간 뒤 나는 여러 통의 전화를 받았다. 독자들로부터 무척 재미있게 읽었다는 말과 함께 자기네 잡지에 전재해도 좋으냐는 의사를 타진해 오기도 했다.

그해 1월 하순, 마지막 4회분 원고를 써서 교총으로 갔다. 담당 김 기자는 나에게 4회를 더 연장해 써달라고 부탁했다. 나로서는 감히 청할 수는 없지만 바라던 바였다. 그래서 그해 2월 말까지 8회가 나갔다.

그 연재가 끝날 무렵 김 기자는 또 다른 제의를 했다. 나에게 새한신문 1면 칼럼을 부탁했다. 그 무렵 칼럼 필진은 대학교수나 언론인 등 사회 저명인사들이 돌아가면서 쓴다고 말하면서 그 필진으로 추천했다. 그러면서 중고교 교사에게는 좀처럼 칼럼을 청탁하지 않는다고 말했다. 그래서 그해 연말까지 새한신문에 칼럼을 썼다.

박 선생님으로부터 전화를 받은 그해 겨울방학 내내 그동안 여러 신문과 잡지 등에 실린 글을 찾아 다시 가다듬으면서 또 한편으로 새로운 글도 썼다. 그해 여름방학이 끝날 무렵에는 단행본 한 권 분량의 원고가 쌓였다.

그래서 곧 출판사 교섭에 나섰다. 학부모가 출판사 대표인 곳도, 교지를 편집하면서 알게 된 인쇄소와 출판사도 있었다. 하지만 전혀 모르는 유명 출판사에서 책을 내고 싶었다. 교보문고에 가서 그즈음 산문집이 잘나가는 10여 곳의 유명 출판사 주소와 전화번호를 수첩에 적어온 뒤 한 곳씩 찾아나섰다. 하지만 애써 찾아간 출판사에서는 원고의 내용을 묻고 교육 이야기라고 하면 보지도 않고 손을 저었다. 그러면서 선심 쓰듯이 자비출판이라면 내주겠다고 말했다.

나는 그럴 경우 말 없이 원고 보따리를 들고 돌아섰다. 간혹 두고 가라는 출판사가 있을 때는 가지고 간 원고 보따리를 맡기면 빠르면 2주 후, 혹은 한 달 후에 찾으러 오라고 말했다. 1989년 새해 초까지 대여섯 출판사를 거쳤으나 선뜻 나서는 곳은 없었다. 한 출판사 사장이 말했다.

"그 솜씨로 국어참고서를 쓰세요. 홍익여고 서한샘 선생 아세요?"

"예, 잘 압니다."

그분은 이웃 학교 교사로 나는 이대 앞 대광인쇄소에서 각자 학교교지 편집을 하면서 인사를 나눈 적이 있었다.

"그 선생 국어참고서 요즘 불티나듯 잘나갑니다. 아마 준재벌급은 되었을 겁니다."

사실 나는 그 무렵 새한신문에 글을 연재한 이후부터 교육계의 잡지나 수험생활과 같은 곳에서 원고청탁이 심심찮게 들어왔다, 입시문제나 모의고사 문제출제 의뢰에는 원고료도 쏠쏠했다. 하지만 거기에는 단 한 번도 응하지 않았다. 그것은 나의 자존심이요, 문학에 대한 순결성으로 독자 가운데 이대부고 '박도'란 교사는 참 별별 글도 다 쓴다는 그런 쑥덕거림이 싫었기 때문이다.

그해 2월 하순, 아무개 출판사에서 정중히 거절을 당하고 후줄근한 심신으로 내 집 계단을 오르는데 아들이 대문 앞에서 그런 아비를 내려다보고 있었다. 그는 아버지가 또 출판사에서 거절을 당하고 원고 보따리를 받아오는 줄 알고 있었다.

"아버지, 책 내는 데 돈이 얼마 드세요?"

"…."

"제 세뱃돈 모아놓은 걸 드릴 테니 그 돈으로 책 내세요."

나는 그 순간 울컥했다. 나는 감정을 자체치 못하고 아들에게 역정의 말을 뱉었다.

"아버지는 그렇게는 책을 내지 않아."

그렇게 여러 출판사에서 거절을 당하면서도 포기치 않았다. 당시 서울에는 2천여 개의 출판사가 있다고 했다. 그 어느 출판사에서는 내 원고를 반드시 환영하리라는 그런 신념에는 조금도 흔들리지 않았다.

어느 하루 청진동 소재 다나출판사 문을 두드렸다. 그 무렵 그 출판사는 신흥출판사로 『마루타』 『잃어버린 너』 등의 책 광고로 연일 일간지 광고란을 도배하고 있었다. 퇴근길에 출판사로 가자 한 직원(황인원 씨)은 문전박대하지 않았다. 그도 다른 출판사처럼 원고를 두고 간 뒤 2주 후에 오라고 말했다. 그와 약속한 2주 후 다시 그 출판사로 갔다. 그는 매우 반갑게 맞았다. 그러면서 곧 출판사 정기석 대표를 만나게 했다.

"선생님 원고를 하룻밤 만에 다 읽었습니다. 소재가 다양하더군요."

그는 내가 가제로 정한 책 제목 대신에 목차 소제목이었던 '비어 있는 자리'를 이미 책 제목으로 뽑아두고 있었다. 바로 그 자리에서 출판계약을 했다.

『비어 있는 자리』

교직에 몸담은 지 1년 남짓하다. 지난해 3월 눈동자가 유난히도 초롱초롱한 중학교 신입생들을 학급 담임으로 맡았다. 입학 무렵에는 젖내가 가시지 않은 개구쟁이들이었다. 하지만 날이 갈수록 의젓한 중학생으로 성장하는 것을 볼 때는 교육의 보람을 느끼곤 했다.

오늘은 지난 학년도를 평가 마무리하는 진급사정회 날이다. 학기 초부터 학년 말에 이르기까지 단 한 명의 낙오자도 없이 70명 전원을 이끌고 왔다. 그런데 오늘 아침 조회시간 교실로 가자 비어 있는 자리가 세 곳이나 되었다. 등록금 미납자에게 "학교에 나오지 말라"는 말은 차마 전하지 못한 채 '등교 정지'를 당하고도 계속 출석을 시켰다. 하지만 어제는 얼더듬으면서 말했다.

"내일은 학년말 진급사정회 날이니까 등록금을 서무실에 꼭 납부해야 한다."

그러자 그들은 고개를 떨어뜨린 채 귀가했다.

오늘 아침, 이렇게 한꺼번에 세 자리나 빈 날은 처음인 데다가 어제 눈물을 글썽이며 돌아가던 그 녀석들의 얼굴이 떠올라 종일 마음이 시큰했다. 사실 나도 중고 재학 시절 납입금을 독촉하던 담임선생님의 얼굴이 왜 그토록 매정스럽고 무섭게만 보였던가. 어제까지 개근했던 세 녀석은 오늘은 등교도 못한 채 어쩌면 세상을, 부모님을, 담임선생님을 원망하고 있을 게다.

오늘따라 '선생님'이라는 존칭이 거추장스럽고, 교단에 선 게 후회스러워 어디 가서 한바탕 통곡이라도 하고 싶다.

영수, 화영, 현수 - 너희들이 등교하는 날 내 우울한 마음은 활짝 개이리라.

(1973. 3. 독서신문)

그해(1989년) 11월, 비로소 나의 첫 산문집 『비어 있는 자리』가 출판됐다. 책 발간에 맞춰 이대부고 제자들이 나서서 이대동창회관에서 나의 출판기념회를 마련해주었다. 조촐하면서도 사랑과 정성이 듬뿍 담긴 모임이었다. 나의 친지, 동창, 제자, 동료 선생님 등 200여 하객들이 축하해주었다. 나는 인사말을 통해 '이제 한 권의 책이 완성됐으니 죽어도 좋다'며 눈물을 글썽거렸다. 이웃 연세대 김동길 교수가 그 책을 보고 편지를 보내왔다.

아름다운 삶이 있어서 아름다운 글들이 쓰실 수 있겠지요. 키츠의 말대로 "Beauty is truth, truth beauty"라면 선생님의 참된 삶에 경의를 표하지 않을 수 없습니다. 끝까지 아름답게 참되게 그리고 착하게 사시는 빛나는 삶 되기를 빌면서.
1990년 1월 7일 신촌에서 김동길 적음

그 책을 본 대학 동기 한승옥(숭실대) 교수가 일부러 학교로 찾아왔다. 그는 자기가 다니는 성당 주보에 내 책 리뷰를 썼다면서 그 전문을 전했다. 그러면서 나에게 소설을 쓰라고 권유했다.

"소설을 쓰지 못해 수필을 썼네."

"뭐, 소설이 별갠가. 수필을 조금 더 길고 재미있게 허구화시키면 소설이 되는 거지."

그는 내 잦아진 소망의 심지에 불을 붙였다. 그때마침 다나출판사 정 사장도 나에게 소설을 쓰라고 선인세까지 챙겨주면서 채근했다. 그래서 나는 이제까지 단골 주제였던 분단문제, 이념문제에서 벗어난 청순한 러브 스토리로 제재를 바꿔 소설 집필에 들어갔다. 이왕이면 장편소설로 두 권 이상의 분량으로 잡았다. 작품 구상에서 탈고까지 30개월 남짓 걸렸다. 그때 나는 고3 학급 담임까지 맡은 때라 무척 힘들었다. 어떤 날은 두어 시간 눈을 붙이기도 했고, 주말은 꼬박 밤을 새우기도 했다. 가장 괴로웠던 것은 작품을 쓰다가 다음 날 수업을 위해 중단한 뒤 뒷날 다시 필을 들면 글의 흐름이 이어지지 않을 때였다.

작품에 현장감과 사실감을 잃지 않으려고, 부지런히 작품 배경 장소를 찾아다녔다. 서부전선, 한강, 임진강, 청평호, 월정사, 경포대, 거진항, 세브란스병원, 벽제 장제원 등을 수시로 찾았고, 난생처음 비행기를 타고 제주도와 어느 독자의 후원으로 유럽까지도 다녀왔다. 탈고한 원고는 2,800여 매였지만 원고지 1만여 매의 파지를 냈다. 컴퓨터 자판에 익숙지 않아 줄곧 만년필로만 썼다.

원고에 대한 결벽증이 심해 어떤 부분은 네댓 차례 퇴고와 정서를 거듭했다. 그래야 직성이 풀렸고 내 부족한 재능을 정성으로 메우고 싶었다. 그리고 내 필체에 혼을 담고자 했다. 그러자 무리한 집필에 따른 어깨 통증으로 한방병원에서 석 달 남짓 침을 맞았다. 그러나 한편으로는 무척 행복했다. 다시 젊은 시절로 돌아가 소설 속에서 청순하고 아름다운 두 여인과 사랑도, 결혼도 했으며, 끝내 그들이 내 곁을 떠날 때는 눈물도 많이 흘렸다.

마침내 1992년 1월 15일 나의 첫 장편소설 「그대의 초상」 제1부 '빛과 사랑' 편이 출간됐다. 그런데 책이 나온 뒤 출판사 정 대표는 시장 반응이 시큰둥하다고 책 제목을 크게 탓했다. 나는 '그대의 초상(肖像)'이란 제목은 아름다운 한 여인의 모습을 형상화하여 붙였다. 그런데 정 대표는 그 초상을 '초상(初喪)'으로 해석하면서 제목을 바꾸라고 권유했다. 그리하여 제2부 '빛과 그림자' 편을 낼 때는 책 제목을 「그리움의 향기」로 바꿨다. 그래도 시장 반향이 시원치 않자 출판사는 더 이상 광고도 하지 않고 내 책 판매를 포기하는 듯했다. 나는 그제까지 고집했던 분단문제, 이념문제는 다루지 않는다고 작심하고 집필했다. 그런데 출판된 작품을 보니까 해직기자와 비전향 장기수 딸의 순애보로 이념문제가 그 언저리에서 맴돌았다. 영업사원 출신인 정 대표는 작품성보다 시장 반향을 제일 우선시했다. 그게 출판사가 살아남는 길이라는데 이의를 제기할 수가 없었다.

『사람은 누군가를 그리며 산다』

1993년 추석 때마침 고종아우인 김윤태 문학평론가가 내 집에 왔다. 이런저런 얘기를 끝에 나의 첫 장편소설 얘기를 하자 그는 자기가 편집위원으로 있는 한 출판사에 주선해보겠다고 말했다. 나는 원작을 다시 가다듬어 곧장 그가 추천한 시와사회 출판사로 보냈다. 원고를 넘긴 지 사흘 만에 연락이 왔다.

출판사 대표 이소리 시인은 만나자마자 선뜻 자기 출판사에서 내겠다고 그 자리에서 계약서를 쓰고 계약금까지 주었다. 곧 초교 교정지와 함께 머리말을 써달라는 부탁을 받고 다음과 같이 썼다.

"매미란 놈은 여름 한철 동안 울기 위해 땅속에서 10여 년간 유충 시기를 보낸다고 한다. 나는 이 한 편의 소설을 쓰기 위해 무려 오십 년간의 세월이 걸렸다. …"

새로운 제목을 고심하던 가운데 그 무렵 출근길 시내버스가 독립문 고가도로 위를 지나는데 문득 '사람은 누군가를 그리며 산다'는 말이 불쑥 떠올랐다. 사실 나는 늘 누군가(어머니)를 그리며 살고 있었고, 살고 있고, 앞으로도 계속 그리며 살아갈 것이다.

이 책이 발간되자 몇 신문에 서평이 나갔다. 그러자 여러 방송국에서 출연해달라는 연락이 왔다. 그때마다 나는 책 판매를 위해 빠지지 않고 출연했다. 그런 탓인지 초판 3천 부가 한 달여 만에 나갔고, 곧 재판이 나왔다. 지난날 민족문학작가회의(현, 한국작가회의) 간사였던 이소리 대표는 나를 신입회원으로 추천한바, 1994년 6월에 정식으로 민족문학작가회의에 입회했다. 당시 이사장은 백낙청 선생, 상임이사는 정희성 시인, 간사는 이승철 시인이었다.

그때 민족작가회의에서는 매달 마지막 토요일을 만남의 날로 쟁해 놓아 그 자리에서 여러 문인과 친교를 나눴다. 그때 알게 된 분이 이기형, 이경자, 현기영, 김영현, 이오덕 선생 등이었다.

나의 첫 장편소설 〈사람은 누군가를 그리며 산다〉는 재판까지 나왔지만 아쉽게도 출판사의 도산으로 그만 절판이 됐다. 그 무렵 나는 독자에게 사랑받고 기왕이면 잘 팔리는 책을 쓰고자 서점을 드나들며 살펴보았다. 가장 잘나가는 책은 을유문화사의 『내 아들아 너는 인생을 이렇게 살아라』는 책이었다. 그 당시 30만 부가 나갔다 하여 나도 그 책을 사서 읽었다. 그 책 저자는 영국인 필립 체스터필드로 『아들에게 보내는 편지(Letters to His Son)』를 번역한 책이었다. 그런데 자세히 읽어보니까 우리나라 실정과는 전혀 맞지 않았다.

어느 날 교보문고 매장에서 한 출판인을 만났다. 그가 먼저 나에게 인사했다. 그 몇 해 전 원고 보따리를 들고 찾아갔던 어느 출판사 사원이었다. 그즈음 그는 우리문학사라는 출판사를 차려 운영하고 있었다.

"선생님, 바쁘시지 않으시면 차 한잔하실까요?"

"그럽시다."

우리는 찻집에서 커피를 들면서 이런저런 얘기를 나누었다. 그때 나는 차담으로 한국 실정에 맞는 자녀교육에 관한 책을 쓰고 싶다는 얘기를 했다. 그러자 그는 자기 출판사에서 그 책을 내고 싶다고 말했다. 그래서 다음 날 퇴근길에 그의 출판사에서 원고도 없이 계약을 체결했다.

그날 밤부터 원고 집필에 들어가 석 달 만에 800여 매의 원고를 탈고한 뒤 출판사로 넘겼다. 출판사에서 추천사와 발문을 부탁하기에 곧 이오덕 선생님 댁으로 찾아갔다. 선생님은 내 원고를 아주 꼼꼼히 읽고, 여러 부분을 쉬운 우리말로 일일이 퇴고한 뒤 보냈다. 그리고는 따로 쓴 발문을 건네주었다.

"박 선생님이 하신 말씀 한 가지 한 가지가 우리 집 아이들, 이웃 아이들, 그리고 오늘을 괴로워하면서 살아가는 모든 청소년에게 꼭 들려주고 싶은 말씀들이고, 나 자신이 아이들에게 들려주고 싶었던 말씀이구나 하고 느꼈다. 귀한 가르침을 말로만 이치로만 따져서 주는 것이 아니라 하나하나 실화를 들어 보이고, 그 자신이 살아온 파란 많은 체험으로 들려주고 있으니 이 얼마나 좋은 책인가. …."

출판사 편집장이 전화를 했다. 책 표지에 내 사진을 크게 넣고 싶으니 허락해달라는 청이었다. 거듭 사양했으나 그는 그래야 책 판매와 홍보에 더 좋겠다고 거듭 간청했다. 나는 며칠 고민한 뒤 그 청을 허락하고는 속으로 눈물을 흘렸다. 어머니가 떠올랐기 때문이다.

1997년 9월 25일에 발간한 『아버지는 너희들 편이다』란 그 책은 손아귀에 들어가는 아주 아담하고 자그마한, 깜찍하게 만든 예쁜 책이었다. 출판사에서 심혈을 기울여 만든 책으로 주요 일간지에 광고를 했다. 그런 탓인지 여러 방송국에서 출연 요청이 쇄도했다. 그때마다 방송국에 출연하여 책 홍보에 힘을 보탰다. 꽤 많이 팔렸다.

출판사에서 매쇄마다 저자에게 주는 몫의 증정본은 지난날 신세를 끼친 분에게 사례로 보냈다. 그러자 10여 전 학부모였던 전 전주지검사장 이영기 변호사는 한꺼번에 책을 300부나 샀다. 그분은 그해 여름방학을 앞두고 학교로 전화를 했다. 그분은 전 서울 영등포지청장(현, 서울 남부지검장)으로 학부모였던바, 1979년 유신 말기 사촌동생 김윤태 군이 유신철폐 시국사범으로 영등포경찰서에 유치됐을 때 고맙게도 면회를 주선해주었던 분이다. 그날 전화 용건은 주말에 당신 사무실로 오라는 것이었다.

이 변호사와 약속한 날 사무실에 들르자 낯선 두 분을 소개했다. 한 분은 임시정부 초대 국무령 석주 이상룡(李相龍) 선생 증손 이항증 씨라 했고, 또 다른 한 분은 독립운동가 일송 김동삼(金東三) 선생의 손자 김중생 씨라고 했다. 두 분은 경북 안동 출신이었다.

이 변호사는 나에게 두 분의 안내를 받으며 중국대륙 항일유적지를 둘러본 뒤 젊은 세대들이 읽을 수 있는 쉽게 쓴 『항일유적답사기』 집필을 부탁했다. 그러면서 작가는 모름지기 견문이 많아야 하고, 나라와 겨레에 대한 바른 이해와 민족애가 바탕이 되어 있어야 한다는 말씀도

덧붙였다.

　내가 그 뜻을 고맙게 수락하자 그 즉석에서 중국대륙 항일유적지 답사단이 꾸려졌다. 그날 처음 만난 김중생 선생은 1933년에 중국 하얼빈에서 태어나 한때 조선의용군으로 6·25전쟁에도 참전했고, 동북 헤이룽장성 자무쓰(佳木斯)사범대학에서 역사학을 전공하여 아성현중학교 역사교사로 살아온 분이었다. 그해 여름방학 중국 출발에 앞서 나는 안동 임청각을 둘러보고 동작동 국립묘지 임정묘역에 가서 선열에게 출국 고유 인사를 드렸다.

　1999년 8월 1일 우리 항일유적답사단 일행은 항공편으로 서울을 떠나 베이징으로 갔다. 거기서 원로 독립운동가로 이태형(당시 93세) 선생을 만나 당신 젊은 날의 독립운동 증언을 생생히 듣고 다음 날 이른 아침 다시 항공편으로 상하이로 갔다. 그날 오전 상하이 마당로에 있는 대한민국임시정부 청사와 뤼순공원의 윤봉길 의사 유적지인 뤼순공원을 둘러본 뒤 그날 오후에 중국 동북 지린성 창춘으로 날아갔다.

　우리는 창춘 도착 이튿날인 8월 4일 이른 새벽 하얼빈으로 출발했다. 하얼빈에서 동포 조선민족사업회 서명훈 회장의 안내를 받았다. 그분의 안내로 안중근 의사가 이토 히로부미를 쓰러뜨린 하얼빈 역 플랫폼을 답사한 뒤 독립운동가에게 악명 높았던 옛 하얼빈 일본총영사관으로 갔다. 지난날 독립군을 고문했던 일본총영사관 지하실은 그새 싸구려 화원여인숙으로 변모해 있었다(현재는 화원소학교).

　그곳에 이어 서 회장은 거기서 가까운 동북열사기념관으로 안내했다. 이곳은 일제강점기 하얼빈경찰서였지만 현재는 순국 항일열사를 모신 곳이었다. 서 회장은 거기에 모셔진 일백여 열사 가운데 허형식·

양림·리추악·리홍광·박진우·차순덕 … 등 32분은 조선족 열사라고 했다.

"허형식(許亨植) 열사는 박 선생 고향 금오산 출신입니다"

동행한 이항증 선생이 나에게 말했다.

"네?"

그 순간 나는 깜짝 놀랐다.

"허 열사는 구미 임은동 태생으로 바로 상모동 앞동네이지요."

"네에?!"

나는 또 한 번 크게 놀랐다. 임은동과 상모동은 같은 금오산 자락으로 부르면 대답할 거리다. 이웃 마을에서 태어난 허형식, 박정희 두 사람의 인생 역정이 아주 다름을 일깨워주는 말씀이었다.

그 순간 몹시 부끄러웠다. 남의 나라에서조차 열사기념관에 모시는, 거기다 고향 어른이라는데, 그때까지 허형식이란 이름조차도 전혀 들어보지 못했기 때문이다. 그러면서도 한편으로는 매우 반가웠다. 어린 시절 할아버지가 말씀한 금오산 정기를 타고난 인물을 먼 이역에서 만나다니. 그날 밤 열차를 타고 옌지로 돌아왔다. 그곳에서 만난 연변대 박창욱 교수 추천으로 연길서점에서 중국조선민족 발자취 총서4『결전』을 산 뒤, 그 책 화보에서 허형식 장군의 모습을 처음으로 대할 수 있었다.

우리 답사단은 중국대륙 항일유적지를 12일간 누비고 돌아왔다. 그때 우리 답사단은 가는 곳마다 서울에서 준비해간 소주로 헌주한 뒤 큰절을 드렸다. 그러면서 나는 사진을 원 없이 찍었고, 지난 역사를 증언해주는 관계자들의 증언을 죄다 녹음해 왔다. 하지만 귀국 뒤 사진을

230

뽑은 다음, 현장을 되새면서 녹음테이프를 들어도 독립운동사 전반에 대한 감이 전혀 잡히지 않았다.

작가는 '아는 만큼 쓴다'고 한다. 그런데 나는 학창시절 독립운동사를 제대로 배운 적이 없었다. 그래서 수업이 빈 시간은 구내 이화여대 중앙도서관을 번질나게 드나들었다. 그해 연말까지 독립운동사 관계 서적을 닥치는 대로 읽자 그제야 어슴푸레 독립운동사가 감이 잡히기 시작했다.

겨울방학 내내 답사자료를 꺼내놓고 집필했다. 그 무렵 박철규 은사님이 근황을 묻는 전화가 왔다. 그래서 나는 항일유적답사기를 집필 중이라고 말씀드리자 대단히 반가워하셨다.

"요즘 유홍준이가 『나의 문화유산답사기』로 장안의 지가를 올리는 모양인데 자네는 홍준이 선배가 되니까 후배보다 더 잘 쓰시게."

"예, 선생님. 격려 말씀 감사합니다."

그해 3월 집필이 끝났다. 책 제목은 이항증 선생의 자문을 받아 『민족 반역이 죄가 되지 않는 나라』로 정했다. 탈고된 원고 뭉치를 보자기에 싼 뒤 그즈음 문화유산답사기로 잘나가는 한 출판사 문을 두드렸다. 그때 한 편집위원은 3주 후 출판 여부를 알려주겠다고 말했다. 나는 약속한 날 잔뜩 기대하면서 출판사로 갔다. 그 편집위원은 내 원고 보따리를 내 앞으로 밀면서 겸연쩍게 말했다.

"편집회의에서 부결되었습니다."

그 순간 낙담하면서 한숨을 쏟았다.

"글을 너무 쉽게 쓴 게 흠이었습니다."

그 무렵 나는 이오덕 선생의 말씀에 감화를 받아 글은 누구나 알기

쉽게 써야 한다는 신념이 굳은 때였다. 그 말을 듣지 않았으면 좋을 뻔했다. 원고 보따리를 들고 뒤돌아섰다.

어느 날 이대 중앙도서관 4층 역사 서가에서 『한국독립운동사 연구』 제7집에서 '허형식 연구'라는 장세윤 박사의 논문을 발견하고 단숨에 읽었다. 그러자 허형식 장군의 발자취를 더듬고 싶었다. 허형식 장군과 박정희 대통령의 생애를 '네 발의 총성'이라는 제목의 실록소설을 쓰고자 기획했다. 공교롭게도 두 사람 모두, 그분의 아내까지도 총살로 이승을 떴다. 그래서 답사 자문을 받고자 성균관대학 연구교수로 재직 중인 장세윤 박사에게 연락했다. 내가 만나 뵙기를 청하자 기왕이면 허형식 장군을 국내 신문에 최초로 보도한 대한매일신문 정운현 기자도 합석하면 좋겠다는 말을 했다. 그리하여 2000년 7월 중순, 우리 세 사람은 성균관대 동아시아연구소에서 만났다.

그날 내가 허형식 장군과 동향이라고 말하자 두 분 모두 초면임에도 마치 십년지기처럼 맞아주었다. 정운현 기자는 중앙일보 재직 당시 특집 '실록 박정희' 현장취재로 구미에도 여러 번 답사하였기에 당시 상모동 생가마을보존회장 김재학 어른도 잘 알고 있었다. 나도 그 어른이 할아버지 친구로 우리 사랑방에서 여러 번 큰절을 드린 바 있었다.

그날 두 분에게 허형식 유적지를 답사하고 싶다고 말하자 장 교수는 답사에 도움이 될 거라면서 중국 헤이룽장성 공산당자료실장 김우종 선생의 전화번호와 주소를 건네주며 다른 자료도 챙겨줬다. 나는 애초 김중생 선생과 함께 허형식 장군 유적지를 더듬으려고 하였으나 여의 치 못했다. 그래서 나 혼자 답사키로 작심했다. 나의 오랜 답사 경험에 따르면 길 안내자와 동행 답사를 하면 편한 점도 있었지만 여비가 배가 되는 점도, 불편한 점도 뒤따랐다. 안내자의 의사를 좇게 되자 내 마음대로 사진을 찍고 취재할 수 없는 점이 많았다. 나는 혼자 답사하기로 결심한 뒤 서명훈·김우종 두 분 선생에게 편지와 전화로 안내를 부탁하자 곧 두 분 모두 흔쾌히 도와주겠다고 승낙했다.

2000년 8월 17일 제2차 항일유적답사 길에 올랐다. 그날 오후 하얼빈시 건국가 조선문화궁전에서 김우종·서명훈 선생을 만나 허형식 장군의 항일투쟁사를 자세히 들을 수 있었다. 이튿날 새벽, 동포 기사를 안내 겸 통역으로 삼아 허형식 장군 순국 희생지를 찾아갔다. 마침내 헤이룽장성 경안현 대라진 청송령 들머리 허형식 희생지 비석에 이른 후 나는 들꽃 한 묶음을 바치면서 깊이 묵념을 드렸다. 현지 사람들은 허형식 장군 고향 출신 첫 참배객이라고 호떡집에 불난 것처럼 대대로 환영해 줬다.

다음 날 청년 허형식이 항일전사로 맹활약하면서 최용건을 만나 후일 동북항일연군에서 승승장구할 수 있었던 근거지 가판점(현, 빈안진) 일대를 둘러보았다. 그곳을 답사한 다음 날 곧장 창춘으로 갔다. 그곳에서 청년 박정희가 젊은 날 문경초등학교 교사직을 그만두고 찾아간 만주군관학교를 둘러보고자 함이었다.

2000년 8월 22일, 지린성 인민대회상임위원회 동포 리정문 부주임의 안내로 창춘 교외 날랄툰에 있는 옛 만주군관학교를 참으로 어렵게 찾아갔다. 하지만 그곳은 그 무렵 중국군 기갑부대로 변해 있었다. 군부대는 어디나 사진 촬영금지이기에 멀리서 부대 담만 촬영한 뒤 돌아섰다.

귀국 후 장세윤 교수와 함께 허형식 장군의 임은동 생가와 상모동 박정희 생가를 탐방하였다. 허형식 및 왕산 허위 선생 생가는 폐허가 된 채 대나무 몇 그루만 자라고 있었다. 임은 허씨 가운데 전 구미시의원 허호 씨는 홀로 고향 땅을 지키고 있었다. 그분은 나의 구미중학교 2년 선배로 매우 살갑게 맞아주었다.

그 선배를 통해 만주로 망명했던 왕산 유족들이 러시아, 중국, 북한, 우즈베크, 우크라이나, 키르키스스탄, 미국, 등지로 뿔뿔이 흩어졌다는 얘기도 들을 수 있었다. 허호 선배 주선으로 대구에 살고 있는 허형식 장군 작은집 조카(허창수)도 찾아가 그동안 살아온 얘기를 들었다. 허형식 장군 부인은 해방 후 귀국했으나 6·25전쟁 때 부역혐의로 우익 청년들에게 연행돼 미아리 골짜기에서 처형됐다는 얘기였다. 허형식 장군의 딸과 아들은 허형식 장군의 동지 김책의 배려로 6·25전쟁 전에 월북하여 평양 대동강변에서 산다는 얘기도 들었다.

그 얼마 후 미국 휴스턴에 거주하는 왕산 후손 허도성 목사가 일시 귀국하여 만났다. 그분은 임은 허씨 왕산 후손들이 그새 '일리야' '부로코피' '슈라' '나타샤'가 되었고, 당신 후손마저도 머잖아 '로버트 허' '벤 허'가 될 판이라고 눈시울을 적셨다.

2005년 평양 남북작가대회 때 참석하여 안내인에게 6·25전쟁 사진집 『지울 수 없는 이미지』를 건넨 뒤 허형식 장군 따님과 아들을 만나고 싶다는 의사를 전했다. 다음 날 그의 답변이었다.

"이보라요, 박 선생! 우리 속담에 이런 말이 있지요. '첫술에 배부르랴.'"

"알갔습니다."

나는 그 말의 뜻을 금세 알아차린 뒤 북에서 배운 말투로 대답했다.

234

후일 중국의 한 보따리 무역상이 보낸 메일로 평양에 사는 허형식 장군 자제들이 당신 어머니 사진이 보고싶다고 나에게 구해달라는 연락을 받았다. 허 장군 친지들에게 수소문했으나 사진 한 장 남지 않았다는 전언이었다. 총살당한 사회주의자 부인의 사진이 어찌 남았겠는가.

나는 제1차 중국대륙 항일유적지답사기에 제2차 답사기를 일부 보완한 뒤 우리문학사로 원고를 넘겼다. 출판사에서 저명한 교수의 추천사가 있으면 좋겠다고 하여 마침 대학 시절 강의를 들은 바 있는 강만길 명예교수 연구실로 찾아뵈었다. 나는 그 자리에서 구미 출신으로 왕산 허위 선생의 항일운동과 허형식 장군의 함자조차 몰랐다는 부끄러움을 말하자 강 교수는 그것은 내 탓이 아니라고 에둘러 말하면서 나의 부끄러움을 씻어주었다.

"학생들에게 '민족해방운동사'를 따로 편성해서 가르치지 않은 우리 정부와 역사학자 탓이네."

그해 9월 25일 나의 항일유적지답사기 『민족 반역이 죄가 되지 않는 나라』가 우리문학사에서 출간되었다. 이영기 변호사가 300권, 이항증 선생이 200권 구매해주었고, 친지들이 일부 사주었다. 하지만 우리문학사 측에 따르면 시장 반응은 싸늘하며, 독립운동단체나 후손들이 도서기증을 요구하여 아주 난처하다는 말을 전했다.

그 얼마 뒤 한 독자가 학교로 찾아와서 책을 내밀며 사인을 부탁했다. 나는 기분 좋게 사인을 해준 뒤 어떻게 책을 구입했느냐고 물었다. 그러자 대한매일신문(현, 서울신문) 기사를 보고 그날로 교보에서 산 뒤 밤새워 읽은 다음 학교로 찾아왔다고 했다. 저자로서는 가장 고마운 독자였다. 출판사로 문의하자 신간 발간 뒤 여러 신문사로 홍보용 도서를 보냈는데 오직 대한매일신문만이 기사로 다뤄줬단다. 그것도 고맙게 박스 기사라고 말했다. 그날 퇴근길에 이대 도서관에서 해당 기사를 찾아보니까 기사 맨 뒤에 '정운현 기자'로 표기되어 있었다. 나는 어렵게 전화 연결을 한 뒤 정 기자에게 고맙다는 말을 하자 짧고도 까칠한 답변이 돌아왔다.

"책이 좋아서 기사로 나갔습니다."

그 무렵 일본관광진흥회에 근무하던 이대부고 제자 김자경 계장이 일본 기타도호쿠(북동북) 국제관광 테마지구 한국 매스컴 취재단에 합류하기를 제의했다. 귀국 뒤 책을 내는 조건이었다. 나는 그 직전 고교시절 윤기호 친구의 주선으로 한국방송대학 일본학과 학생들과 '일본문화 역사탐방'에 참석한 바 있기에 덥석 승낙했다. 그리하여 2003년 2월 6일부터 2월 12일까지 6박 7일 동안, 한국방송공사를 비롯한 국내 방송 취재팀과 함께 이들 지역을 눈길 따라 둘러보고 왔다.

그곳 기타도호쿠 지방인 아키타(秋田), 이와테(岩手), 아오모리(青森) 세 개 현은 혼슈(本州)의 가장 북쪽 지방으로 비교적 여행객들의 발길이 드문 지역이라 일본의 또 다른 면을 볼 수 있었고, 온통 눈으로 덮인 설국의 정취를 마음껏 즐겼다.

일본을 둘러보는 기간 내내 두 나라의 과거와 현재, 그리고 미래를 생각하면서 두 눈을 부릅뜨고 바로 보려고 애썼다. 그때 나의 기행 결론은 현재는 분명 일본이 앞섰지만, 머잖아 우리가 조금만 더 노력하면 그들보다 더 잘살 수 있으리라는 확신을 얻었다. 그게 역사의 순리일 것이다. 귀국 후 2004년 3월 『일본기행』이라는 책을 펴내 그의 제의에 보답했다.

세 번째 꿈을 이루다

나의 항일유적답사기 『민족 반역이 죄가 되지 않는 나라』는 그해 연말까지 초판 1천 부도 나가지 않았다. 저자로서 한없이 부끄러웠다. 그런 자탄과 함께 독립운동사와 독립지사들을 몰라주는 세태에 대한 반감과 오기가 솟아났다.

마침 이대 도서관에서 독립기념관 발간, 월간 『독립기념관』을 보았다. 나는 허형식 장군을 찾아간 제2차 항일유적답사기 원고 30매를 그 기념관지에 기고했다. 그러자 2002년 7월호에 월간 『독립기념관』지에 '영웅을 찾아서'라는 제목으로 그 답사기가 실렸다.

마침 그즈음 장세윤 박사를 통해 대한매일신문 정운현 차장이 오마이뉴스 편집국장으로 옮겨갔다는 얘기를 들었다. 그래서 『독립기념관』지에서 보낸 3부 중 한 부를 정 편집국장에게 보냈다.

그 며칠 뒤인 2002년 7월 8일 3층의 한 젊은 후배 교사가 1층 내 자리로 왔다. 그는 인터넷 오마이뉴스 메인 톱에 "일본군 장교 박정희는 기념관 세우고, 항일군 총참모장 허형식 생가는 헐려"(2002. 7. 8)라는 기사가 실려 있는데 내가 쓴 것이냐고 물었다.

그때까지 인터넷이란 걸 잘 몰랐다. 그 당시 교사들 책상에는 학교에서 설치해준 컴퓨터가 한 대씩 놓여 있었지만 거의 사용치 않았다. 그는 내 컴퓨터를 커더니 그 기사를 띄웠다. 기사 내용을 보니 분명 내가 쓴 글로 '박도 기자'라고 표기돼 있었다. 그 후배는 인터넷 기사 보는 방법을 가르쳐주었다.

그 기사 아래에는 그때까지 10여 개의 댓글이 달려 있었는데 그 기사를 보는 순간에도 한두 개씩 늘어났다. 이튿날 아침까지 이런저런 댓글이 50여 개나 달리고, 기사 조회수가 1만 회를 넘었다. 그 댓글들을 하나하나 읽는 게 재미도 있었고, 새로운 언론문화이기에 경이로웠다. 후배 교사 말에 따르면 그 댓글에 내가 답도 할 수 있다고 했다. 인터넷 신문에서는 기자와 독자가 실시간에 서로 의사교환을 할 수도 있다고 하여 나로서는 도무지 이해가 되지 않았다.

마침 그 순간 한 익명의 독자가 "허 장군님 생가 주소 좀…" 하는 댓글을 달았다. 나는 후배 교사에게 댓글 다는 법을 배운 뒤 독수리 타법으로 즉석에서 답했다. 그러자 또 다른 독자가 댓글을 달았다. 후배 교사는 댓글을 참고는 하되 거기에 너무 얽매지 말라고 충고했다. 나는 또 다른 익명의 독자 댓글을 보면서 이게 무슨 어린 시절 만화에서 보았던 공상의 세계 '열려라 참깨'와 같은 요술상자를 보는 기분이 들었다. 그날 퇴근 후 아들에게 그런 사실을 말하자 그도 놀랐다.

"아버지도 드디어!"

그 무렵 나는 아들에게 컴퓨터에만 빠져 있다고, 사람은 기계의 노예가 되어선 안 된다고 꽤 잔소리를 하던 때였다. 아들은 아버지 기사에 놀라워하면서 컴퓨터의 순기능을 하나하나 가르쳐줬다. 내 글만은 어떤 경우라도 육필로 써야 한다고 고집을 피우던 때였다. 필체에 영혼을 불어넣는 그런 글을 쓴다고 행여 잡지사나 언론기관에서 청탁이 와도 200자 원고지에 또박또박 정성껏 써서 보냈다.

내 기사는 이튿날도 오마이뉴스 하단에 걸려 있었고, 그날 오후까지 댓글은 60여 개를 넘고 있었다. 이튿날 퇴근길에 광화문 내수동 소재 오마이뉴스 본사에 들렀다. 정운현 편집국장이 반갑게 맞아주었다.

"좋은 기사를 보내줘서 고맙습니다."

"아닙니다. 제가 오히려…. 근데 그 기능이 놀랍습니다."

"그럼요, 실시간에 전국은 물론 전 세계로 나갑니다. 앞으로는 인터넷 신문이 좌우하는 시대가 올 겁니다."

"네에?!"

"선생님, 앞으로도 기사를 보내주십시오. 사진도 보내주시면 함께 실어 드리겠습니다."

"저는 컴맹입니다."

"괜찮습니다. 원고지에 쓰신 그대로 보내주시면 저희 편집부에서 워드 작업을 하여 싣겠습니다. 원고 보낼 때 사진도 동봉해주시면 스캔해서 쓴 뒤 곧 반송하겠습니다."

그래서 그 얼마 후 경북 안동의 이육사 생가와 중국 연변의 용정 명동촌 윤동주 생가를 답사 비교한 기사와 사진을 보냈다. 그러자 며칠후 "'항일'은 같은데 '생가보존'은 딴판"(2002. 7. 30)이라는 기사를 역시 톱기사로 실어주었다. 그 며칠 후 정 편집국장한테 전화가 왔다.

"박 선생님, 이참에 저희 신문에 정식으로 기자 등록을 하시지요. 그래야 원고료도 지불할 수 있습니다."

"이 나이에 무슨 기자입니까?"

"저희 신문은 연령에 상관치 않고 누구나 기자가 될 수 있습니다."

"네에?"

"화면 상단 오른편에 보시면 '기자 등록' 난이 있습니다. 거기 인적사항을 입력만 하시면 됩니다."

나는 그날 후배 교사의 도움을 받으며 뜨덤뜨덤 기자 등록을 했다. 그렇게 하여 나의 세 번째 꿈이 이루어졌다. 시민기자로 등록한 이후는 아들에게 하나하나 물어가면서 기사를 작성하여 송고했다. 하지만 사진만은 보낼 수 없어 별도로 봉투에 넣어 사진째로 보냈다. 그러다가 마침내 내 방에도 컴퓨터를 들여놓았다.

어느 하루 퇴근길에 오마이뉴스 본사로 찾아가 상근기자(김경년)에게 사진 기사 올리는 방법을 배웠다. 하지만 그때뿐, 손에 익지 않은 데다가 오작동으로 걸핏하면 사진과 기사가 사라지기에 하는 수 없이 아들을 불러 일일이 물어가면서 배웠다. 처음에는 잘 가르쳐주던 아들 녀석이 두세 번 반복되자 아비에게 잔소리를 했다.

"아빠, 이 책 보고 스스로 익히세요. 그래야 제대로 배워집니다."

말인즉 옳다. 그래서 컴퓨터에 관한 책을 보면서 독학했다. 하지만 제대로 작동치 않아 또 아들을 불렀다. 부자의 진풍경을 바라보던 아내가 한마디했다.

"언제는 아들에게 컴퓨터에 노예가 되지 말라고 구박하더니…."

나는 그 핀잔에 한 마디 대꾸하지도 못한 채 마음속으로 '말은 역시 함부로 해서는 안 된다'는 진리를 터득했다. 그때부터는 기사 하나를 쓰자면 원고 집필에 2~3일, 기사 작성에 1~2일 등 최소한 3~4일은 걸렸다. 그렇게 골똘하면서 58세 시민기자의 수습기간은 계속되었다.

사실 나는 오래전부터 기자의 꿈을 꾸었다. 고교 시절 경향신문 낙원동보급소, 조선일보 안국동보급소에 이어서 동아일보 세종로보급소에서 배달했다. 그때는 신문이 하루에 두 차례 나오는 조석간제였다. TV나 요즘과 같은 SNS가 없던 시절이라 대부분 독자들은 신문을 몹시 기다렸다. 특히 대통령선거 유세전이 치열한 석간 때는 조금이라도 경쟁신문보다 더 빨리 배달하고자 보급소 측에서는 본사의 신문수송차를

240

기다리지 않고, 곧장 본사 발송부로 배달원들을 보내 등짐으로 나르게 했다. 그래서 배달원들은 본사 윤전기에서 막 쏟아지는 뜨끈뜨끈한 신문을 즉시 등짐으로 나른 후, 자기 몫을 챙겨 배달구역으로 달음질쳤다. 그때 나는 신문뭉치를 등짐으로 져다 나르면서 '지금은 신문배달을 하지만 나중에는 신문기자가 되거나 사장이 되겠다'는 야무진 꿈을 꾸었다.

중동고교 재학 중에는 학생기자로, 특히 고2 때는 학보 뉴스의 절반은 내가 기사를 써서 메우기도 했다. 그때 나는 홍준수 선생님에게서 기사 쓰는 법과 편집을 배웠다. 홍 선생님의 빼어난 편집 솜씨로 그 무렵 우리 학교 교지와 신문은 해마다 중앙일보 주최 전국 중고교 교지·신문 콘테스트에서 최우수상을 휩쓸곤 했다.

그 시절 그런 야망을 가졌기에 나는 현실의 어려움을 극복했을 것이다. 하지만 대학을 졸업하고 군에서 제대한 뒤, 나의 첫발은 애초의 꿈이었던 교단으로 향했다. 그 뒤 한 번은 교단생활에 염증을 느낀 나머지 기자가 되고픈 꿈을 이루고자 기자 공채시험에 응시했다. 하지만 나는 특히 영어 성적이 원체 바닥이라 공채시험에 낙방한 뒤 더 이상 기자의 꿈은 접고 이후로는 교직을 천직으로 알며 지냈다. 그런 가운데 정말 뜻밖에 기자가 되었다. 쉰 세대에, 이미 일선에서는 물러날 나이에, 곧 인터넷 신문 오마이뉴스 시민기자가 된 것이다.

나는 시민기자로 등록한 이후 "늦게 배운 도둑 날 새는 줄 모르듯" "늦바람이 용마름 벗기듯"이란 속담처럼 미친 듯이 기사를 썼다. 오마이뉴스는 정치, 경제, 사회, 교육, 문화, 여행뿐 아니라 일상적인 '사는 이야기'도 기사화할 수 있었다. 그래서 초기에는 '그리운 그 사람' 파리에서 런던까지' '일본 겉핥기' '구름에 달 가듯이' 등 연재기사로 일주일에 한두 꼭지씩 송고했다. 독자들의 댓글은 찬사만 아니라 비난도 많이 달렸다.

"어머! 난 이 아저씨 기사 좀 그만 봤으면 좋겠다"라는 익명의 아픈 댓글이 있는가 하면 "선생님! 댓글에 괘념치 마세요. 곧 선생님의 글을 좋아하는 광팬도 생길 겁니다. 아자! 아자!" 등 성원의 댓글도 있었다.

그 비난의 악플을 곰곰이 뜯어보면 모두가 나에게 약이었다. 내 글이 어딘가 불성실하거나 잘못이 있기 때문에 뭇매를 가한다는 것을 깨닫고는 그때부터는 더욱 기사에 정성을 쏟았다. 보통의 경우 기사를 송고하기 전에 평균 대여섯 번은 퇴고한 다음 보냈다. 그래도 기사가 화면에 뜬 뒤에 보면 오탈자, 비문이 눈에 보였다. 그러면 즉시 시민기자 게시판을 통해 수정 요청을 했다. 그런 각고의 노력 탓인지 비난의 댓글은 날이 갈수록 현저히 줄어들었다.

나는 늦깎이 기자로서, 작가로서 좀더 의미 있는 글을 쓰고자 '의를 좇는 사람'이라는 연재를 시작했다. 그 첫 번째로 한 모임에서 인사를 나눈 바 있는 박종철 군의 아버지 박정기 씨와 상의하자 흔쾌히 응해주었다. 그분을 인터뷰 후 취재 기사를 보름 남짓 동안 쓰면서 여러 번 퇴고를 거듭했다. 1회분으로는 도저히 소화할 수 없어 2회분으로 나눈 뒤 '의를 좇는 사람 1' "종철아, 내 니 몫까지 하마…"라는 제목으로 6·10항쟁 이틀 전에 송고했다. 그 기사에 독자 반응은 폭발적이었다. 댓글도 뜨거웠다. 2회 기사는 일주일 후인 2003년 6월 15일 나갔다. 그 기사가 나간 그날 밤 전화를 받았다.

"저는 스웨덴에 사는 동포입니다."

"네에! 어쩐 일로?"

"저는 선생님 광팬입니다."

"거기서도 제 기사를 볼 수 있습니까?"

"그럼요. 선생님 기사가 인터넷에 오르면 지구촌 어디서나 실시간으로 볼 수가 있습니다."

"아, 네."

그는 내가 쓴 기사를 첫 꼭지부터 제목과 그 내용까지 줄줄 외고 있었다.

"박 선생님, 연재기사 '의를 좇는 사람' 후속편은 언제 나올 예정입니까?"

"마땅한 인물을 찾고 있는 중입니다."

"제가 한 분 추천해볼까요?"

"참고하겠습니다."

"백범 암살범 안두희를 끈질기게 뒤쫓던 권중희 선생을 아시는지요?"

"잘 알고 있습니다. 한때 세상을 떠들썩하게 한 의인이었지요."

"그분이 정의봉을 휘두를 때 아주 통쾌했지요. 이즈음 어떻게 지내시는지 궁금합니다. 제가 알기로는 선생님 고향과 가까운 경북 안동 출신일 겁니다."

"알겠습니다. 서울 김 서방도 찾는다고 하는데…."

그 며칠 후 이항증 선생님의 전화를 받았다. 이런저런 얘기 끝에 권중희 선생님을 잘 아시느냐고 묻자, 잘 안다고 했다. 내가 그분을 '의를 좇는 사람'에 모시고 싶다는 말씀을 드리자 당신이 나서서 주선해주겠다고 했다.

2003년 10월 25일 토요일 정오 학교에서 가까운 독립공원에서 셋이 만났다. 그날 처음 만난 권중희 선생은 가죽점퍼 차림으로, 나이답지 않은 거친 말투에 행동거지가 다부지고 인상도 아주 매서웠다.

"박 선생! 나를 만나면 손해봅니다."

어딘가 차림에서도, 말투에서도 곤궁함과 거칠다는 느낌을 받았다. 나는 미리 기획한 취재계획을 설명하자 사진 촬영과 취재에 적극 협조하겠다고 말했다.

나는 독립공원을 배경으로 두어 컷 사진을 찍은 다음 택시를 잡은 뒤 옛 경교장인 서대문 네거리 강북삼성병원으로 갔다. 그 무렵 경교장 건물 1층은 강북삼성병원 응급실이었다. 우리가 2층 백범 선생의 집무실로 올라가고자 수위에게 부탁하니까 그는 올라갈 수 없다고 가로막았다. 그러자 권 선생이 수위에게 호통을 쳤다.

"아무리 사유재산이 중요하지만 대재벌이 역사의 현장을 병원응급실로 만들고는 일반인의 출입을 못하게 하다니…. 이봐! 나 당신한테 말하고 싶지 않으니 병원장 데리고와!"

권 선생의 목소리가 워낙 컸고 인상이 험악한 탓인지 수위는 원무과로 들어가더니 직원을 데리고나왔다. 내가 그에게 취재협조를 부탁하자 그는 사전에 협조공문이 없다는 말로 난색을 표했다.

"뭐 사전 협조공문! 공문 좋아하네. 그 잘난 공문 하나로 백범 암살범도 현역에 복귀시키고…. 여기는 병원 이전에 역사의 현장이야!"

권 선생은 주머니 속에서 꺼낸 가죽장갑을 끼면서 책상이라도 뒤집을 자세를 취했다. 그제야 원무과 직원은 수위에게 우리 일행을 2층으로 안내하라고 이르고는 슬그머니 사라졌다.

"이 나라에서는 목소리 크거나 가께목(각목)을 휘둘러야 통한다 말이야. 내가 꼭 이건희를 찾아가야겠어!"

수위는 그제야 상황판단을 한 듯 앞장서서 안내했다. 우리는 그의 안내로 백범 선생이 안두희의 총에 맞아 쓰러진 경교장 2층 역사의 현장을 둘러보았다. 수위 말로는 그즈음 한창 복원공사 중이라고 하였다. 그래서인지 2층 전체가 썰렁하고 합판 등이 너절하게 놓여 있는 등 어수선했다. 나는 경교장 바깥마당에서 건물 배경으로 셔터를 여러 번 누른 뒤 병원 주차장에서 다시 택시를 타고 효창공원으로 달렸다.

택시 뒷자리에 나란히 앉은 이항증 선생이 권중희 선생에게 근황을 물었다.

"요즘 어떻게 지내십니까?"

"가방끈이 짧은지라 수족이 고달프지요."

이런저런 얘기를 나누는 새 효창원에 이르렀다. 우리 세 사람은 효창원 맨 위에 모신 백범 묘에 절을 드린 뒤 가까운 설렁탕집으로 갔다. 미리 주인에게 식사 후 얘기 좀 하고 가겠다고 양해를 구했다. 그러자 주인은 점심시간이 지나면 저녁시간까지 손님들이 없기에 조용할 거라고 얼마든지 머물다가 가라고 말했다. 하지만 막상 묘소 참배 후 점심을 먹은 뒤 인터뷰를 하려고 하자 그날따라 손님이 계속 들락거려 소음으로 도저히 대담을 나눌 수 없었다. 나는 하는 수 없이 두 분을 구기동내 집으로 모셨다.

"박 선생, 서울시내 고등학교 국어 선생 맞소? 차도 닿지 않아 이 산동네에 대문도 없이 살고 있으니 도무지 믿어지지 않소?"

내 방이 좁아 하는 수 없이 거실에다가 밥상을 편 뒤 녹음기를 켜놓고 세 사람이 둘러앉았다. 그때부터 저물 때까지 서너 시간 1981년 12월부터 1992년까지 12년 동안 백범 암살범 안두희를 끈질기게 추적한 얘기를 진지하게 들었다. 나는 이 기사를 쓰기 전 오마이뉴스 편집부에 '의를 좇는 사람' 두 번째까지는 10회 정도 나누어 송고하겠다고 말했다. 그러자 정 편집국장이 만류했다.

"선생님, 인터뷰 기사는 아무리 유명 인사라도 2회를 넘기면 독자들이 식상해합니다, 가능한 2회로 축약해서 보내주십시오"

나는 일단 1회 기사를 송고했다. 그런데 1회 기사가 온라인상에 오르자 독자들의 반응이 매우 뜨거웠다. 애초 1, 2회 연재기사를 송고할 때마다 '한 회만 더'라고 편집부에 간곡히 부탁했다. 다행히 조회수가 많았던 탓인지 편집부에서 더 이상 만류치 않고 특별히 상근 김미선 기자를 내 전담 편집기자로 붙여주었다.

애초에는 10회 정도로 연재하려다가 클라이맥스인 '8회 안두희 입에서 쏟아진 이승만 연루설'에서 연재를 마무리했다. 나는 권중희 선생에게 마무리 말을 부탁드렸다. 그러자 미국 국립문서기록관리청에 가서 한 달 정도 머물면서 1945년 8월 15일 해방부터 1950년 6월 25일 한국전쟁 발발 때까지 한국관련 비밀문서를 죄다 열람해보고 싶다고 말했다.

"거기서 비밀문서를 뒤지면 백범 선생의 암살에 관한 단서가 어딘가에서 튀어나올 겁니다. 그게 나의 마지막 소원입니다."

그러면서 미국 왕복 항공료와 한 달 체류비로 2~3천만 원 정도가 필요하다고 말했다. 나는 그 말을 그대로 기사에 담았다. 그 기사가 나가자 독자 댓글이 탱자나무 열매처럼 주렁주렁 달렸다.

몇몇 독자들은 모금을 제의했다. 나는 이 제의를 선뜻 받아들여 모금을 시작했으나 만일 목표액에 이르지 않았을 때 그 처리는 어떻게 해야 하나? 그러다 흐지부지되면 독자에게 오해를 받지 않을까? 등의 문제로 고민하다가 아내와 상의했다.

"이참에 학교 그만두고 당신 퇴직금으로 다녀오세요."

아내는 주저 없이 아주 명쾌한 답을 주었다. 나는 그 말에 용기를 얻었다. 그날 밤 나는 하늘을 바라보며 맹세했다.

"결코 하늘을 속이는 사람이 되지 않겠습니다."

이튿날 퇴근길에 오마이뉴스 편집부에 들러 기자들과 상의했다. 그러자 그들은 나를 신뢰한다고 말했다.

"박 기자님! 한번 해봅시다"

나는 그 길로 권중희 선생에게 당신 이름의 통장을 만들게 한 뒤 가장 먼저 내 이름으로 이번 기사 8회분 원고료 144,000원을 내 돈으로 대체 입금한 후 독자들에게 모금을 호소하는 기사를 올렸다.

마침내 2003년 11월 27일부터 권중희 선생 미국 보내기 모금이 시작되었다. "지하의 백범 선생이 등 두드려준 듯"이라는 모금 기사와 함께 권중희 선생의 계좌번호를 실었다. 그러자 성금이 우수수 쏟아졌다. 그렇게 시작하여 모금 시작 2주 만에 총 952분이 3,745만 원의 성금과 한 독자(김명원 삼우설계 대표)가 권 선생의 왕복 항공권을 보내주었다. 그리하여 권 선생과 나는 2004년 1월 31일 출국했다. 아내는 인천 공항까지 전송하면서 거듭 당부했다.

"가족을 위해 단 1달러짜리 선물도 사오지 마세요."

"아, 알았다니까."

미국 국립문서기록관리청(NARA)에 가다

그날(2004. 1. 31) 오후 4시 30분 인천공항을 이륙한 아시아나 OZ 202편은 10여 시간 비행 후 그날 오전 10시(현지시간)에 L.A 국제공항에 내려주었다. 1972년 오산중학교 재직 때 1-12 담임 반이었던 L.A 한국일보 진천규 기자와 민족통신의 노길남 대표와 이용식 기자가 영접해주었다. 진 기자는 나를 취재하고, 나는 그를 취재하는 사제 간 서로 취재 대상이 될 줄이야.

그날 오후 4시 15분(현지시간)에 L.A 공항을 이륙한 워싱턴행 UA 200편이 댈러스 공항에 착륙하자 자정 직전으로 한밤중이었다. 공항 출구로 나가자 동포 아홉 분이 꽃다발을 안겨주며 반겨 맞았다.

방미 이틀 후인 2004년 2월 2일, 마침내 권 선생과 나는 재미동포 주태상 씨의 안내로 미국 메릴랜드 주 칼리지파크의 미 국립문서기록관리청에 갔다. 권중희 씨는 그 건물을 하염없이 바라보면서 감개무량해했다. 그분은 수륙만리 그곳을 찾아가고자 얼마나 노심초사했던가?

우리는 까다로운 출입 수속을 마친 후 마침내 NARA 본관에 입장했다. 최신 6층 건물이었다. 층층마다 빼곡히 찬 기록물들을 보면서 미국의 저력과, 국민을 위해 봉사하는, 국민의 알 권리를 존중하는 정부의 대국민 서비스 정신에 감탄했다.

NARA의 출입과 경비는 매우 철저했지만 일단 조사실에 입장하자 건물 내에서 활동은 생각보다는 자유로웠다. 5층은 사진자료실이었다. 영문에 능통하지 않은 사람이라도 사진은 찾아볼 수 있을 것 같아 거기로 들어갔다. 나는 숱한 자료 가운데 'Korean War' 파일을 찾았다. 9개의 파일에는 수천 장의 사진이 소장된바, 복사물의 번호를 적어 신청하자 직원이 원본 사진을 꺼내주면서 반드시 장갑을 끼고 만지라고 했다. 그 사진들을 한장 한장 넘기자 갑자기 타임머신을 타고 1950년 그 시절로 돌아간 기분이었다.

NARA 소장 사진들 가운데는 B-29기의 융단폭격 장면, 치열한 시가지 전투, 전쟁고아들의 모습, 인민군 포로, 전차와 대포들이 불을 뿜는 장면, 군부대를 찾은 위문대들의 모습…. 그리고 해방 직후 미군이 진주하는 날 조선총독부 광장에 일장기가 내려가고 성조기가 게양되는 장면 등, 그 모두 복사(인화)해 가고 싶었지만 복사비가 비싸고(한 장당 90센트) 그럴 시간도 없어 우선 조선총독부 광장에 일장기가 내려가고 성조기가 세양되는 장면 등 네 장만 인화했다.

2004년 2월 4일, 마침내 김구 암살 배후 NARA 현지조사팀이 조직됐다.

지도 : 이도영(재미 사학자)
팀장 : 이선옥(재미 유학생)
팀원 : 박유종(재미동포)·권헌열(재미 유학생)·정희수(재미동포)·주태상(재미동포)
지원 : 이재수·김만식·서혁교(재미동포)

우리 조사반은 A, B, C 팀으로 나눠 작업한 바, 나는 C 팀으로 동포 박유종 선생과 해방 이후부터 한국전쟁이 끝날 때까지 사진자료를 수집했다.

박유종 선생은 임시정부 박은식 대통령의 막냇손자로 나와 비슷한 연배로 호흡이 잘 맞았다. 이도영 박사는 1999년부터 NARA를 무시로 드나들면서 문서를 열람한 분이라 아키비스트(Archvist, 문서관리사)들과 안면이 두터웠다. 그런데 이도영 박사는 1990년대 노근리사건 이후 미 정부가 문서 공개를 극도로 제한한다고 하면서, 우리가 딱 부러지게 얻고자 하는 문서는 그야말로 '하늘의 별따기'처럼 무척 어려울 것이라고 말했다.

며칠 후 아키비스트 보이런을 통해 9·11 테러 사건 이후 NARA에서는 미국 국익을 해치는 문서는 97~98%가 '파괴(destroyed)'되었다는 사실을 들었다. 그 말에 우리 김구 팀은 아연실색했다. 그 무렵 부산일보 김 아무개 기자도 NARA에서 한국전쟁 당시 민간인 학살문서를 찾고 있었는데 그도 NARA에는 "알맹이는 없고 북데기뿐이다"고 개탄했다.

그 말에 권중희 선생은 우리 김구 팀이 백악관 앞에 가서 수거해 간 문서를 공개하라는 시위를 하자고 제안했다. 우리 김구 팀은 그날 일찍 퇴근하면서 곧장 워싱턴 백악관 앞으로 갔다. 그런데 일대 경계는 매우 삼엄했다. 무장한 경찰은 기관총을 들고 사주경계를 하는가 하면 백악관 상공에는 무장 헬기가 계속 빙빙 돌고 있었다. 한 자원봉사자가 내 옆구리를 찌르면서 말했다.

"미국은 한국과 다릅니다. 여기선 신고하지 않고 시위하면 애들은 그대로 발포합니다. 체포 후 두 분 선생님은 추방당하면 그만이지만 저희들은 어떡합니까?"

우리는 숙소로 돌아와 긴급회의를 가졌다. 이도영 박사가 먼저 입을 열었다.

"현재 우리로서는 퍼즐 게임처럼 여러 문서에서 그 진상을 추정하여 진실을 짐작하는 방법밖에는 도리가 없습니다. 백범 배후를 알 수 있는 딱 부러진 문서를 찾기란 현재로서는 거의 불가능합니다. 많은 세월이 흐른 뒤 미국 당국이 스스로 진실을 발표하거나 한국 정부가 외교적으로 정식 요청으로 비밀문서 열람을 하지 않고서는…."

2004년 2월 25일 나와 권 선생은 이도영 박사의 안내로 버지니아 남단 노퍽(Norfolk) 시의 맥아더기념관에 갔다. 맥아더기념관 자료실은 단층으로 조촐하게 꾸며져 있었다. 맥아더가 생전에 소장하였던 도서와 재임시 받은 선물들이 진열돼 있었고, 자료실에는 수많은 파일들이 잘 갈무리되어 있었다.

도착 즉시 맥아더기념관 자료실에 비치된 비디오를 틀었다. 1950년 5월, 한국전쟁 직전에 서울 근교에서 벌어진 좌익사범 처형 장면이 방영됐다. 군인 20여 명의 좌익사범을 나무 기둥에 묶은 후 가리개로 눈을 가리고, 가슴에 사격 표지판을 붙인 다음, 20여 미터 거리에서 60여 명의 사수들이 일제히 사격했다. 그런 뒤 감독관들이 권총을 들고 나무 기둥으로 다가가 일일이 확인 사살하는 장면은 차마 볼 수 없어서 눈을 감았다.

우리 김구 조사팀이 2004년 2월 2일부터 3월 10일까지 30여 일간 검색한 자료는 19,600여 건에 달했다. 하지만 백범 암살 진상을 밝힐 수 있는 딱 부러진 문서는 찾지 못했다. 3월 10일 종합평가를 거친 후 나름의 보고서를 만들었다. 귀국 경유지였던 LA에서 동포들의 환대를 받으며 사흘을 머문 후, 3월 16일 LA를 출발하여 3월 17일 인천공항에 도착했다.

나는 미국으로 출국 전에 2004년 2월 29일자로 정년 5년을 남기고 명예퇴직을 신청했다. 교직에서 물러나 제2의 인생을 살라는 아내의 조언이 그런 결단을 내리게 했다. 그리하여 귀국 사흘만인 2004년 3월 20일 나는 이대 강당에서 뒤늦은 퇴임식을 마치고 서울 살림을 모두 정리한 뒤 3월 31일 곧장 강원도 산골로 내려왔다.

우리 부부가 새 보금자리를 튼 강원도 횡성군 안흥면 산골마을은 진혀 연고가 없는 곳이었다. 그 몇 해 전부터 아내가 우리 처지에 맞는 어느 화가의 집을 10년 동안 거저 빌렸다. 폐가 직전의 그 집을 아내는 두 식구가 사는 데 불편함이 없을 정도로 꾸며놓았다. 전원주택과는 거리가 먼 허름한 농가였다. 주소는 강원도 횡성군 안흥면 '안흥4리'였는데, 그 고장 사람들은 '말무더미'마을이라고 했다. 강원도 오지 산골로 앞도, 뒤도, 옆도 산으로 둘러싸인 마을이었다.

이웃에는 사촌 사이인 노씨 두 집이 살고 있는데, 농사를 지으며 평생을 살아온 사람들이었다. 내 집에는 200평 남짓한 텃밭이 딸려 있었다. 이웃사촌들에게 농사일을 묻고 배운 뒤 옥수수, 고추, 감자, 상추, 쑥갓, 들깨, 파 등 채소들을 조금씩 심어 밥반찬을 했다.

낮 시간은 텃밭 농사일로 후딱 지나갔다. 하지만 밤 시간은 「청산별곡」의 일구처럼 "올 사람도 갈 사람도 없는 밤은 또 어찌하리오"였다. 집안에 텔레비전조차 들여놓지 않았다. 그러나 인터넷 선은 가설했다. 나는 오마이뉴스에 「안흥산골에서 띄우는 편지」라는 연재기사를 만든 뒤 밤에는 자판을 두들겨 기사를 송고했다. 그래도 시간이 남아 1999년 중국대륙에 흩어진 항일유적을 답사한 것을 다시 가다듬으면서 박도의 「항일유적지답사기」라는 제목으로 연재했다. 두 연재물을 번갈아 오마이뉴스에 송고하니까 밤 시간은 금세 지나갔다.

「항일유적지답사기」가 10여 회 나갈 무렵 안동문화방송국의 권오선 PD가 안흥 내 집으로 찾아왔다. 안동 출신 독립운동가들이 한일병합 후 만주로 망명했는데 그 자취를 8·15 특집 프로그램으로 만들고 싶다면서 내게 도움을 청했다. 그래서 이항증 선생과 상의해 보겠다고 한 뒤 돌려보냈다. 그 며칠 후 오마이뉴스에 고산자의 신흥무관학교 편이 나가자 우당기념관 윤흥묵 이사가 전화했다. 서울 올 때 꼭 한 번 우당기념관으로 들러달라고 초청했다.

그 얼마 후 이항증 선생과 안동문화방송국 건을 상의하자 흔쾌히 수락하여 마침 안동문화방송국 권오선 PD도 상경했기에 함께 우당기념관을 방문했다. 윤흥묵 이사와 이종찬 전 국정원장이 정중히 맞아주었다. 그날 이종찬 원장은 대단히 진지하게 우당기념관에 비치된 여러 독립운동가 사진을 한분 한분 소개했다. 나는 그 자리에서 당돌하게 이 원장에게 말했다.

"이 사진들을 가보로만 갈무리하지 마시고 국보로 만드시지요?"

"네에? 어떻게요?"

"책으로 출판을 하면 됩니다."

"몰랐습니다. 한번 주선해보십시오."

그날 우당기념관에서 중국 현지 이국성이라는 동포 사학자를 소개받아 2004년 5월 25일부터 6월 4일까지 열하루 동안 동북 삼성을 답사하고 왔다. 그때는 1차 때 미처 답사하지 못한 단둥, 통화, 합니하의 신흥무관학교, 백산에서 무송을 거쳐 백두산에 오른 다음 청산리, 연길,

용정을 답사했다. 1차 답사 때 들르지 못한 합니하 신흥무관학교와 백서농장, 그리고 청산리대첩 후 우리 독립군들이 경신참변으로 백두산까지 행군했던 바로 그 길을 따라 백두산에 오른 것은 대단히 보람된 답사였다. 안동문화방송국에서는 '혁신 유림'이라 하여 8·15 특집 프로그램으로 방영했다.

나의 「항일유적답사기」가 오마이뉴스 지면을 한창 달굴 때인 2004년 6월 25일 눈빛출판사에서 내가 미국 국립문서기록관리청(NARA)에서 입수한 한국전쟁 사진을 중심으로 『지울 수 없는 이미지』라는 한국전쟁 사진집이 발간됐다. 거기에 수록된 사진들은 모두 미국 NARA에서 입수한 것들이다. 나는 고려 때 원나라로 사신을 간 문익점 선생이 붓두껍에 목화씨를 숨겨온 고사처럼 이들 사진을 애써 복사해 왔다. 전쟁을 체험하지 못한 세대들에게 보여주고자 함이었다.

이 사진집이 나온 후 세 번 놀랐다. 그 첫 번째는 사진집의 사진이 원판보다 더 선명했다. NARA 사진은 인화한 지 50년이 넘었기에 사진이 오그라들고, 여러 사람이 만졌기에 먼지가 많이 묻었다. 게다가 나는 스캐너 다루는 일이 서툴러 제대로 복사치 못한 사진도 많았다. 그런데 눈빛출판사에서 어떻게 손질했는지 금세 찍은 사진처럼 화면이 깨끔했다. 그 두 번째는 편집이 잘됐고, '지울 수 없는 이미지'라는 사진집 제목이 무척 마음에 들었다. 그런 탓인지 곧 여러 신문에서 거의 빠짐없이 대서특필해주었다. 어떤 신문에서는 1면에도 실어주었다. 그 세 번째는 사진집이 나오는 날 소정의 인세를 전액 현찰로 내 손에 쥐여주는 데 놀랐다. 솔직히 나는 그 이전까지 책을 10여 권 냈지만, 늘 인세 때문에 속이 많이 상했다.

한국전쟁 사진집 『지울 수 없는 이미지』는 고가임에도 1쇄가 완판돼 곧 2쇄를 찍었다. 그런저런 일로 눈빛 이규상 대표를 만나 우당기념관에 전시된 독립운동가 사진 애기를 하자 솔깃해했다. 그래서 이종찬 원장과 셋이 만나 『사진으로 엮은 한국독립운동사』를 펴내기로 했다. 사진은 우당기념관 제공했고, 사진설명 및 중간에 들어간 간추린 역사는 내가 집필했다. 그래서 나는 역사학도로 한국독립운동사 관련 공부를 골똘히 했다. 다행히 이종찬 원장은 독립운동사에 조예가 깊었다. 그래서 초교와 재교를 볼 때는 노트북을 들고 우당기념관으로 가서 밤늦도록 머리를 맞대고 원고를 가다듬었다. 이종찬 원장과 같이 일해 보니까 치밀하고 훌륭한 분이었다. 독립운동의 대부 우당 이회영 손자로 독립운동사에 박식했고, 컴퓨터 다루는 솜씨도 나보다 훨씬 앞섰다.

2005년 늦가을 첫서리가 내렸다. 그러자 텃밭의 호박잎은 그야말로 "서리 맞은 호박잎"으로 하루 만에 자지러져버리고, 다른 작물도 나날이 초록을 잃어갔다. 그러자 산골 농사꾼들은 타작과 겨우살이 준비로 눈코 뜰 새 없이 바쁘게 움직였다. 우리 내외도 덩달아 겨울나기 준비에 바빴다. 나는 아래채에 '박도글방' 현판을 붙인 뒤 서재로 쓰고 있었는데 온돌이었다. 그래서 아침저녁으로 군불을 땠다. 한나절 뒷산에 올라 땔감을 마련하면 이틀 정도는 땔 수 있었다.

어느 하루 눈빛출판사 이 대표가 오마이뉴스에 연재한 『항일유적답사기』를 출판하고 싶다는 제의를 했다. 그래서 그 원본인 『민족 반역이 죄가 되지 않는 나라』를 출판한 우리문학사와 계약 해지를 한 다음, 새로이 원고를 가다듬었다. 마침 용정 명동촌 윤동주 생가 방문 애기를 가다듬던 중, 지난번 책에서 그 대목을 본 시인 김규동 선생이 명동교회를 세운 김약연 목사에 대한 일화를 편지로 보내준 적이 있었다. 그 편지글도 첨가했다.

이 대표는 2004년 6월에 발간한 『지울 수 없는 이미지』란 한국전쟁 사진집이 단시일 내 매진되자 이듬해 가을쯤 함께 미국 내셔널아카이브에 가서 한국전쟁 관련 사진을 더 선별해 스캔해 오자는 제의를 했다. 하지만 출판사 사정으로 나 혼자 2005년 11월 29일부터 12월 10일까지 방미했다. 거기서 1차 방미 때 도움을 받았던 박유종 선생님과 함께 그해 12월 10일까지 한국전쟁 사진 770여 점을 검색한 뒤 스캔해 왔다. 그동안 박유종 선생님이 미리 자료를 검색해둔 데다가 새로이 눈빛출판사에서 장만해준 스캐너, 그리고 내 스캔 솜씨도 그새 늘어난 탓으로 1차 때보다 해상도가 훨씬 높은 사진들을 입수해 왔다.

그리하여 그 이듬해인 2006년 6월 25일 『지울 수 없는 이미지·2』와 『나를 울린 한국전쟁 100장면』을 출간했다. 『나를 울린 한국전쟁 100장면』은 NARA의 한국전쟁 사진 100컷에다가 문단의 원로 김원일·문순태·이호철·전상국 선생 등 네 분의 한국전쟁 체험담을 수록한 책이었다. 그 책은 비단(사진)에 꽃 수(문인들의 원고)를 놓은 격으로 발간 이후 지금까지 스테디셀러다.

2006년 11월, 눈빛출판사에서 『민족 반역이 죄가 되지 않는 나라』를 개제한 『항일유적답사기』가 출간되었다. 책은 저자가 잘 쓰고, 출판사가 잘 만들어야 독자의 사랑을 받는다는 것을 체득케 했다. 그 책은 2007년도 제1분기 문화예술위원회 우수도서로 선정되는 기쁨도 누렸다. 그러자 이 대표는 부인 안미숙 편집장과 함께 산골 안흥 내 집까지 내려와 인세를 전하고 갔다. 내가 계좌이체하라고 해도 굳이 불경스럽다고 하면서 직접 전해주고 갔다.

중국대륙 여기저기 흩어진 항일운동 유적지 기사가 오마이뉴스를 통해 여러 독자들에게 알려지고, 『항일유적답사기』가 책으로 출판되자, 특히 독립운동가 유족들은 여기저기서 불렀다. 그래서 나는 백범기념관도 탐방하게 되었고, 호남의 여러 항일의병 전적지도 답사하게 되었다.

그런 가운데 구한말 호남지방에서 창의의 깃발이 나부낀 것을 알았다. 그리하여 2007년 10월부터 이듬해 5월까지 8개월 동안 7차에 걸쳐 호남 의병답사에 나섰다. 호남의 항일의병 유적지와 그 후손들은 만나면서 일백 년 전 호남벌에 휘날린 창의의 깃발에 매우 감동하였다. 이 길에는 의병선양회 조세현 부회장, 고광순 의병장 후손 고영준 선생, 오성술 의병장 후손 오용진 선생 등이 길 안내를 했다.

그리하여 전남 창평 녹천 고광순 의병장의 전적지 지리산 연곡사부터 시작하여 장님 의병장 백낙구, 기산도, 머슴 출신 안규홍, 나주의 김태원·김율 부자 의병장, 오성술, 양진녀·양상기 의병장, 심남일, 김용구·김기봉 부자 의병장, 매천 황현, 기삼연, 조경환, 김원국·김원범 형제 의병장, 화순 쌍산의소의 양회일, 전북 임실의 이석용, 정읍의 임병찬, 남원의 전해산에 이어 면암 최익현 선생의 유적지를 구석구석 누볐다.

그동안 정부나 언론으로부터 외면당한 호남 의병 후손들은 초라한 문사를 쌍수로 반겨주었다. 더욱이 호남의병 전적지를 영남 사람이, 그것도 경북 구미 금오산 출신이라고 하자 호남인들은 더욱 반겼다. 나는 그 흔한 승용차도 없이 가방에 노트북, 스캐너, 카메라 등을 잔뜩 넣은 채 끌고 다녔다. 호남인들은 그런 나를 두 손 들어 환영하면서 그 지방의 산해진미로 대접했다. 호남 의병 답사길을 떠날 때마다 아내가 한마디씩 했다.

"제발 많이 먹지 마세요."

그때 의병운동사에 순천대 홍영기 교수가 자문해주었다. 나의 호남 의병유적지 답사기『누가 이 나라를 지켰을까』는 2007년 10월 24일부터 오마이뉴스에 연재를 시작하여 이듬해 5월 13일 56회로 마무리되었다. 그런 다음 그해 8월 눈빛출판사에서 같은 제목의 단행본을 발간했다. 그 책이 나가자 김양 보훈처장이 편지와 함께 도서 200권을 주문했다. 저자로서는 가장 고마운 일이다.

호남은 의향(義鄕)이요, 예향(藝鄕)이며, 미향(味鄕)이었다. 나는 8개월 동안 전라남북도 곳곳을 일곱 차례나 누비면서 따뜻한 호남인의 인정과 맛깔스러운 음식을 만끽했다.

안중근의 자취를 뒤쫓다

나는 아내와 같이 안흥 산골마을에서 얼치기 농사꾼으로 살았다. 산골생활을 하면서 거의 매일 일기를 쓰듯이 기사를 서서 오마이뉴스로 송고했다. 그 기사들이 『안흥 산골에서 띄우는 편지』(지식산업사), 『길 위에서 길을 묻다』(새로운사람들), 『삼천리 금수강산 사뿐히 즈려 밟고』(새로운사람들), 『그 마을에서 살고 싶다』(바보새출판사), 『로테르담에서 온 엽서』(대교베텔스만출판사), 『카사, 그리고 나』(오래출판사)와 같은 단행본이 되었다.

해마다 여러 산문집을 한두 권씩 펴냈다. 하지만 내 마음속 깊은 곳은 늘 허전했다. 나는 장편소설을 쓰고 싶었다. 그것도 가능하면 내 고향을 배경으로 한 작품으로. 그래서 실록소설 『허형식 장군』을 쓰고자 기필했지만 어떤 때는 100매 정도, 또 어떤 때는 200매 정도 쓴 뒤 필을 놓았고, 또 어느 해는 400~500매에서 중단했다. 그렇게 된 연유를 구차하게 변명하면 나의 게으름에다가 독립운동사에 대한 나의 무지요, 일제강점기 당시 '만주'라는 공간에 대한 나의 공부와 작중 인물에 내공 부족 때문이었다.

그런 가운데 눈빛출판사 이규상 대표가 승용차에다 안중근 의사 도서 및 참고자료를 한 박스 싣고 안흥 집으로 찾아왔다. 그는 2009년 10월 26일은 안 의사 의거 100주년 기념일이요, 다음해 3월 26일은 순국 100주년이니 그때를 맞춰 안중근 평전을 써달라고 부탁했다. 나는 얼떨결에 승낙하고는 여러 자료들을 두루 살폈다. 여러 자료를 보면서 역사학자도 아닌 내가 안중근 의사의 평전을 쓰기에는 부담이 갔다.

68세의 이토 히로부미는 노익장을 과시하면서 드넓은 만주조차도 삼키고 싶은 야욕으로 일본 모즈 항을 떠났다. 그는 중국 다롄 항으로 상륙하여 뤼순을 거쳐 창춘에서 밤 열차를 타고 북만주 하얼빈으로 달렸다. 또 다른 열차에는 안중근 의사가 브라우닝 권총을 가슴에 품고 블라디보스토크에서 하얼빈 행 열차를 타고 달렸다. 이토 히로부미를 기어이 당신 손으로 처단하겠다는 결의를 다지면서. 두 열차는 서로 피할 수 없는 단선이었다. 그들은 끝내 하얼빈에서 충돌하여 두 사람 모두 당신 나라를 위해 장렬히 산화한 마지막 여행이었다.

이런 근대 동양의 큰 거목의 굴곡진 삶을 강원 오지 산골에서 자료만 뒤척이며 두 사람의 생애를 그린다는 것이 어쩐지 불경스러웠다. 내가 안중근 평전을 쓰면 이미 출판된 책들의 또 하나 아류작이 될 것 같았다. 그래서 평전 대신에 그 역사 현장답사기로 방향을 바꿨다. 그런데 안중근 의사의 발자취를 더듬는 일이 만만치 않았다. 우선 현실적으로 갈 수 없는 안중근의 고향인 북한지역은 제외하더라도 연해주 일대와 다롄, 뤼순도 그제까지 내가 가보지 못한 곳이다. 특히 연해주는 러시아 땅으로 언어도 전혀 통하지 않는 나라요, 아는 이도 전혀 없었다.

마침 안동문화방송국에 공동제작 의사를 타진하자 즉각 좋은 기획이라는 반응이었다. 그래서 제작진과 만나 세부 계획을 세웠다. 내 계획을 알고 있던 의병선양회 조세현 부회장이 안중근의사기념관 김호일 관장을 소개시켜주었다. 나는 그분을 찾아뵙고 안 의사 유적답사 여정을 말씀드렸다. 그러자 당신은 안 의사의 마지막 발자취를 곧이곧대로 따라 답사하면서 쓴 책은 국내외에 여태 없는 걸로 알고 있다고 하면서 매우 좋은 기획이라고 말했다. 그 참에 길안내를 간청하자 어렵게 동행을 허락해주었다. 마침 안동문화방송국 측에서는 나에게 방송 대본까지 부탁했다. 나는 원고료로 답사 경비를 충당할 수 있다고 한껏 기대가 부풀어 출국을 기다리던 차, 방송국 측 사정으로 무산돼 망연자실했다.

그런 나에게 김호일 관장은 마침 '2009 청년 안중근 유적답사 대학생 해외탐방단'에 합류 동행을 권유했다. 그래서 차선책으로 그 탐방단에 참여키로 했다. 2009년 7월 12일 출국을 기다리는데 일주일 전 갑자기 내 심장에 바늘을 찌르는 듯 심한 통증이 왔다.

횡성의 한 병원에 갔더니 큰 대학병원으로 가보라고 했다. 아무래도 대학생 해외탐방단 동참은 일행에게 피해를 끼칠 것 같아 최종확인 단계에서 불참을 통보했다. 그런 뒤 서울에 있는 한 대학병원에 가서 여러 검사를 하고 통원 치료를 하였더니 다행히 심장의 통증은 씻은 듯이 멎었다. 하지만 대학생 해외탐방단은 이미 출국한 뒤라 다른 작품 집필에 매달렸다.

9월 하순 그 작품이 탈고되자 안중근 의사의 마지막 발자취를 뒤쫓고 싶은 충동이 불같이 일어났다. 10월 중순쯤 출국하여 2009년 10월 26일 안 의사 의거 100주년 기념일 그 시각을 하얼빈 역 플랫폼에서 맞고 싶었다.

김호일 관장을 만나 연해주 일대의 아는 분을 소개받고, 또 연해주 방면 전문여행사를 소개받았다. 또 여행사 대표를 통해 블라디보스토크 주재 양정진 영사도 소개받았다. 국제전화와 메일로 양 영사를 통해 현지 안내인을 추천받아 그분들과 일정을 조정하고 중국·러시아 비자를 받는 데 열흘 이상 걸려 도저히 그 날짜에 맞출 수 없었다. 그래서 그 대안으로 출발일을 10월 26일로 정하고 속초에서 러시아 자루비노행 동춘호에 승선했다.

안중근 의사 답사 준비과정을 지켜본 아내는 블라디보스토크까지는 비행기로 가지 그 불편한 배로 간다고 만류했다. 하지만 나는 아내의 말을 듣지 않고 속초에서 출발하는 배를 탔다. 가능한 안중근 의사가 고국을 떠났던 길을 그대로 답사하고자 함이었다. 그 길이 그분을 진정으로 흠모하는, 한 대한의 작가 정성일 것이라는 생각 때문이었다.

20세기 초 청년 안중근은 고국에서 러시아 연해주로 갈 때 원산에서 배를 타고 출국했다. 하지만 북한 원산은 현실적으로 갈 수 없는 곳이라 대신 2009년 10월 26일 바로 안중근 의사 의거 100주년 기념일 날 속초에서 배를 타고 연해주로 떠났다.

이튿날 오후 1시 러시아령 자루비노 항에 이르자 사전에 약속한 동포 안내인 조경제 씨가 부두에서 기다리고 있었다. 그의 소개로 크라스키노 남양 알로에 현지 대표인 허영문 씨의 안내를 받아 먼저 연추하리 어귀에 세워진 단지동맹비를 현지 답사했다. 하지만 연추하리 마을은 소련군 부대장의 허락을 받지 못해 핫산 정상에서 망원렌즈를 통해 마을을 바라보며 셔터만 눌렀다.

1909년 10월 18일, 안중근은 갑자기 마음이 울적해지며 초조함을 이길 수 없어 연추마을을 떠나 블라디보스토크로 갔다. 2009년 10월 27일, 우리는 그때 블라디보스토크로 가는 선착장 보로실로프(현, 슬라비얀카) 항을 둘러본 뒤 그날 밤늦게 블라디보스토크에 이르렀다. 나는 그곳에서 사흘 동안 머물면서 안중근 유적지를 샅샅이 둘러본 뒤 마침내 2009년 10월 29일 오후 블라디보스토크 역에서 하얼빈 행 열차에 올랐다. 그때까지는 안내인 동포 조경제 씨의 도움으로 큰 불편함이 없이 답사했다, 하지만 거기서부터는 말이 통하지 않는 벙어리로 지내야 했다.

블라디보스토크 역에서 하얼빈 행 열차는 기관차와 객차는 최신식이었지만 노선 자체는 다른 교통수단(고속버스나 항공편)의 발달로 100년 전보다 훨씬 퇴보하여 주 1회만 운행했다. 그것도 하얼빈까지 직행이 아니라 우수리스크, 포브라니치아, 쑤이펀 역에서 세 번이나 앞 기관차가 바뀌었다. 그런 노선 정보를 전혀 몰랐던 나는 꼬박 이틀간 열차 여행을 해야만 했다.

우수리스크 역에서는 내가 탄 객차만 철로 위에서 하룻밤을 묵었다. 이튿날 새벽 소변이 마려워 화장실을 찾아갔으나 역구내인데도 사용료를 받았다. 꼭 루블화만 받는다는데 그 돈이 없어서 승무원에게 환전하여 다시 화장실로 뛰어가기도 했다.

나는 다큐멘터리 등을 통해 시베리아 열차는 멋진 식당차가 객차 중간에 있는 줄 알았다. 하지만 그때 내가 탄 열차에는 그런 식당칸이 없었다. 그래서 이틀간 굶다시피 생수에 김우종 선생에게 선물로 미리 준비한 비스킷을 대용식으로 요긴하게 먹었다. 게다가 러시아 국경을 벗어날 때와 중국 국경 역에 도착할 때는 소지품 검사뿐 아니라 까다로운 통관절차 및 출입국 심사를 받았다. 그때마다 나는 말이 통하지 않아 벙어리로 지냈다. 그게 오히려 편했다.

러시아 포브라니치니야 역에서 국경 세관원이 뭐라고 묻는데 나는 입을 꽉 다물고 여권만 보여줬다. 그러자 세관원은 한참 질문을 하다가 씩 웃고는 통관 스탬프를 찍어줬다. 침묵이 때로는 이롭다. 뭐라고 잘못 지껄이다가 밀수꾼이나 간첩으로 오인을 받을 수도 있다.

나는 이전에 중국 단둥에서 사진을 찍다가 공안에게 걸려 된통 혼이 난 바 있었다. 그래서 국경 일대에서는 사진을 마음대로 찍을 수 없었다. 그 점이 가장 고통스러웠다. 그 국경 포브라니치니야 역은 안 의사가 한의사 유경집의 아들 유동하를 대동케 한 역이다. 그래도 용기를 내 007 제임스 본드처럼 슬쩍 카메라에 담았다.

마침내 블라디보스토크에서 열차를 탄 지 꼬박 40시간 45분 만에 목적지 하얼빈에 도착했다. 내 생애에 가장 긴 열차 여행이었다. 무거운 가방을 어깨에 메고 하나는 끌고 출구로 가는데 역구내 계단에서 낯익은 노인이 나를 향해 손을 번쩍 치켜들었다. 하얼빈 거주 동포 김우종 선생이었다. 그분은 하얼빈 거주 조선족 사학자로 헤이룽장성 공산당사연구소장이었다. 검은 오버코트와 털모자에 장갑을 낀 모습은 얼핏 마오(毛) 주석 같았다. 두 손을 들어 반겨맞았다.

"해삼위(블라디보스토크)에서 수분하(쑤이펀허)를 거쳐 열차로 하얼빈에 오는 박 선생의 열정에 정말 감입했소."

"이른 아침 플랫폼에까지 마중을 나와주셔서 고맙습니다."

"내 평생 하얼빈 안 의사 답사자를 숱하게 만났지만 박 선생처럼 해삼위에서부터 곧이곧대로 열차를 타고온 이는 처음 보오. 그 열정에 내가 여기까지 마중을 나오지 않을 수 없었소."

우리는 곧장 거기서 멀지 않은 역구내 안중근 의거터로 갔다. 내가 처음 하얼빈을 답사했을 때인 1999년에는 하얼빈 역 플랫폼 의거 장소에는 아무런 표지가 없었다. 하지만 그때는 안중근이 이토 히로부미를 향해 총을 쏜 자리는 세모표로, 이토가 총을 맞고 쓰러진 자리는 다이아몬드꼴 표시해두고 있었다. 첫 답사 이후 나의 저서와 오마이뉴스 기사에 그 점을 지적한 바 있었다. 그 때문인지, 아무튼 하얼빈 역 플랫폼 의거터에 새로이 표시된 것은 대단히 반가운 일이었다.

그날 하얼빈 역 플랫폼 답사를 마친 뒤 김우종 선생의 안내로 한 숙소에서 짐을 풀었다. 곧장 샤워를 한 뒤 아침밥을 먹고 본격 답사에 나섰다. 안 의사가 의거한 뒤 러시아 헌병대에서 이송된 하얼빈 일본총영사관 지하실, 안 의사가 하얼빈에서 머물렀던 동포 김성백의 집을 답사했다.

이튿날(2009. 11. 1)은 답사 7일째로 지야이지스고 역 답사를 했다. 2000년 제2차 항일유적답사 때 이곳을 거쳐 갈 때만도 그 역사(驛舍)는 옛 모습을 지니고 있었다. 하지만 그새 새 역사가 지어져 황토색 페인트를 흠뻑 뒤집어쓰고 있었다. 나는 역원의 허락을 받은 뒤 역사 안팎을 카메라에 부지런히 담았다. 그런데 우덕순과 조도선이 오들오들 떨면서 묵은 역 구내매점과 식당은 끝내 보이지 않았다. 아마도 새 역사를 지을 때 모두 없앤 모양이었다.

중국도 한국처럼 농촌인구가 급격히 줄어든 모양으로 지야이지스고 역 부근에는 사람은 거의 볼 수 없었고 북풍만 찼다. 그 길로 창춘을 간 뒤 거기서 일박을 하려다가 김우종 선생님의 소개장을 창춘 역원에게 보여주자 마침 그날 밤 다롄으로 가는 특급 침대열차가 있다고 말했다. 중국 진역에서 공신당원의 위력은 대단했다. 그 소개장으로 귀한 열차표를 웃돈 없이 살 수 있었기에 그날 밤 열차에 몸을 실었다.

2009년 11월 2일 새벽에 도착한 곳은 다롄이었다. 그날 다롄대학교 유병호 교수가 소개해준 다롄 안중근연구회 박용근 회장의 안내로 그 일대의 일제강점기 유적지를 둘러보았다.

먼저 일본조선은행 다롄 지점을 갔는데 서울 소공동의 한국은행 본점을 보는 듯했다. 그곳에 이어 옛 일본관동군사령부로 가자 지난날 욱일승천기 대신에 중국기가 펄럭였다. 지금은 다롄인민정부 청사로 쓰고 있었다. 다롄 시내 거리에는 그때까지 일제강점기 때 쓰던 전차가 그대로 굴러가고 있었다. 아무튼 다롄은 일제강점기의 그늘이 그때까지 짙게 드리워져 있었다.

2009년 11월 3일은 답사의 마지막 여정으로 뤼순 일대 항일유적지를 둘러보았다. 첫 답사지는 옛 일본 관동지방법원이었다. 그 건물은 현재 뤼순구 인민병원으로 쓰이고 있다. 옛 뤼순지방법원 법정으로 들어가자 1910년 그때의 모습을 그대로 보여주고 있었다. 법정 벽에는 안중근 의사의 사진과 이토 히로부미 죄상 15개 항이 한글과 한자로 액자에 담아 걸어두고 있었다. 법정 옆 전시실에는 안 의사가 감옥에서 재판정으로 오갈 때 탄 마차 수레와 '筒帽(통모, 용수)'가 전시되었고, 이어 법원장실, 검찰관장실 등이 있었다.

뤼순감옥은 뤼순법원과 매우 가까운 거리에 있었다. 안중근이 1909년 11월 3일부터 1910년 3월 26일까지 145일간 수감됐던 곳이다. 안중근 의사의 숱한 유묵에 '庚戌二月(또는 三月) 旅順獄中 大韓國人 安重根'이라는 글로 우리에게 매우 익은 장소이기도 하다. 감옥 내부를 관람하는 가운데 마침내 '조선애국지사 안중근을 구금했던 방'이라는 안내판 옆에는 안중근 의사의 감방이 있었다. 쇠창살 틈으로 들여다본 안 의사의 감방은 1인용 특별실이었다. 감방 내 왼편에는 딱딱한 나무 침대 위에 담요가 깔려 있었고, 오른편 책상에는 의자와 함께 안 의사가 쓰던 필기도구가 가지런히 놓여 있었다. 감방 내부는 마치 안 의사가 글씨를 쓰다가 잠시 나들이 간 듯 꾸며놓았다. 감방 주인이 곧 돌아올 듯이 보였다.

나는 뤼순감옥을 나온 뒤 박 회장에게 뤼순감옥 묘지 안내를 부탁드렸다. 감옥 묘지로 찾아가는 길 옆에는 그 무렵 온통 고층 아파트들이 한창 들어서고 있었다.

"10년이면 강산이 변한다"고 하는데 그새 일백 년이 지났으니, 이곳인들 어찌 변치 않겠는가. 게다가 일제가 안중근 의사의 무덤을 제대로 남겼겠는가. 설사 남겼더라도 일백 년이 지난 지금까지 유해로 남아 있을 가능성은 거의 희박하다. 하지만 뤼순감옥 묘지 흙에는 안중근 의사의 육신과 넋이 그대로 녹아 있을 것이다. 나는 이 흙이나마 한 줌 담아다가 광복 후 백범 선생이 효창원에다 가묘를 한 안중근 의사 묘지에다가 덮어주고 싶었다.

박 회장은 뚜벅뚜벅 앞장서서 가다가 한 돌비석 앞에 섰다. 흰 비석에 '뤼순감옥구지묘지(旅順監獄舊址墓地)'라고 새겨 있었다. 나는 그 자리에서 꿇어 절을 두 번 드린 뒤 그곳 흙을 두어 줌 비닐주머니에 담아 넣고 하산했다. 지금도 그 언저리는 한창 개발 중으로 머지않아 이나마 남아 있는 뤼순감옥 묘지까지도 흔적도 없이 사라질 것 같았다.

마침 시간이 남기에 러일전쟁 최대 격전지인 이령산 203고지 안내를 부탁드렸다. 그러자 박씨는 이령산 중턱 택시정류장에 이른 뒤 기사 핑계를 대면서 거기서 지형 설명으로 끝내려는 눈치였다. 그래서 나는 박씨에게 택시기사에게는 별도 대기료를 더 주겠으며, 당신도 여기서 잠깐 쉬라고 했다. 그런 뒤 나는 그곳 안내판을 보면서 혼자 203고지로 올라갔다. 203고지 정상에 오르자 일본군 전몰자 위령탑과 러시아군 포진지, 일본군 280밀리 유탄포 전시장, 203고지 진열관 등, 볼거리가 엄청 많았다. 한참 그곳 전적지를 촬영을 하는데 박씨가 헐떡이며 뒤따라 올라왔다.

"어르신 산삼을 많이 드셨나 봅니다."

"그런 것을 먹은 적이 없습니다. 난 육군 보병장교 출신이요."

"아, 네에."

지린성 청산리 전적지나 국내 호남의병지 답사 때도 그런 일이 더러 있었다. 독립군 전적지나 의병 창의 지역은 대부분 산골 궁벽한 곳이요, 100~200년 이전의 일이라 정확한 현장을 찾기가 그리 쉽지 않았다. 하지만 나는 한 번도 그 전적지를 대충 지나치지 않았고, 내 눈으로 일일이 확인하고, 그나마 남아 있는 현장을 찾아 카메라에 부지런히 담았다. 이러한 내 체력은 고교시절 신문배달로, 그리고 육군보병학교 시절의 훈련, 현역 보병소대장 시절에 산야를 누볐기 때문일 것이다.

인생이란 지나고 보니까 좋은 것만 걸고 좋은 게 아니었다. 악전고투한 내 지난 인생이었기에 이제까지 건강하게 살아온 듯하다. 그야말로 크고 길게 보면, '화가 복이 되고, 복이 화가 되는' 인생이라고 하겠다. 그래서 세상은 한 차원 더 높은 단계에서 보면 공평한지도 모르겠다.

안중근 의사 마지막 행장 유적지를 아흐레간 답사한 뒤 2009년 11월 6일 서울 효창원에 있는 안 의사 무덤을 찾았다. 백범기념관 홍소연 자료실장이 영접해주었다. 나는 안중근 의사 무덤에 엎드려 고유 인사를 드린 뒤, 뤼순감옥 묘지에서 가지고 온 흙을 봉분 곳곳에 골고루 흩뿌렸다.

2010년 3월 26일 안중근 의사 마지막 행장 답사기『영웅 안중근』이 눈빛출판사에서 발간됐다. 그날 밤 YTN 방송을 통해 신간 소개가 되는 그 순간 화면 아래 자막에는 속보로 천안함 사건을 전했다. 이 사건에 모든 뉴스는 파묻혔고, 출판시장조차도 꽁꽁 얼어붙었다. 아무튼 보통 사람은 때를 잘 만나야 한다. 그 때를 만나는 게 운인지도 모르겠다. 그런 가운데 경기도 안성 미리네 유무상통마을 방구들장 신부님이『영웅 안중근』을 보고 "안 도마께서 부활하셨다"는 말씀과 함께 도서 1천여 권을 사줘서 나는 안 의사에게 영세를 준 빌렘 신부님이 환생한 듯 반가웠다.

2010년 이른 봄, 눈빛출판사 이 대표가 승용차에 근현대사 도서를 잔뜩 싣고 와서 나에게 근현대사 도서를 공동으로 펴내자고 제안했다. 사진을 곁들인 간추린 역사책으로 나는 본문을 집필하고 당신은 수집해놓은 관련 사진을 편집하겠다는 구상이었다. 그는 우리 근현대사 사진 수집 마니아로 상당량의 사진을 갈무리하고 있었다. 사실 나도 근현대사 책을 보면서 불만은 한자말이 너무 많은 등 일반 독자들이 읽기에는 어려운 용어나 난삽한 문장들이 많았다. 이 대표도 그런 면에 공감하면서 일반 독자들이 쉽게 접근할 수 있는 역사 기술을 부탁했다. 그리하여 나는 늦깎이 역사학도로 두문불출하다시피 역사책을 섭렵해 먼저 『일세강점기』편을 탈고하여 2010년 8월 29일에 펴냈다.

이 책이 나오자 한 신문사(조선일보) 출판담당 기자로부터 인터뷰 요청을 받았다. 나는 그 기자에게 이 책은 나와 눈빛출판사의 공동저작이라고 말하자 그럼 두 사람 공동인터뷰를 하자고 하여 그렇게 했다. 2010년 9월 8일 조선일보 27면에 "이 조선인들은 어쩌다 미군의 포로가 됐을까"라는 인터뷰 기사 탓인지 책값도 고가였는데도 금세 1쇄가 매진되어 곧 2쇄를 찍었다. 곧이어 2012년 10월 12일 『개화기와 대한제국』, 2017년 11월 27일에는 『미군정 3년사』를 눈빛출판사에서 발간하여 호평을 받았다.

평생 꼭 쓰고 싶었던 작품

많은 작가들은 어린 시절에 보고 들은 고향 이야기를 평생토록 작품의 제재로 삼고 있다. 독일의 작가 헤르만 헤세는 그의 고향 칼브를『수레바퀴 밑에서』『데미안』등 여러 작품에서 그렸다. 또 영국의 작가 에밀리 브론테는 그의 고향 호워드의 황야에서 살면서 세계문학사에 길이 남을 명작『폭풍의 언덕』을 남겼다. 우리나라의 박경리, 현기영, 김원일, 박완서 등의 작가들도 어린 시절 고향에서 보고 들은 이야기를 작품화했다. 나도 고향 구미를 배경으로 작품을 쓰고 싶었다.

2004년 2월, 미국 국립문서기록관리청에서 한국전쟁 사진을 수집할 때 본 한 사진 이미지가 내내 마음속에 도사리고 있었다. 어느 하루, 나를 도와주던 재미동포 박유종 선생은 예사 사진과는 달리 문서상자에서 인민군 포로 사진 한 장을 뽑아 내 앞에 놓으면서 말했다.

"박 선생님, 이 사진 좀 보세요."

나는 그 사진을 보는 순간 인민군 포로가 무척이나 어린데 놀랐다. 그와 함께 중학교 때 큰고모 집 옆 구미가축병원 김윤기 조수가 불현듯 떠올랐다. 그 아저씨는 인민군 포로 출신으로, 우리 악동들은 이따금 그를 '인민군'이라고 놀렸다.

"좋습니다. 박 선생님, 스캔할 테니 번역해주세요."

그 아저씨는 북한에서 중학교 5학년(현, 고2) 재학 중 인민군에 자원 입대했다. 그는 낙동강 다부동전투 중에 한 여군과 탈출했다가 포로로 잡혔다. 1953년 6월, 반공포로로 석방된 뒤 국군에 입대하여 제대하고는 우리 고향으로 흘러와 큰고모 댁 옆 구미가축병원에서 조수로 있었다. 나는 그때 큰고모 댁에서 지냈다. 그해 겨울밤 그 김윤기 아저씨의 인생역정을 가슴 조이며 흥미진진하게 들은 바 있었다. 나는 그때 그 이야기를 나중에 소설로 꼭 써야겠다고 마음속으로 다짐했다.

그 뒤 고려대학교 재학시절 조지훈(본명 조동탁) 선생은 강의시간에 이따금 자작시를 낭독했다. 그 가운데 한국전쟁 당시 포화 속에서 종군시인으로 쓴 '절망의 일기' '다부원에서' '너는 지금 38선을 넘고 있다' 등의 시 낭독은 대단히 감명 깊었다. 그분의 굵직한 목소리와 처절했던 전투 현장의 생동감이 아직도 머릿속에 남아 있다. 또 소설가 정한숙 선생은 '창작연습' 강의시간에 제자들을 담금질했다.

"한국인은 6·25전쟁으로 엄청난 수난을 겪었다. 하지만 작가에게는 큰 축복이다. 분단에다 골육상쟁, 이보다 더 좋은 작품 제재가 어디 있느냐? 너희들 가운데 6·25전쟁을 배경으로 대작을 쓰라."

1997년 9월, 나는 정한숙 선생의 관을 운구하면서 관 속의 고인에게 약속했다.

"선생님, 제기 6·25전쟁을 배경으로 소설을 쓰겠습니다."

나는 2005년 평양에서 열린 남북작가대회에 참가하였다. 그때 북녘 동포들의 손을 잡고 이야기를 나눠보니까 남과 북 백성들 사이에는 분단의 벽이 없다는 것을 확인할 수 있었다. 다만 한반도를 에워싼 강대국들과 남과 북의 지도층, 일부 기득권자만이 자기들 지위나 쌓아둔 부(富)를 잃지 않으려고 분단의 벽을 더욱 공고히 하고 있다는 사실도 알았다.

그리하여 2010년 겨울부터 고향과 6·25전쟁을 배경으로 한 장편소설『약속』을 집필했다. 나는 이 작품을 쓰고자 국내외에서 수년간 자료를 모았다.

내가 자료수집차 고향에 갔을 때다. 구미중학교 허호 선배는 낙동강 옆 임은동 왕산 허위 선생 생가가 다부동전투 당시 야전병원이었다고 증언해주었다. 또 구미 형곡동에 사는 초등학교 친구(강구휘)는 자기 마을 일대가 다부동전투 당시 미 공군 B-29의 융단폭격으로 많은 사상자가 발생했다는 생생한 증언도 집필에 큰 도움이 되었다.

이 작품을 집필하며 가장 걱정했던 주인공의 평안도 방언은 고교 은사 김영배 선생이 도와주었다. 남녀 주인공은 모두 위생병 출신인지라 의료 관련 이야기가 많이 나왔다. 이 대목은 고교 동창인 이관세 박사와 이대부고 제자인 송영득 박사의 자상한 자문을 받았다. 주인공들의 미국 이민생활에 관해서는 이대부고 제자인 재미동포 찰스 리의 도움을 받았다. 그 밖에도 많은 분들이 소매를 걷고 도와주었다. 나는 그분들의 도움으로 마치 오케스트라의 지휘자처럼 이 작품을 썼다.

이 작품에 나오는 지리적 배경은 일일이 답사했다. 국내는 빠짐없이, 어떤 곳은 두세 번 답사했다. 의정부 '곧은골'에 있었던 미 제2사단은 다행히 작품을 쓸 당시 옛 모습 그대로 남아 있었다. 미 제2사단 부대 앞 녹슨 철길에서는 양공주들의 껌 씹는 소리가 들려오는 듯했다.

북한은 아내와 함께 금강산을 두 차례 여행한 것과 2005년 남북작가대회에 방북한 게 크게 도움이 되었다. 미국의 풍물은 2004년 백범 김구 선생 암살배후 진상규명을 위한 방미와 한국전쟁 사진을 수집코자 2005년과 2007년 2, 3차에 걸쳐 방미한 눈썰미로 메울 수 있었다. 나는 작품 기필 2년만인 2012년 연말에 초고를 탈고했다. 마땅한 출판사가 나서지 않아 오마이뉴스 상임기자(김미선)에게 연재를 제의했다.

"글쎄요? 여러 작가들이 소설을 연재했으나 중도에서 그만둔 분이 많았어요. 아마 소설 연재는 성공하기가 매우 힘드나봐요."

272

그의 부정적인 답변에도 2013년 6월 24일부터 『어떤 약속』이라는 제목으로 연재를 시작했다. 첫 회 조회수가 9천여 회였다. 그 이후 평균 1만 명 안팎의 독자들이 내 작품을 읽어주고 열성 독자들은 원고료까지 보내줬다. 그리하여 그해 연말인 2013년 12월 12일 98회로 마무리한 다음, 99회는 작품 뒷이야기로 "340만여 글자 한 자에도 정성을 다 바쳐 썼다"라는 기사로 대단원의 막을 내렸다. 그러자 그해 연말 오마이뉴스 측에서 문학 분야 특별상을 주었다.

나는 혼신의 힘을 다해 『어떤 약속』을 썼다. 사람이 약속을 지킨다는 것은 아름다운 일이다. 이 작품에서 주인공 김준기와 최순희, 그리고 준기와 그의 어머니 간 굳은 약속은 총알이 우박처럼 쏟아지는 전장에서도 지켜졌다. 나는 그런 어려운 여건 속에서도 약속을 지키는 아름답고 숭고한 사랑을 그려보고 싶었다. 그 소망을 이 작품에 오롯이 담았다. 무엇보다 10대 소년이 스스로에게 다짐했던 약속을 늘 빚으로 남겨 두다가 일흔의 나이에 실천했기에 더욱 기뻤다.

나는 이 작품 『어떤 약속』을 통해 아직도 분단의 질곡에서 헤어나지 못하는 가엽고 불쌍한 남과 북, 그리고 해외동포의 눈물을 닦아주는 동시에 그분들에게 위안과 함께 조국 통일의 희망을 담았다. 분단 70년이 넘은 이즈음에도 통일의 길은 보이지 않는다. 나는 이 작품으로 우선 실현이 가능한 한 가족의 통일을 그려보았다. 이 작품 『어떤 약속』 연재가 마무리되자 이번에도 눈빛출판사 이규상 대표가 '어떤'이라는 말을 뺀 『약속』이란 제목으로 예쁜 소설집을 엮어주었다.

1999년 8월, 중국대륙 항일유적지 답사길에 중국 헤이룽장성 하얼빈 동북열사기념관에서 뜻밖에도 고향 출신 항일명장 허형식 장군을 만났다. 그 순간 나는 짜릿함과 함께 어떤 소명의식을 가졌다. 그때 연길에서 만난 연변대 박창욱 교수의 추천으로『중국 조선민족 발자취 총서 4-결전』을 샀다. 귀국한 뒤 아들에게 그 책을 보여주자, 화보에서 허 장군의 사진을 스캔해주었다. 나는 그 사진을 액자에 담아 그날 이후 오늘까지 서가에 세워 두고 있다. 그러면서 그동안 여러 차례 허 장군을 주인공으로 실록소설을 기필했으나 번번이 탈고치 못했다.

그런 답답하고 괴로운 나날을 보내던 가운데 어느덧 내 나이 일흔을 넘겼다. 더 이상 미룰 수 없기에 어쨌든 탈고하겠다는 배수진을 쳤다. 2015년 연말, 그동안 모은 자료와 노트북을 가방에 가득히 넣고 오대산 월정사로 갔다. 그곳 명상관에 머물면서 다시 집필을 시작하여 비로소 탈고한 것이 실록소설『허형식 장군』이다. 거의 십여 년 악전고투하며 탈고했지만 '대붕(大鵬)을 그리려다가 연작(燕雀)을 그린 꼴'로 매우 미흡했다. 하지만 역사에 파묻힌 한 항일 파르티잔을 일단 세상 밖으로 꺼내는 일이 더 중요하기에 그런 사명감으로 초고를 마무리했다.

나는 이 작품을 통해 조선의 무명옷처럼 순결한 한 항일 파르티잔의 올곧은 생애를 오롯이 그려보았다. 이 작품으로 가짜 애국자들에게 지치고 허기진 이 나라 백성들에게 한 줄기 빛과 한 모금 생명수를 주면서 또한 앞날에 대한 '희망'과 자긍심도 주고 싶었다. 나는 이 작품을 탈고한 날 아침 월정사 지장암 옆 수목장으로 가서 할아버지 추모목 앞에서 고유했다.

"할아버지, 제가 금오산 기슭에서 태어난 충절의 인물을 찾아 한 편의 소설을 썼습니다."

"수고했다. 그 어른이 무척 좋아하실 거다."

나는 그 길로 월정사 적광전으로 갔다. 나는 부처님에게 삼배를 올리며 허형식 장군의 명복을 빌었다. 그날 느지막이 짐을 꾸려 원주 내 집으로 돌아왔다. 나의 귀갓길은 그동안 미뤘던 숙제를 뒤늦게야 허겁지겁 다한 게으름뱅이 초등학생처럼 어떤 해방감에 젖었다. 실록소설 『허형식 장군』은 2016년 11월 22일에 눈빛출판사에서 펴냈다.

2017년 3월, 구미에 산다는 한 청년이 전화를 걸었다. 그는 『허형식 장군』을 읽었다면서 굳이 원주 내 집까지 찾아왔다. 그는 구미초등학교 출신으로 까마득한 후배가 된다고 자신을 소개했다. 그러면서 어려서부터 박정희 대통령은 귀에 익도록 듣고 자랐지만 허형식 장군은 전혀 몰랐단다. 그런 가운데 『허형식 장군』을 매우 감명 깊게 읽었다고 했다.

그는 김기중이라는 젊은 후배로 그해 5월 20일 구미 시내에 '삼일문고'라는 서점을 개업한다고 했다. 그러면서 개업기념 특별전시회에 『허형식 장군』을 모시고 싶다면서 도움을 청했다. 인문이 시들해진, 서적 도매상들이 퍽퍽 쓰러지고, 동네 서점들마저 온라인 서점에 밀려 줄줄이 문을 닫는 현실이다. 이런 불황에도 서점을 내겠다고 멀리서 찾아온 그의 열정에 크게 감복하여 그 제의를 흔쾌히 받아들였다. 사실 세상의 역사는 무모해 보이는, 말도 안 되는 젊은이들의 열정으로 바뀌었고, 그들의 도전으로 인류문화는 줄곧 발전해왔다. 그는 『허형식 장군』과 함께 그동안 내가 펴낸 저서들로 개업기념 특별코너를 만들어주겠다고 약속했다. 나는 그간 내가 쓴 작품을 모두 보냈다.

2017년 5월 20일 오후 4시 구미 삼일문고 개점식이 열렸다. 김 대표는 내게 '저자의 말'을 부탁했다. 나는 그 자리에서 예로부터 금오산에서는 많은 인물이 배출됐다는 애기와 북만주까지 허형식 장군을 찾아간 애기, 외세에 굴복하지 않았던 그분의 생애를 다음과 같은 요지로 말했다.

"허형식 장군은 일제 말기 김일성을 비롯한 다른 항일연군 지도자들이 목숨을 구하고자 소련으로 넘어가도 결코 당신은 동북의 백성들과 전구(戰區)를 지키고자 단 한 번도 소련 국경을 넘어가지 않았다. 그의 신념은 금오산인 자존심이요, 또 다른 외세의 앞잡이가 되지 않겠다는 거룩한, 눈물겨운 확집이었다. 그분은 일제를 당신 손으로 물리친 뒤 사랑하는 가족과 함께 경북 선산군 구미면 임은동 264번지 고향 집으로 돌아온 뒤 금오산 정상에 올라 '대한독립만세!'를 외치는 게 가장 큰 소원이었다. 하지만 허형식 장군은 그 소원을 끝내 이루지 못한 채 부하를 살리고 당신은 대신 위만군경의 총탄에 희생했다."

2018년 7월 17일은 내 생애에서 잊지 못할 날이다. 그날 하루 네 권의 책을 출판키로 계약을 했기 때문이다. 그날 파주출판단지의 한 출판사와 장편소설 『용서』와 산문집 『마지막 수업』을 계약했다. 또 그날 이웃의 한 출판사에서 어린이용 『대한민국의 시작은 임시정부사입니다』와 『김구, 독립운동의 끝은 통일』 2권을 계약했다. 그러자 그날 모두 4권의 책을 펴내기로 계약한 셈이었다.

많은 작가들의 로망은 늘그막에 아동문학을 하고자 한다. 어린이들에게 정신적인 양식을 주는 게 작가로서 가장 보람 있는 일이기 때문이다. 아무튼 나도 그런 기회를 갖게 돼 다른 작품을 섭외 받는 것보다 기뻤다.

2018년 9월 28일 장편소설 『용서』가 출간되었다. 이 작품은 고교시절 짝이었던 친구 양철웅(작품 속 '장지수')과 내가 이승과 저승을 넘나드는 우정을 그렸다. 책이 나오자 고향 후배들이 그해 10월 20일 구미 삼일문고에서 북콘서트를 열어주었다. 그날 장세용 구미시장 부부는 뜨거운 환영사로 초라한 고향 출신의 늙은 문사를 격려했다. 나는 고향을 떠난 이후 57년 만에 처음으로 가슴 벅찬 느꺼움을 느꼈다. 그날 한 고향 친구가 불쑥 나에게 앞으로의 꿈을 물었다. 나는 조국통일을 주제로 한, '더 많은 사람들이 행복을 누리는 세상'을 그리는 작품을 쓰고 싶다고 답했다. 내가 뱉은 말을 실현시키고자 나는 앞으로도 건강이 허용하는 한 밤낮으로 자판을 두들길 것이다.

이제 이 책의 마무리 부분이다. 나는 1945년 해방둥이다. 그동안 70여 년 살아오면서 많은 사람들을 만났고, 글감을 위해 국내외 여러 곳을 두루 다녔다. 지난 세월 한때는 잘살아보기도 했고, 또 한때는 씻은 듯이 가난하여 굶주려보기도 했다. 앞으로 얼마나 더 사는지 모르겠지만 입때까지 살아온 데 대해 하늘에 감사드린다. 내가 살아온 바, 앞으로 우리나라는 새로운 환경, 곧 더 많은 사람이 행복을 누리는 세상으로 발전해야 한다고 말하고 싶다. 예를 들면 국토는 이 땅에 사는 모든 사람과 생명체들의 공동소유로 그들이 다 함께 누리는 세상으로 변했으면 좋겠다. 2세 교육은 국가가 책임지는, 아니 교육뿐 아니라 이 땅의 모든 사람을 '요람에서 무덤까지' 국가나 공공단체에서 보살펴주는 그런 복지사회로 나가야 할 것이다. '더 많은 사람이 행복을 누리는 세상' 이를 줄여서 **'더사행세'**의 나라로 발돋움해야 할 것이다. 그래야만 모두가 웃음 속에 다 함께 사는 사회로, 세계에서 가장 모범이 되는 선진복지의 나라가 될 것이다. 한 교육자가, 한 작가가, 한 시민기자가 한 세상을 온몸으로 겪고 생각한 바를 토로했다.

옛날, 어느 도공은 자신의 삶이 너무 힘든 나머지 자식에게는 물려주지 않으려고 했단다. 하지만 부모자식 간의 숙명인 탓인지 그 자식은 아비의 업을 물려받았다고 한다. 나는 남매를 둔바, 아들은 이과 출신으로 컴퓨터 프로그래머로 일하고 있다. 그런데 딸은 문과 출신으로 그 어렵고 힘든 문필가다. 그가 기왕에 들어선 문필가의 길을 걸으면서 아비보다 더 나은 작품을 쓰기 바란다.

이즈음도 나는 글감을 스스로 찾아 현장을 답사하면서 부지런히 쓰고 있다. 나를 낳아주시고 길러주신 부모님과 스승님, 그리고 글만 읽고 자판을 두들길 수 있도록 여건을 마련해준 아내에게 감사드리면서 내 긴 이야기의 마침표를 찍는다.

저서 목록

1989. 11. 15. 산문집 『비어 있는 자리』 다나출판사

1992. 1. 15. 장편소설 『그대의 초상』 다나출판사

1992. 8. 25. 장편소설 『그리움의 향기』 다나출판사

1994. 1. 20. 장편소설 『사람은 누군가를 그리며 산다』 상하권 시와 사회사

1997. 1. 30. 산문집 『애물단지』 시와 사회사

1997. 9. 25. 산문집 『아버지는 언제나 너희들 편이다』 우리문학사

1999. 6. 25. 산문집 『아름다운 열매를 위하여』 평단문화사

2000. 9. 25. 산문집 『민족반역이 죄가 되지 않는 나라』 우리문학사

2002. 8. 9. 산문집 『샘물 같은 사람』 열매출판사

2003. 1. 10. 산문집 『아버지의 목소리』 열매출판사

2004. 3. 20. 산문집 『일본기행』 새로운사람들

2004. 6. 25. 사진집 『지울 수 없는 이미지』 눈빛출판사

2005. 3. 25. 산문집 『안흥 산골에서 띄우는 편지』 지식산업사

2005. 6. 23. 산문집 『길 위에서 길을 묻다』 새로운사람들

2005. 9. 1. 사진집 『사진으로 보는 한국독립운동사』 눈빛출판사

2006. 2. 1. 산문집 『삼천리 금수강산 사뿐히 즈려 밟고』 새로운사람들

2006. 6. 25. 사진집『지울 수 없는 이미지·2』/『나를 울린 한국전쟁 100장면』눈빛출판사

2006. 8. 10. 산문집『그 마을에서 살고 싶다』바보새 출판사

2006. 11. 1. 산문집『항일유적답사기』눈빛출판사

2007. 6. 25. 사진집『지울 수 없는 이미지·3』눈빛출판사

2007. 8. 10. 산문집『로테르담에서 온 엽서』대교베텔스만 출판사

2008. 8. 29. 산문집『누가 이 나라를 지켰을까』눈빛출판사

2009. 5. 8. 산문집『길 위에서 아버지를 만나다』말글빛냄 출판사

2010. 3. 26. 산문집『영웅 안중근』눈빛출판사

2010. 6. 20. 사진집『한국전쟁·Ⅱ』눈빛출판사

2010. 8. 29. 역사사진집『일제강점기』눈빛출판사

2011. 6. 20. 장편소설『제비꽃』오래출판사

2011. 7. 15. 산문집『카사, 그리고 나』오래출판사

2012. 7. 12. 산문집『그 소년은 왜 대통령이 되었을까』오래출판사

2012. 10. 12. 역사사진집『개화기와 대한제국』눈빛출판사

2013. 3. 20. 산문집『백범 김구 암살자와 추적자』눈빛출판사

2015. 2. 9. 장편소설『약속』눈빛출판사

2016. 11. 22. 실록소설『허형식 장군』눈빛출판사

2017. 11. 27. 역사사진집『미군정 3년사』눈빛출판사

2018. 9. 28. 장편소설『용서』푸른사상사

2019. 3. 29. 어린이도서『김구, 독립운동의 끝은 통일』사계절출판사

2019. 4. 5. 어린이도서『대한민국의 시작은 임시 정부입니다』사계절출판사

2019. 5. 15. 산문집『마지막 수업』푸른사상사

2019. 11. 15. 어린이도서『청년 안중근』사계절출판사